U0626711

本书为教育部人文社会科学研究青年项目"当代欧美后经典叙事空间研究"（项目批准号 15YJC752013）的最终成果；本书出版得到"北京国际消费中心城市建设高精尖中心培育项目"资助

光明社科文库
GUANGMING DAILY PRESS:
A SOCIAL SCIENCE SERIES

·文学与艺术书系·

当代西方后经典叙事空间研究

孔海龙 | 著

光明日报出版社

图书在版编目（CIP）数据

当代西方后经典叙事空间研究 / 孔海龙著 . -- 北京：
光明日报出版社，2023.10
ISBN 978 - 7 - 5194 - 7520 - 8

Ⅰ.①当… Ⅱ.①孔… Ⅲ.①叙述学—研究—西方国
家—现代 Ⅳ.①I045

中国国家版本馆 CIP 数据核字（2023）第 188067 号

当代西方后经典叙事空间研究
DANGDAI XIFANG HOUJINGDIAN XUSHI KONGJIAN YANJIU

著　　者：孔海龙

责任编辑：杨　娜　　　　　　　责任校对：杨　茹　董小花
封面设计：中联华文　　　　　　责任印制：曹　净

出版发行：光明日报出版社

地　　址：北京市西城区永安路 106 号，100050

电　　话：010-63169890（咨询），010-63131930（邮购）

传　　真：010-63131930

网　　址：http://book.gmw.cn

E - mail：gmrbcbs@gmw.cn

法律顾问：北京市兰台律师事务所龚柳方律师

印　　刷：三河市华东印刷有限公司

装　　订：三河市华东印刷有限公司

本书如有破损、缺页、装订错误，请与本社联系调换，电话：010-63131930

开　　本：170mm×240mm

字　　数：198 千字　　　　　　印　　张：16

版　　次：2024 年 1 月第 1 版　　印　　次：2024 年 1 月第 1 次印刷

书　　号：ISBN 978 - 7 - 5194 - 7520 - 8

定　　价：95.00 元

版权所有　　翻印必究

目　录
CONTENTS

绪　论

在过去数十年间，人文、社会科学领域出现的"空间转向"一直强调空间在理解人类及其人类艺术品历史中的重要作用。这一转向使空间不再是一个中立的概念，不能离开空间包含的物体，因此也无法躲避历史、政治和美学变化的影响。实际上，空间在文学批评中一直起着非常重要的作用，以至于很难搞清楚从何处开始总结空间的意义。例如，莫莱蒂（Moretti，1998）在其《欧洲小说地图：1800—1900》一书中描绘了文学地理学的图景，从而有助于我们理解城市的空间建构以及城市空间如何变成叙事形式的有机组成部分。莫莱蒂的思想深深影响了韦斯特法尔（Westphal，2011）的地理批评。后者主要关注中间地带、边界地带、杂糅空间以及边缘地带，这为后现代时期的空间思考提供了非常实用的批评模式。文学和文学理论中的"空间转向"集中体现在由罗伯特·塔利（Tally）主编的"地理批评和空间文学研究"系列丛书中。

就国别文学而言，德国文学研究中的"空间转向"显得尤为突出。例如，《德国女性作家和空间转向：新视角》一书将空间研究、德国研究和女性书写联系起来，强调回归书面文字作为文化质询的初始之地。受地理学科的启发，空间理论家开始将空间解读为一个由文化、社会和话语实践共同作用而产生的复杂产物。在《空间转向：德国文学和视觉文化中的空间、地方和流动性》一书中，美国学者费舍尔（Fisher）和米奈尔（Mennel，2010）认为空间阐释视角为研究德国的文化和历史提供了新见解。

　　除了文学研究中出现的"空间转向"外，叙事学领域也开始出现了"空间转向"。这一转变的早期演变历史有四个方向可循（Buchholz & Jahn，2005：551）。一是对许多叙事文体和结构的描述采用了空间艺术，尤其是绘画和建筑中的意象，例如，詹姆斯（James）的"小说之屋"的意象；二是弗兰克（Frank）对现代文学作品中"空间形式"的探讨；三是巴赫金（Bakhtin）对"时空体"的探讨；四是法国哲学家庞迪（Pondy）和巴士拉（Bachelard）对"体验空间"的理论探讨。德容（de Jong）也承认过去数十年间见证了叙事学领域的"空间转向"（2012：3）①，指出空间在故事的建构和阐释过程中起到了至关重要的作用（2014：105）。我们应从本体层面重视叙事中的空间问题，不能简单地将其视为故事情节和人物的背景。认知叙事理论强调读者对叙事文本的故事世界建构过程。"故事世界"这一概念本身也体现了后经典叙事理论中的"空间转向"。因为经典叙事学偏重"叙事"，将其看作事件序列，而"故事世界"概念强调故事发生在某些空间内或"世界"内。

　　在介绍本书主要内容之前，我们先对书中几个关键词予以说明。

　　第一，叙事学与叙事理论。叙事学这一术语有时与叙事理论替换使用，但叙事学是专门用来指形式主义—结构主义对叙事的阐释。按照帕

---

① de Jong, Irene J. F. Narratological Theory on Space [A]. I. J. F. de Jong. *Space in Ancient Greek Literature. Studies in Ancient Greek Narrative* vol. 3 [C]. Leiden and Boston：Brill Academic Pub, 2012：1–18.

特诺和费伦①（Patnoe & Phelan，2010：454）的观点，叙事理论是指叙事研究与批评理论的交叉，不仅与形式主义和结构主义交叉，而且与马克思主义、心理分析、女性主义、解构主义、读者反映批评、各种历史主义和文化研究交叉。鉴于此，本书将沿用这一区分，用叙事理论而不是叙事学来称谓后经典叙事学的各个流派，用叙事学来专门指经典结构主义叙事学。

　　第二，经典叙事学与后经典叙事理论阶段划分及其关系。自赫尔曼（Herman，1997）阐明叙事学已经转入后经典阶段至今，已经过去了近15年。但这并不意味着后经典叙事理论会取代或推翻经典叙事学。后经典叙事理论开发了经典结构主义模式的种种可能性，涌现了大量丰富的新方法和研究假设，其结果是在叙事本身的形式和功能层面提出了大量的新视角（Herman，1999：2-3)②。阿尔贝和弗鲁德尼克（Alber & Fludernik，2010：3）将后经典叙事理论细分为四个不同且相关的阵营③：一是努力从内部完善和补充经典叙事学模式；二是从相邻领域（心理分析、言语理论和解构）引入方法论模式；三是叙事学的主题拓展，包括女性主义叙事方法、怪异叙事方法、与族裔或少数民族相关的叙事方式以及后殖民叙事方法；四是跨媒介方法将分析用于小说之外的文本形式。关于这一叙事理论界内的"文艺复兴"的模糊界限，学界一直持有争议（Herman，1999：8)，德国叙事学家纽宁（Nünning，

---

①　Patnoe，Elizabeth and James Phelan. Narrative Theory [A]. Theresa Enos. *Encyclopedia of Rhetoric and Composition* [C]. New York & London：Routledge，2010：454-457.

②　Herman，David. Introduction [A]. *Narratologies：New Perspectives on Narrative Analysis* [C]. David Herman. Columbus：The Ohio State University Press，1999：1-30.

③　Alber，Jan & Monika Fludernik. Introduction [A]. Jan，Alber & Monika Fludernik. *Post-classical Narratology：Approaches and Analyses* [C]. Columbus：Ohio State University Press，2010：1-33.

3

2003：244）在梳理叙事理论的最新发展时提出了这一转变的三个特征①：一是后经典叙事理论不再发现叙事文本属性并将其体系化，转而开始意识到文本及其文化语境、文本特征与阅读过程有关的阐释选择和策略的复杂互动关系；二是人类学和系谱学模式取代形式主义范式，转向深度厚描（thicker description）；三是经典叙事学或多或少是一个统一的学科，主要对叙事诗学的共时维度感兴趣，后经典叙事理论中的新方法则侧重大量叙事的不断变化的形式与功能，聚焦文化、语境以及阅读过程等问题。如果用赫尔曼（1999：8）的话来总结就是：这一根本变化可描述为从文本为中心的形式模式转变到形式与功能并重的模式，开始关注故事中的文本和语境。在赫尔曼提出的后经典语境下，本书主要探讨了叙事空间在认知叙事理论、女性主义叙事理论、修辞性叙事理论、跨媒介叙事理论、非自然叙事理论、后殖民叙事理论、生态叙事理论以及地理叙事理论等后经典叙事理论分支中的概念与内涵、呈现方式、作用与功能等内容。

第三，研究范畴。本书主要关注西方尤其是欧美叙事空间理论研究现状。实际上，叙事学和叙事理论的发展已经成为当下研究的一门"显学"。我们描述一下当今叙事研究的几个重心就会清楚其原因。从叙事研究的系列丛书来看，美国俄亥俄州立大学出版社出版的"叙事理论与阐释"丛书从 1989 年起至今平均每年推出两本专著或论文集。美国内布拉斯加大学出版社出版的"叙事前沿"系列丛书从 2001 年至今已出版 45 本专著或论文集。德国的德古特尔出版社出版的"叙事学：叙事理论稿件"丛书自 2003 年至今已出版近 90 本（包含一些以德文出

---

① Nünning, Ansgar. Narratology or Narratologies? Taking Stock of Recent Developments, Critique and Modest Proposals for Future Usage of the Term [A]. Tom Kindt and Hans-Harald Müller. *What Is Narratology? Questions and Answers Regarding the Status of a Theory* [C]. Berlin：De Gruyter, 2003：239–275.

版的）专著或论文集。这些与叙事学和叙事理论相关著作的出版从一个侧面反映了当下叙事研究的热度。叙事学界一些经典的教材或专著也是一版再版。例如，荷兰叙事学家巴尔（Bal，2017）的《叙事学：叙事理论导论》一书已发行至第四版①，剑桥大学出版社出版的阿伯特（Abbott）的《剑桥叙事简介》已发行至第三版。与叙事学和叙事理论密切相关的国外期刊主要有：美国俄亥俄州立大学出版社出版的《叙事》、美国东密歇根大学出版社出版的《叙事理论期刊》、美国宾夕法尼亚州立大学出版的《文体》。其他的还有《故事世界：叙事研究期刊》、国内年轻学者尚必武主编的《叙事研究前沿》等。本书以欧美叙事理论研究现状为参照，以空间这一经典叙事学中的重要类别为贯穿全书的一个中心轴，梳理空间在经典叙事学和后经典叙事理论各个分支中的呈现方式、特征、作用与功能，力求描绘出一幅相对较为完整的叙事空间形貌图。贯穿全书的一些研究问题主要包括人文、社会科学出现的"空间转向"如何在叙事学以及叙事理论中得以体现。换言之，在后经典语境下叙事空间有哪些存在形态；空间在叙事理论中如何定位，有没有本体自主性还是从属于经典叙事学中的其他主要类别如情节或人物；如何解决叙事空间在作用与功能层面的一般性与特殊性之间的关系；叙事空间研究的未来将何去何从。

　　从结构上讲，本书共分为七章，第一章带着后经典透镜对经典叙事学中的空间概念进行了重新思考，指出经典叙事学叙事空间研究的语境现状、分类与作用以及存在的缺陷与不足。这一章为后面各章的探讨提供了铺垫。第二章讨论了认知叙事理论视野下的叙事空间研究现状，重点分析"故事世界"或"叙事世界"的建构过程及其效果。就二者之

---

① Bal, Mieke. *Narratology: Introduction to the Theory of Narrative* [M]. 4th edition. Toronto: University of Toronto Press, 2017.

间的关系而言，"故事世界"与故事关系更为密切，更侧重文本故事空间的本体性，同时关注故事各个要素在文本层面的语言学表征；"叙事世界"的内容范畴更广，包括人称、视角、叙事技巧等话语空间的内容。认知叙事理论视角下的空间研究的一项重要内容就是要阐明读者如何从文本提示转入故事世界/叙事世界的思维模式，仿佛感觉自己融入了文本的虚构世界，见证了事件的发生和体验故事参与者的情感，从而将研究叙事文本与研究叙事理解融合在一起。第三章讨论修辞性叙事理论语境下的叙事空间研究现状，指出场景具有模仿、主题和合成三重功能，梳理了描述修辞诗学的建构历程，展示了费伦的修辞性解读策略的渐进演化史，呼吁改变对待描述的态度，通过"整体细读"的方法，关注叙事作品尤其是小说中的场景的细节描述，深挖隐藏于作品背后的叙事暗流，进而对作品提出新颖的阐释。第四章讨论女性主义叙事理论视角下的叙事空间研究现状，围绕性别化的空间、空间化的阅读策略以及女性主义叙事空间的诗学建构三个方面展开，并且从文本语料的范畴、性别化空间的描述策略、跨学科、跨领域合作等方面展望了女性主义叙事空间未来的研究前景。第五章探讨非自然叙事理论视角下的叙事空间研究现状，以物理层面、逻辑层面以及人的智力理解层面的不可能性为标准，对不可能世界进行界定，分析了不可能世界或非自然叙事空间在故事和话语层面的呈现方式，展示了艾贝尔对非自然叙事空间的自然化解读策略，呈现了对待后现代主义文本的两种不同的态度——文本世界和文本游戏，最后指出新兴的非自然形式如非人类叙事以及跨媒介电子小说中出现的非自然形态对于非自然叙事空间研究提出的挑战。第六章介绍跨媒介叙事理论视角下的叙事空间存在形态，主要围绕跨媒介叙事空间的内涵、主要内容和属性、作用与效果三个方面展开，然后简要分析了跨媒介叙事空间研究的问题与不足，对其未来发展方向进行了展望。第七章介绍了后经典语境下叙事空间研究的发展前沿，主要围绕后殖民叙事理论、生态叙事理论、非人类叙事理论、文学地理学以及地理与叙事学的交叉五个方面展开。

概括地说，本书以经典叙事学中的空间概念为基础，以经典叙事空间研究中存在的缺陷与不足为起点，通过横向分析后经典叙事理论各个流派对空间概念的理论阐释与批评实践，勾勒出各个流派对叙事空间的本体界定及其相应的解读策略，纵向剖析后经典叙事理论各个分支在叙事空间研究各个层面的异同，剖析出彼此之间的重叠与互补，指出各个分支在何种程度上拓展和修正了经典叙事学的空间主题，进而指出在后经典叙事理论语境下西方叙事空间研究的发展前沿，为国内提供叙事空间研究的西方视角，从而为拓展国内叙事空间研究搭建交流平台，为比较中西方在叙事空间建构层面的异同提供借鉴。

第一章

重观经典叙事学视野中的空间

　　格林（Green，2011：792）在为《小说百科全书》写的词条"空间"一文中指出①，当下小说领域乃至叙事理论领域空间研究存在的普遍问题：自柏拉图（Plato）和亚里士多德（Aristotle）以来，叙事中的空间通常被视为作者无意为之的点缀，降格为描述，从属于情节。例如，罗特曼（Lotman，1977：238）在对比有无情节的文本时指出情节的运动，即事件，要穿越无情节结构确立的禁忌边界。因此，如果人物在自己给定的空间内移动，则不构成事件。在小说话语内，空间被视为可有可无，因为大多数对叙事的定义只包括讲述者和事件的，鲜有提及空间或与空间相关的，所以经典叙事学普遍忽视对叙事空间本体的研究，这一态度甚至蔓延到后经典叙事理论的重要分支认知叙事理论和修辞叙事理论中。例如，莱恩（Ryan，2014c）认为空间只是为理解情节、人物动机以及文本中表达出的伦理问题提供背景②。颇为矛盾的是，莱恩还指出场景也能成为小说中的主要人物，从而突出空间的主题

① Green, Julie O'Leary. Space [A]. Peter Melville Logan et al. *The Encyclopedia of The Novel* [C]. Chichester: Wiley & Blackwell, 2011: 792-796.

② Ryan, Marie-Laure. Space [A]. Peter Hühn, Jan Christoph Meister, John Pier, Wolf Schmid. *Handbook of Narratology* (2nd edition) [C]. Berlin/Boston: Walter de Gruyter, 2014c: 796-811.

意义。实际上，叙事空间与结构的重要性已经得到学界的广泛认可。从某种意义上讲，叙事学界的"空间转向"越发凸显。本章主要从叙事空间研究所处的语境现状、叙事空间的定义与分类以及经典叙事空间研究中的问题与不足三个方面对经典叙事学中的空间问题进行思考。

第一节　悖论中的叙事空间

巴赫尔兹与雅恩（Buchholz & Jahn，2005：551）[1] 在为《劳特利奇叙事理论百科全书》所写的词条"叙事内的空间"一文中指出叙事空间研究发展滞后的两个原因。叙事空间本身未能得到理论层面的关注，远不如情节的方向性重要，这就解释了空间研究起步缓慢的第一个原因。第二个原因是莱辛（Lessing）将叙事文学归为时间艺术，造成了叙事作品中时间和空间的不平衡或不对称。佐兰（Zoran，1984：310）也明确提到了上述第二个原因，认为空间主题虽然涉及不止一次，但整体上讲，对空间问题的研究还是比较零散，也鲜有一些提法得到普遍接受，正因如此，理论学家依然将叙事基本上视为一门"时间艺术"。修辞叙事学家费伦和拉宾诺维茨（Herman, et. al，2012：84）对此也有同感，指出叙事学直到最近才开始应对有关空间与场景的一些更复杂的问题，并且给予空间应有的关注度。近来，Parker（2018）也探究了叙事作为"时间艺术"的历史原因，具体剖析了经典叙事学、后经典叙事理论对空间的关注，并呼吁我们填补经典叙事学家提出但未充分探究的理论空白。

---

[1] Buchholz, Sabine & Manfred Jahn. Space in Narrative [A]. David Herman, Manfred Jahn, & Marie - Laure Ryan. *Routledge Encyclopedia of Narrative Theory* [C]. London: Routledge, 2005：551-55.

　　研究叙事空间，先要清楚与空间相关的两个概念。第一，空间形式。弗兰克（1991：17）提出的现代主义小说中的"空间形式"将小说中同时发生的事件并置，割裂了与时间的联系，造成了时间与空间不对称的另外一种极端形式。在弗兰克看来，读者只有打破时间的线性序列才能体现感知的同时性。但我们应该澄清弗兰克的"空间形式"并不等于叙事空间。就二者之间的关系，国内研究出现了两种声音：以程锡麟（2007，2009）、龙迪勇（2006，2008，2009）为代表的学者认为"空间形式"是空间叙事学的发展源头，将其作为空间叙事学研究的一个重要维度；以陈德志（2009）为代表的学者指出"空间形式"与空间叙事学存在明显的区别，隐喻构成了从空间转化为"空间形式"的内在逻辑，正是这一隐喻性造成了"空间形式"与空间叙事学的矛盾关系。实际上，二者产生的理论背景和理论内涵有着鲜明的区别。国外学者巴克（1983：3）对叙事空间和弗兰克的"空间形式"进行了简要区分。前者与虚构世界的建构有关，离不开时间，后者不考虑时间，割裂了时间和空间的内在联系。

　　第二，叙事空间的从属地位。弗莱德曼（Friedman，2005：192-193）对叙事空间的从属作用颇有微词①。他认为叙事诗学中的空间要么呈现为描述，打断时间的流动，要么呈现为场景，用作情节的静态背景，要么具体呈现事件在时间内的展现。赫尔曼（2002）也表达了叙事理论界对空间研究的片面性：即使空间在叙事学和小说中得以讨论，也只是用来将故事与场景区分开来，将一般介绍与复杂的行动区分开来，将描述与叙述区分开来。费伦与拉宾诺维茨在与赫尔曼、理查德森（Richardson）以及沃霍尔（Warhol）合著的《叙事理论：核心概念与

---

　　① Friedman, Susan Stanford. Spatial Poetics and Arundhati Roy's The God of Small Things [A]. J. Phelan & P. *Rabinowitz. A Companion to Narrative Theory* [C]. Oxford: Blackwell, 2005: 192-205.

批判争鸣》一书中也意识到叙事理论界对空间的忽视：当今叙事空间研究进程缓慢，主要是由于存在场景和描述的混淆以及读者如何界定场景范围和场景界限的本质两大难题（Herman，et. al，2012：84-85）。

笔者认为，描述并不等于场景，而是一种空间信息的呈现方式。场景只是文本内叙事空间的一种基本类型。一些叙事理论学家在探讨叙事空间时，赋予场景不同的意义，在一定程度上也造成了场景和描述的混淆。同时，由于不同的叙事理论学家采用的标准不尽相同，这在一定程度上加大了术语区分的难度。就场景的界定而言，叙事理论界也很难达成共识。普林斯（Prince，1987）将场景界定为某一叙事作品中事件发生的时空环境。莱恩（2014c）用场景指行动发生的一般的社会—历史—地理环境①。米勒（Miller，1995）认为，地形场景将文学作品与某一具体的历史和地理时间联系起来。这就为行动的发生确立了一个文化、历史语境。但米勒暗示景观描述发生的场所如河流、山川、房子、路径、田野、道路、桥、公墓、墓碑、界限等，其功能不只是提供场景或点缀，而是蕴含着更为深层的主题或象征意义。场景在莱恩的眼里属于叙事空间类型的第二层，莱恩指出这一层相对稳定，通常涵盖整个文本。例如，我们可以说乔伊斯（Joyce）的短篇故事《依芙琳》发生在20世纪早期中下层阶级的都柏林。德容（2014）认为场景是行动发生的场所，这一场景会随着叙事进程的推进而变化，因而具有动态渐变性。卢农（Ronen，1986）将场景界定为特定实物、人物以及事件的真实即在环境。这两种场景观与莱恩描述的叙事空间类型的第一层空间框架较为接近。空间框架具体指真实事件的即在环境，是指由叙事话语或意象展现出的不同场所。空间框架是不断变化的行动场景，彼此之间可

---

① Ryan, Marie-Laure. Space [A]. Peter Hühn, Jan Christoph Meister, John Pier, Wolf Schmid. *Handbook of Narratology* (2nd edition) [C]. Berlin/Boston: Walter de Gruyter, 2014c: 796-811.

以相互转换，其等级层次通过包容关系来组织，其界限或清晰或模糊。《依芙琳》中空间框架的例子包括女主人公依芙琳（Evyleen）家中的客厅和都柏林港。正是由于存在上述争议，从阐释的角度来看，我们依旧需要对场景进行区分。

巴尔（2009：134）指出忽略叙事空间本体研究的另外一个原因，即叙事理论中的空间夹在地方和视角之间，存在一种既清晰又模糊的悖论。巴尔呼吁我们应该将空间视为一个单独的类别，这样才能给予空间足够的本体关注，对空间进行专门分析。巴尔提出的上述原因涉及空间、地方和视角三者之间的关系。在此，我们有必要澄清空间和地方的关系问题：空间属于物理和哲学类别，意义更宽泛，隐含了某种扩张，因此从某种意义上讲具有不可知性、不可控性的特点；地方则属于文化和人类学类别，意义更狭窄，通常指某个更具体的区域，与人类行为密切相关，因此具有人文性、文化性、可定位性以及可控性的特点。二者的联系在于：空间与地方均源自"自我"与"非自我"、主体与周边世界的心理区分。空间为地方提供语境，并通过具体的地方获取意义，因此，地方成为空间的一个层面、一个更小的单元，成为体验空间的基础。

空间与视角之间也存在复杂的关系。查特曼（Chatman，1978）认为空间关注点离不开视角。读者要靠文本内叙述者、人物和隐含作者的眼睛来判断自己在叙事空间内的位置。申丹、王丽亚（2010）指出，采用人物的视角来描述空间时，故事空间在很大程度上成了人物内心的外化，外部世界成为人物内心活动的"客观对应物"。故事空间描述的详略程度也可以通过不同的视角来呈现。经典叙事学家更多的还是关注视角（聚焦）的分类，而"故事世界"的认知建构则更加强调视角的功能。普林斯（2018a：31）认为故事空间的呈现离不开视角。视角可以是全能上帝的视角也可以是某个人物的视角，聚焦者的位置可能发生变化，也可能保持不变。在某些叙事中，聚焦者关注的空间可能只是部分而非全部成为叙事陈述的对象，例如，有些叙事只呈现视觉和听觉特征，而有些叙事可能会偏爱嗅觉或触觉属性；有些叙事可能关注不变特征，而有些叙事关注可变属性；有些叙事可能会偏重体积，而有些叙事倾向于线条或犄角旮旯。上述诸多空间要素的呈现既可以有序，也可以乱序。

上述叙事理论学家从不同的角度关注了空间和视角之间的关系，但我们首先需要厘清叙事空间的本体内涵。空间本身并没有像叙事学家们描述的那样备受冷落，实际上，对叙事空间理论层面的忽略和小说家的具体写作实践有一种矛盾。国内外有些作家专门选择地名为书名，这也从某个侧面突出了空间在小说故事世界建构过程中起的重要作用。例如，英国女小说家艾米丽·布朗特（Emily Brontë）的《呼啸山庄》、乔治·艾略特（George Eliot）的《米德尔马契》、中国现当代作家贾平凹的《土门》以及陈忠实的《白鹿原》等作品均以地名为书名。空间不应该受冷落的第二个原因是优先关注叙事空间会改变我们对于背景和图形关系的感知，使我们发现早先被视为边缘化细节的要素突然与故事事件有某种预示关系。空间不应该受冷落的第三个原因来自20世纪60年代末70年代初当代文学和文化批评领域出现的"空间转向"。这一转向将批评的重心从时间转向空间，从现代主义转向后现代主义，重新激发了空间的动力，不再视空间为叙事作品内事件展现的背景，转而将空间视为作品的一个核心要素。这一转向也悄然影响了当代叙事理论的发展，使叙事理论学家充分意识到叙事空间的重要性，开始改变对叙事理论中的空间的看法。弗莱德曼在自己空间化阅读策略的基础上提出了一种"空间诗学"。这一诗学承认空间和时间的紧密联系，空间不再是静态的背景而是叙事结构的动态要素。莱恩从认知视角出发，提出"文学绘图学"的构想，即读者为重构叙事空间思维地图用的各种分析策略。赫尔曼用"空间化"概念来探讨叙事与空间的相互作用。上述诸多层面的因素呼吁我们应给予叙事空间这一类别足够的本体关注。值得庆幸的是，越来越多的叙事学家积极响应巴尔的呼吁，开始为叙事空间单列章节，专门进行分析，使其能够正确地阐释叙事的种种可能性。

第二节　叙事空间的分类与作用

在介绍完当前叙事理论中空间研究所处的理论背景之后，本节将从后经典叙事理论的视角来重观经典叙事学中的空间问题，指出场景只是叙事空间的一个层面，描述只是叙事空间呈现的一种方式。叙事空间研究过多关注故事空间，对话语空间的研究尚需深入。此外，我们还应该重视"读者空间"的建构。

巴赫尔兹与雅恩（2005：552）将"叙事空间"最基本的层面定义为故事内人物运动和居住的环境。查特曼（1978）认为故事空间由人物和场景构成。上述定义强调不同场景内外的人物运动，表明叙事空间蕴含了一种受限制的运动观。受限制是因为虚构世界内的人和物始终离不开其依赖的"容器空间"。这一静态的"容器"观成为结构主义叙事学的宝贵遗产，其核心特征包括构成这一容器素材的可识别性、容器内部与外部的可分性和对人的身体感知的依赖性。上述三个特征也为区分故事空间类型提供了不同的参照标准。故事空间内提供的居住条件可能有温馨的一面也可能有冷漠的一面。容器内外的区分为故事空间提供了一种二元对立的界限。庞迪（2003b：127-140）指出，根据容器界限的可进入程度以及可进入方式、可进入条件，我们可将人物的故事空间分为物理上的不可进入空间、可进入空间、借助替代工具可进入的空间、借助感官感知可进入的空间和借助想象可进入的空间。物理层的可进入性为叙事内的行动提供可能，感知层的可进入性则与叙事的认知结构相关，为直接可进入的空间提供信息。想象层的可进入性具有与感知层的可进入性相似的功能。空间进入的条件则受物理条件、社会文化规约以及形而上层面的限制。巴尔（2009）指出，人物的空间感知主要由视觉、听觉和触觉组成。视觉感知主要从一个特定视角去观察物体的形状、大小和颜色；听觉感知主要根据声音的强弱来判断与感知主体距离的远近；触觉感知表明与感知主体的距离远近。

德容（2014：107-108）认为在分析空间时，应该区分场景和框架。场景是指行动发生的场所，会随着叙事进程的变化而变化；框架则是指发生在思维、梦想、记忆或报道中的场所。框架可能会引入一些遥远的、不可进入的、假想的或者与事实相反的场所。莱恩（2014c：797-799）将叙事空间分为五层。第一层空间框架与德容的场景相似。第二层场景是指行动发生的社会—历史—地理环境。第三层故事空间与情节相关，由人物的行动与思维绘制而成，包括所有的空间框架以及文本内提到的所有场所，这些场所并非真实发生事件的场景。在《依芙琳》中，故事空间不仅包括女主人公依芙琳的家和都柏林港，还包括她梦想和情人私奔的地方：南非。第四层叙事世界是指由读者根据文化知识与真实世界的体验而想象完成的连贯统一的故事空间。在依芙琳的世界里，读者可以推测在都柏林和南非之间隔着大西洋。第五层叙事宇宙是指由文本呈现出的真实世界以及由人物建构的反事实世界，包括信仰、愿望、猜想、梦想以及幻想。《依芙琳》中的叙事宇宙包括两重世界：一个是自己梦想登上去南非的船，从此与情人过上美好的生活；另一个是她从情感上根本无法离开都柏林。这五个层面静态描述了叙事空间的类型，但这五个层次需要在文本的时间展示中渐进呈现给读者，这一空间信息的动态呈现称为"空间的文本化"。

　　莱恩将德容所谓"框架"细化为故事空间、故事世界和叙事宇宙，以空间框架为核心，由内而外地绘制了一个叙事空间的同心圆。其中，"故事世界"概念强调读者的想象在建构世界过程中的作用。读者依照文本内对时空信息的描述、人物之间的交互作用、故事世界的整体塑形以及真实世界的阐释语境来建构故事世界的思维模型。"叙事宇宙"概念则将不同形态的可能世界与文本内呈现的真实世界并置，大大拓展了叙事空间的本体范畴。

　　无论是莱恩还是德容，实际上都在叙事空间的故事层面做文章。法国叙事学家皮埃尔（Pier, 1999）提供了分析叙事空间的另外一个维度，书面文本的平面空间①。通过考察美国作家多斯帕索斯（John Dos Passos）的短篇故事《新闻片》、纳博考夫（Nabokov）的小说《微暗的火》、巴思（Barth）的《迷失在游乐场》以及梅尔维尔（Melville）的《白鲸》，结合其特有的内文本性和互文性，皮埃尔指出，这些不同叙事文本的空间形式分别呈现为图像空间（iconic）、指示空间（indexical）和象征空间（symbolic）三种形式。

　　空间的运动观可将空间与情节关联起来理解。诚如佐兰（1984）指出的那样，情节不只是时间内的某一静态结构，情节还包括路线、运动、方向、容积、同步性等空间要素，成为文本内空间架构的积极参与者。空间关系一方面可在一个基本的、相对稳定的地形层面建构；另一方面包括在时空体层面上呈现出的叙事世界内人和物的运动。这一人和

---

① Pier, John. Three Dimensions of Space in the Narrative Text [A] John Pier. *Recent Trends in Narratological Research* [C]. Tours: GRAAT, 1999: 191-205.

物的运动与庞迪提出的场景的动态模式有更直接的关系。借此，叙事变化与场所变化有某种内在的联系，从而使动态空间的永不停息的运动成为叙事本身的内在属性。庞迪（2003b）指出，由于对人物的身体特征没有给予足够的关注，以往的批评家在很大程度上未能发现叙事空间的这一动态基础。用莫雷蒂（1998：70）的话来说，空间成为推进叙事进程的驱动力。空间不是叙事的外层，而是一种内在力量，形成于叙事内部，或者说叙事作品内发生的事情很大程度上取决于事情在哪里发生。

容器本身是个隐喻概念，包含了对框架内容纳的具体内容的限制，或者说为空间包容物体提供了一种很好的界限。实际上，叙事学中的"空间隐喻"一直受到学界关注。但我们应该清醒地认识到物理空间和隐喻空间二者之间的区别与联系，而不至于将二者混淆。对物理空间的感知离不开容积、长度、宽度、高度、延展性和三维性等空间属性，而隐喻空间概念无法阐释空间的物理属性。文学、认知理论中的空间概念如思维空间、绘图、空间化、空间故事等都体现了不同层面的隐喻意义。我们在解读具体的文学作品或艺术品时常常会把物理空间和隐喻空间这两种不同形式交织在一起。例如，我们在谈论某一作品的叙事空间时，既包括以其自然形式存在的空间如可触摸的房间、地方、场所等，也包括围绕空间产生的各种隐喻关系结构。这些个体与社会群体、组织和任何形式的等级之间的关系结构产生了空间的社会纬度。国外学者特内（Thoene，2016：105-108）沿着空间以及空间性路线对叙事进行重访，并将空间作为其研究对象——美国当代小说中的核心层面加以研究，其目的是为叙事理论增加一种新颖的空间呈现视角，空间并非某个语境假定的事实（not a contextual given），而是一种相互的、以文化为基础的建构物，不仅影响虚构世界中虚构人物的行为，而且对现存的权力结构提出挑战。在特内看来，空间应该在故事形成的过程中摆脱枷锁，以"空间隐喻"的形式讲述挣脱束缚和追求多元的故事，此时的空间也具有了空间的社会属性。不难看出，特内的空间观融合了物理空间与隐喻空间两个层面，因此既包含地理场所，也包含具有文化印记的空间如异托邦，还包含了人类栖息之所的空间化表征，如个人与社会关系结构的表征等。

在理解空间的本体概念时，我们应关注到空间与空间性之间的关系：空间和空间性的区别在于，空间描述了人类体验的架构和分类策略；而空间性用作一种表征模式。在这一模式内，上述空间类别或彼此之间的相互关系以各种不同的形式呈现给读者，如等级、轨迹、运动、交叉等。尽管不同的空间都具有隐喻性，但特内（2016）的"空间性"强调空间的社会纬度。凯斯特纳（Kestner，1978）的"空间性"成为小说空间诗学的核心概念：第一种几何空间性关注点、线、面等几何概念；第二种虚拟空间性关注小说中出现的空间艺术特征，包括场景与绘画、人物刻画与雕像以及结构与建筑之间的关系；第三种"空间性"关注文本与读者的互动空间。塔利（Tally，2013）的"空间性"则关注文学和文化研究中的空间转向问题，旨在绘制文学和文学理论中的社会空间地图。

我们接下来讨论普林斯对叙事空间的分类。尽管故事空间或叙事空间已经得到了叙事学界的普遍重视，但对叙事中的其他空间层面如话语空间、叙述者叙述时所处的空间、受述者的接受空间及其彼此之间的联系研究还不够。美国知名叙事学家普林斯在这一方面进行了一番思考。普林斯（2018a：29-32）在其论文"叙事空间评析"中将叙事空间分为四种。第一种是受述空间（the space of the narrated），指情景或呈现的事件发生的物理环境，其包含的空间实体可多可少，这些空间实体在某种程度上确定了故事空间的性质，具有不同的维度，可开可合、可变也可不变、可静可动。第二种是叙述空间（the space of the narrating），同样涉及不同维度和不同属性。第三种是叙述者叙述行为发生的空间（the space of the narration）。这一空间在很多叙事作品中都未曾提及，但在一些作品中给予了不少关注空间。例如，在康拉德（Conrad）的小说《黑暗的心》中，叙述者马洛（Marlowe）叙述了晚上停泊在泰晤士河畔的游艇。这一空间也会随着叙述者场所的移动而变化并呈现出不同特征。第四种是接受空间（the space of reception），在有些叙事作品如上面提到的《黑暗的心》中这一空间与叙述行为发生的空间相同。但在其他一些叙事如书信体挽歌中，接受空间则不同于叙述行为发生的空间。

尽管普林斯的分类缺乏深度，但这些分类方法在某些特有的叙事作品内能够发挥阐释作用，因此我们需要思考这些叙事空间类型的具体阐释效果，进而提升我们在阅读文学作品时的空间批判意识。叙事学家开始普遍关注叙事中的空间问题，这已经是不争的事实，但多数讨论均停留在故事空间的层面，对叙事空间的另外一个话语层面的呈现即"话语空间"的探讨还不够充分。查特曼（1978）将话语空间置于故事空间之下，话语空间通过叙述者的眼睛来观察，叙述者赋予这一空间象征价值。申丹和王丽亚（2010）指出了叙事空间研究的一种失衡现象，即学界更关注故事空间及其展现方法，对话语空间的讨论则很少涉及。

实际上，马尔姆格伦（Malmgren，1985：39-43）早在其专著《现代主义和后现代主义美国小说中的虚构空间》中曾简要提到叙事作品中的空间在话语层面主要有四种表现形式。这为我们进一步研究话语空间在文本层面的表征提供了很好的参照与借鉴。马尔姆格伦提到的四种话语空间的表现形式包括以下内容：第一，我们应该关注叙事文本内的指示词与人称代词。例如，我们可以寻找表示时间或地点的副词、第一人称代词"我"、第二人称代词"你"等。第二，我们还应该关注一些对叙述事实进行解释的用词。故事讲述者对其讲述的叙事世界持有某种"保留、犹豫或不确定"的态度；讲述者还可以用一些表示"猜想"的短语，如"好像""看似"或"人们会认为"；用一些表示"缺乏确切知识"的模糊短语，如"某种"。这些表达叙述者观点或者态度的短语在某种程度上拉开了与所述事件之间的距离，因此表明了讲述主体的在场，也在一定程度上揭示了叙述主体的意识形态立场。第三，我们还要关注文本作者在微观语言层面的用词模式。文本表层出现的表示相对关系的形容词间接暗示了讲述者赋予人物某些品质的判断行为，假设了某种做出上述判断的伦理立场。这些用词模式不仅可以暗示特有的叙述情景，还有助于表现讲述者的性格特点以及文本的氛围。第四，讲述者的"评论"。这些评论又可分为感知、意识形态和元语言三个层面，大致和对自己、对社会以及对文学的评论一致。针对与虚构世界相关的内容，感知评论是指讲述者自己的看法、信仰体系、判断和思维过程。《苔丝》的结尾处讲述者对主人公结局的评论便属于这一类。意识形态评论主要是指，这一类评论的出现假设存在一个共同的阅读群体，共享他们赖以生存的价值体系、意识形态结构或文化环境。奥斯丁（Austin）的《傲慢与偏见》的开篇便属于这一类。元语言评论是指对叙述行为直接进行评论或直接指向叙述行为。后现代主义作家巴思、福尔斯（Fowles）等的作品多采用这一评论形式。

在对各种类型的叙事空间的属性及其之间的关系进行了简要梳理后，普林斯指出在叙事空间层面的各种关系中，可能最重要和最精细的非受述空间和叙述空间莫属。按照热奈特（Genette）对叙事时间的精细分类，这些空间关系也应与频率（frequency）、顺序（order）和比例（scale）相关。从与频率的关系来说，某一给定的故事空间或空间单元可以只呈现或描述一次，也可以表征多次，两个或多个给定的故事空间或空间单元可以只概述一次，也可以重复呈现多次。从与顺序的关系来说，故事空间可以有序呈现也可以乱序呈现，可以一次全部呈现，也可以采用渐进的方式逐步呈现，同时应考虑叙述者的视角与叙事空间呈现之间的关系。比方说，某一给定的空间或空间单元可以按照由上及下、从左到右，由前至后的方式呈现。已经确定好的空间呈现模式也可以受阻，这会造成空间错乱的情况。除此之外，某一给定空间或空间单元的呈现也可以暂时停顿下来，为呈现别的空间让道。就与比例的关系来说，用计量单元来衡量几乎毫无意义可言。不过可以考虑用构成空间叙述比例的叙事陈述来考察，这些陈述既可以是静态陈述（系动词 IS 模式），也可以是动态陈述（动词 DO 或 HAPPEN 模式）。由于叙事陈述不依赖采用的叙事媒介，就某个给定的故事空间或空间要素而言，可能需要或多或少的叙事陈述来呈现，如果鲜有叙事陈述来呈现故事空间，我们可以用微观空间叙述来表示，相反，如果故事空间需要多个叙事陈述来呈现，我们可以用宏观叙述来表示，当然，我们还可以用中观叙述来呈现两个轴端的中间可能性。尽管这些空间衡量方法的精确性尚需验证，但普林斯为经典叙事学的空间研究提供了新颖的阐释概念，从而丰富了经典叙事学中叙事空间研究的阐释广度。

既然叙述可以表述故事空间的不同层面，自然也可以表述话语空间的不同层面。通常情况下，叙事作品中鲜有提及话语空间或叙述行为发生的空间，但有时对这些话语空间也会提供详细的、多少有些条理的叙述。依此逻辑，尽管叙述行为本身很少提供读者接受空间的信息，但偶尔会一次或多次详略有别地呈现接受空间的某些属性。

　　通过对比上述四种不同空间的呈现方式，我们可以从中获取意义。我们应该考察叙事中更多的空间要素，梳理不同空间呈现方式之间的微妙联系，这样的考察不仅能丰富叙事学的描述术语库以及阐释可能性，还可以帮助解答不同的空间层次在真实接受者定位叙事存在要素和事件过程中起到的作用。例如，读者可以探究不同的空间层次与具体的真实世界的历史时期与空间之间的联系，探究不同的空间层次与不同媒介之间的交互关系。换言之，这些考察有助于拓展叙事学在认知、历史、地理和唯物层面的研究深度。实际上，普林斯暗示了经典叙事学中的空间观与后经典叙事理论中的空间观之间的关系，并为拓展经典叙事空间研究进行了不懈的努力。例如，普林斯（2016，2018b）看到了"地理叙事学"的发展潜能，呼吁叙事学界需要进行一种从研究"叙事中的空间"到研究"空间内的叙事"的范式转移。

　　在了解了叙事空间的分类后，我们需要弄清叙事空间（这里主要是故事空间）的作用。如前所述，叙事空间定义中蕴含了容器观和运动观两种矛盾的观点。这也是叙事空间具有的两个主要功能：一方面，空间成为一个框架，成为行动的场所；另一方面，空间被赋予主题，即空间自身成为呈现的对象。此时的空间成为一种能动的场所而非行动的固定场所。无论是框架空间，还是主题化的空间，都能起到静态或动态的作用。巴尔（2009）指出，静态空间是指事件发生的固定的框架；动态空间是指人物运动经过的路径。德容（2014：123-129）指出，故事空间除了叙事学家所称的点缀功能之外，还有另外五个主要的功能：第一，当空间本身成为叙事中的主要构成时，空间便具有了主题功能。第二，当某一个地方或物体以简要描述或造型描述的形式呈现时，空间便具有了镜像描述功能。第三，空间具有象征功能。这一功能是指地方通常按照内对外、城市对乡村等对立的形式安排，充满了语义内涵，还有一些空间借助文学规约获得了某种象征联想意义。第四，如果空间揭示了某个人物或人物的环境、性格、处境的某些内容，空间便具有了人物刻画的功能。第五，如果空间为我们呈现出某一个人物的情绪或内心感受，空间便具有了心理刻画功能。德容承认空间的象征、人物刻画以及心理刻画功能之间的区分并非易事。因此，这些术语在使用时常常融合在一起。而且，这三种功能可能会同时发挥作用，但彼此之间确实也存在一定的区别。如象征功能通常具有文化性与集体性，而人物刻画以及心理刻画功能与个人相关。人物刻画功能是指人物的永恒特征，而心理功能是指人物在瞬间的情绪。

　　需要指出的是，多数学者较多关注故事空间的作用，很少论及话语空间的作用，这也是我们今后需要进一步研究的一个重要方向。此外，我们还要清楚叙事文本中空间信息的分布策略，或者说空间信息的呈现方式。叙事学家巴尔、德容都在自己的论著中提供了很好的例证说明。我们应该清楚空间信息的呈现方式主要包括暗示、简明扼要地介绍、详尽地描述等几种主要的方式，而非只有描述单一的呈现方式。当然，这些空间信息的不同呈现方式可通过叙述者的聚焦、人物的聚焦、零聚焦等叙事技巧来实现。

第三节　经典叙事空间研究的问题与不足

　　由于经典叙事学主要是对叙事结构的形式化研究，因此经典叙事学中的空间研究也会呈现出相同的倾向。从这个意义上来说，经典叙事空间偏爱空间结构、空间关系就不足为奇了。由于刻意追求客观的稳定结构，因而注意不到语境这一要素。话语空间的一项功能便是将叙事空间语境化。这一空间主要通过叙述者的视角来展现，旨在揭示叙述者的意识形态立场，这是经典叙事学中的一个顽疾，需要从后经典叙事理论尤其是语境叙事理论中寻找出路。当下学界对叙事空间的故事层面关注较多，而对叙事空间的话语层面的探讨还需要进一步深入，对故事空间或话语空间在读者头脑中的认知思维建构的关注也不够，这无疑是经典叙事空间研究的一个亟须解决的问题。

　　第二个问题是经典叙事空间研究绝大多数都侧重分析现实主义文学作品，具体关注这些作品中的物理空间在文本层面如何建构故事世界，都强调空间框架在表达和强化现实性效果方面起到的稳定性作用。这也是经典叙事学本身具有的一种内在局限性。正因为如此，吉布森（Gibson）指出经典叙事学的三大缺点：一是叙事文本过度几何图式化；二是倾向于将叙事文本内隐藏的结构普世化以及本元化；三是倾向于用几何术语来思考普世化和本元化的各种表现形式。经典叙事学将文本空间重复建构为一个单一的、同质的空间。这个空间界限清晰，层次分明。如莱恩对叙事空间的五分法体现了上述特点。在后现代主义语境下，叙事空间的稳定性受到质疑。在吉布森看来，经典叙事学不应该受到含混以及多元的干扰，后现代叙事空间变得含混、多元、面目全非，成为任何给定叙事世界内的一个可变的、不确定的特征。吉普森呼吁摒弃结构主义叙事学追求的中心稳定性，转而追求后现代叙事空间的多元性与异质性。在此语境下，叙事学家赫尔曼（1999）也倡议后经典叙事学不应一味追求客观的确定性，而更应包容与开放，乐意对经典叙事学模式的局限性重新进行思考与评价。

　　经典叙事学的研究素材确实过于狭隘，对于分析后现代主义怪诞小说有一定的局限性。加西亚（Garcia, 2015）在这一方面做出了自己的思考，在其著作《空间与当代文学中的后现代怪诞》中，加西亚提出后现代怪诞文学中的空间即为怪诞，一些不可能的超自然要素成为某个空间事件。加西亚从场所、故事、话语、语境以及怪诞五个维度探究空间与怪诞效果之间的关系，指出研究后现代怪诞文学中叙事空间越界可以让我们清晰地看到文学文本与当代纷繁复杂的空间观之间的相互依赖性。同时，空间概念的本体越界现象只能发生在怪诞小说中。尽管这一表述略显绝对，但不得不承认，后现代主义小说中的空间越界已经习以为常。

依照莱恩（2014c：796，801）的理解，叙事学中的空间研究存在两种截然对立的观点：一派观点将空间概念固化为一种先验的直觉形式，一套确定物理位置的维度体系；另一派观点认为我们不应该将空间简单描述为"表层"或"容器"，而应该是有更多的思考空间的方法。叙事空间研究从一开始就在一种悖论中艰难生存，但这种悖论式的存在现状恰恰体现了经典叙事学和后经典叙事理论、地理学等相关学科之间的相互关系。我们在下面的章节里将探讨后经典叙事理论各个分支如何拓展经典叙事空间，为读者描绘一幅幅后经典叙事空间的"认知地图"。

第二章

认知叙事理论视野中的叙事空间

当今时代首先是空间的时代，福柯（Foucault，1986）的这一宣言开启了人文学科的"空间转向"。学界认为这一转向产生了两个重要的影响：一方面强调文学文本内的文化—空间层面，如他者性、性别以及身份的空间语义化；另一方面，一些隐喻化术语如阈限性、认知绘图等进入叙事文本的分析话语中。但无论是小说理论还是叙事理论，这些领域内的"空间转向"相对滞后。其中一个重要原因是，诚如文学批评家萨伊德（Said，1993：100-101）指出的那样①，批评家早已习惯性地认为小说的情节与结构主要由时间构成，从而忽略了空间、地理以及方位的作用。科特（Kort，2004：10）也为小说叙事理论未能公平对待叙事话语中的空间语言而鸣不平，呼吁凸显地方与场所语言的重要性。如前文所述，学界对叙事理论中的空间研究滞后现象提出了多种解释。如叙事文学本身是一门"时间"艺术，从而忽略了文学作品内的空间；另外，即将空间与描述对应起来，认为空间只为叙事提供一般的场景。阿伯特（2008）还指出空间研究滞后的另一个重要原因，即叙事学家主要强调作为叙事动力的悬念。国内一批学者如龙迪勇、程锡麟等开始持续关注叙事的空间维度，方英较多关注西方文学作品中的空间批评与

---

① Said, Edward. *Culture and Imperialism*, London：Chatto, 1993.

26

小说空间叙事理论，但很少系统论及后经典叙事理论中的空间问题。国外后经典叙事学家在叙事空间研究领域取得了丰硕的成果，这应该是我们当下叙事空间研究努力的一个方向。以赫尔曼、莱恩等为代表的一批认知叙事学家无疑将空间研究提到了一个新的高度，推动了叙事空间的认知维度研究。本章通过对赫尔曼等认知叙事学家的相关论述进行梳理，旨在剖析认知叙事空间研究的两个核心概念："故事世界"和"叙事世界"。内容包括其理论渊源、核心观点、阐释策略、阐释效果以及彼此之间的相互联系与区别，指出认知叙事空间研究与经典叙事学和其他后经典叙事理论流派之间的关系，进而勾勒出认知叙事空间研究的发展脉络与趋势，同时为国内叙事空间研究提供一种认知视角层面的理论借鉴和阐释借鉴。

第一节　世界建构：故事还是叙事

赫尔曼的故事世界建构是认知叙事理论中的一个核心内容。从 2002 年的《故事逻辑》到 2009 年的《叙事的基本要件》，赫尔曼将"故事世界"作为其叙事研究的重要旨趣之一，并且把"故事世界"作为其主编的叙事学研究期刊的刊名。赫尔曼本人在该刊的第二期"编者专栏"里明确指出这一学刊强调跨媒介故事讲述，以及就如何分析和阐释上述故事讲述而提出更加有效的方法展开跨学科对话。这样做有两个好处：一是齐心协力发现跨媒介故事讲述多重模式中叙事共有的核心特征；二是通过不同媒介、不同学科的研究，阐明某一给定故事讲述环境中的特性。下文从"故事世界"概念的缘起、内涵、作用三个方面予以阐释。

赫尔曼的"故事世界"观受西格尔（Siegel）的认知—现象学理论的影响。西格尔（1995）指出虚构叙事内的故事世界是一个包含故事的单一时空体结构、一个具有与真实世界时空体结构相似的多重可能世界①。故事世界以真实世界时空观为主要参照，形成一个时空连贯的观念域。其主要作用是限定故事中各种空间实体的属性以及相互关系，并赋予读者一种连贯的现象学感受。西格尔的故事世界强调读者的积极参与作用，是一种读者的思维建构。

西格尔的故事世界概念里或明或暗地包含了阐释者的指示中心转移、故事世界的整体连贯性以及读者的积极参与作用。这为赫尔曼的"故事世界"提供了很好的理论支撑。赫尔曼本人也不满经典叙事学对故事的"扁平"阐释，认为"故事世界"概念更好地抓住了叙事阐释的系统演化过程。"故事世界"指出了阐释者不是递增式地而是系统式地重构叙事事件、状态和行动序列。故事接受者不只是把行动片段串联为线性时间，而且要对照故事世界中其他可能出现的发展路线来考量这一线性时间的意义。也就是说，叙事理解需要确定讲述的事件和行动如何与过去可能发生过的事情、现在可能正在发生的事情以及已经发生的事情与将来可能会出现何种情况联系起来。上述进程策略在叙事语境中的重要性促使赫尔曼（2001：13-14）将研究从故事转向"故事世界"。

如赫尔曼（2001：4-5）本人所言，"故事世界"的建构观还受到了"可能世界"理论学家如德勒兹（Doležel）、帕维尔（Pavel）以及莱恩的启发。赫尔曼对读者建构虚构世界的过程颇感兴趣，因此叙事分析就变成了阐释者重构赋码于叙事中的故事世界过程。从这个意义上讲，"故事世界"概念是认知叙事理论中的一个重要构成部分，与虚构

---

① Segal, Erwin M. Narrative Comprehension and the Role of Deictic Shift Theory [A]. Judith F. Duchan, Gail A. Bruder, Lynne E. Hewitt. *Deixis in Narrative: A Cognitive Science Perspective* [C]. Hillsdale: Lawrence Erlbaum Associates, Inc, 1995: 3-17.

世界比较而言，故事世界更为具体，因为这一概念强调读者建构世界的认知维度。在强调读者建构故事世界这一层面，或者说在强调读者与叙事之间的交际方面，认知叙事理论与修辞叙事理论有一定的相通之处。

莱恩与索恩（Ryan & Thorne，2014）认为，用"故事世界"代替叙事，这一变化恰好反映了叙事理论过去十年的变化①。"世界"一词强调叙事的建构和想象层面，强调建构主义和以人为中心的重要性，也就是说，强调叙事是由人建构的世界。古美尔（Gomel）也指出，赫尔曼以世界为中心的方法将焦点从模仿转向诗学，创造了可能与文化现实一致或不一致的独立的本体域，从而使叙事研究发生了革命性的变化。

"故事世界"的建构离不开叙事理解。叙事理解是一个根据文本线索与文本推测建构故事世界的过程。这一故事世界具体指文本中人物对他人以及与他人一起在什么时间、什么地方、以什么原因和什么方式做了什么。读者需要在文本世界里重新定位或者做出指示转移，才能理解叙事。"故事世界"是由叙事文本或者话语引出的世界，是对所述的事件以及情景的一种整体思维模式。各种叙事媒介如文本、电影等为上述由思维建构的故事世界的生成以及改善提供了蓝本。不同媒介的文本提供不同方式的建构世界的蓝图：书面叙事的蓝本主要由文本提示语言、印刷版式、文本页面的空间布局以及图表、草图和插图等构成；而非语言要素在图画叙事中起重要作用。理解叙事的意义从根本上需要把文字（也可以是非文本叙事媒介中的符号提示）绘制为多重世界的地图。《故事世界》学刊的总体目标也就是要整合各个不同领域的观点来阐述探究建构世界的叙事方法。赫尔曼还强调叙事对阐释者的浸入力量：叙事阐释者不只是重构事件序列和一系列的存在素，而是从内心和情感上

融入一种世界。

"故事世界"在叙事理解的过程中有两种作用：一种是"自上而下"，为读者提供宏观认知假设；另一种是"自下而上"，读者可以根据叙事文本的内容不断调整、改写，甚至放弃先前的假设。莱恩（2003）的"认知绘图"有助于理解上述两种作用。这一概念在理解故事世界或叙事世界的建构过程中起到了非常重要的作用。叙事作品为读者提供了许多文本提示，使读者可以定位自己在故事世界内的时空方位，读者在大脑中对虚构世界中空间关系的思维建构就是莱恩提出的"认知绘图"（2003：215）。

莱恩认为读者需要认知地图来理解情节，并以情节为基础建构认知地图。读者依照人物的运动空间来建构整体空间，使读者能够确定事件的位置。这一整体空间则是通过"自下而上"的阅读活动来建构的。另外，认知地图又为文本世界的探求者提供了一种"自上而下"的引导。这两种过程的互动成为文本阐释圈的认知步骤。叙事空间的认知模式以反馈环效应的方式，将容器空间内人物的移动视觉想象出来，从而实现了读者与文本的双向动态互动。这里需要指出的是，叙事空间的思维模式是在长时间记忆内的一个建构。尽管这一建构以一个个单一空间框架内的意象为基础，但这些框架在短时记忆内相互取代，这就解释了读者为什么无法确定一个个单一框架在叙事世界内的位置。通过建构文本世界的认知地图，读者可以对文本的整体情节有丰富的虚构体验，对文本的叙事逻辑有理性的认识。莱恩认为，认知地图的作用就是让读者浸入叙事。我们建构叙事空间的认知模式就是为了发现这一活动中的认知优势，就是需要达到浸入文本世界的目的。

这里的空间浸入效果主要针对文学叙事作品而言。其他非文学叙事媒介同样离不开"故事世界"概念以及"故事世界"的建构过程。莱恩分析了"故事世界"概念对于建构跨媒介叙事理论的四重作用：其一，故事世界成为区分两种叙事要素的基础，存在于故事世界内的要素和存在于故事世界外的要素；其二，上述故事世界内与故事世界外特征的区分同样可以运用于多模态文本的多元化符号渠道；其三，故事世界区分了单一世界文本和多重世界文本；其四，尽管阅读受到媒介所用的符号类型的影响，故事世界依然有助于关注读者的建构方式。

赫尔曼为阐释者建构故事世界提供了一种阐释策略，这将是我们下一节主要讨论的内容。实际上，赫尔曼的"故事世界"概念对后经典叙事理论其他分支产生了一种潜移默化的影响，并将这一概念作为核心关键词来加以研究，例如，哈维（Harvey，2015）在其著作《奇妙的跨媒介：穿越科幻小说和怪诞故事世界的叙事、游戏与记忆》中集中探讨了科幻小说和怪诞故事中世界建构的呈现方式。我们现在讨论另外一个与"故事世界"常常替换使用的概念："叙事世界"。

"叙事世界"较早出现在格瑞格（Gerrig，1993）的《体验叙事世界：阅读的多样心理活动》一书中。格瑞格旨在解释读者阅读叙事多样化体验的共性，旨在理解为什么会出现上述多样化阅读体验的认知过程。格瑞格运用两个隐喻来说明读者叙事体验的特征。第一个隐喻"被转移"关注叙事带来的主观体验。这一隐喻不仅指故事有能力帮助我们摆脱眼下的烦恼，而且指叙事有能力改变我们在故事内的视角，读者可以与叙述者的态度一致，也可以通过人物的眼光来观察事件。叙事的转移性在于创造平行世界：一个是读者所在的真实世界；另一个是读者被转入的叙事世界。读者真实世界的知识未必能支配我们对叙事世界的认知。转入叙事世界是指一种认知、情感以及思维意象的故事参与状态。转入体验不仅限于文学文本，还可以用于其他不同的非文本媒介。同时体验者对真实世界的态度会发生改变。第二个隐喻"完成叙事"

强调读者参与叙事世界建构的主动性，读者可以通过共有的或者特有的认知结构，在体验叙事世界的过程中完成叙事转移任务。格瑞格的《体验叙事世界》为阅读叙事打开了新的研究视角。该书采用的跨学科研究方法将认知心理学、读者反映理论等结合起来，描述了读者体验叙事世界的认知过程。该书还将读者阅读叙事的现象学体验与读者阅读叙事的报告等实证数据结合起来，将量化和质化方法结合起来，为空间叙事研究注入了新活力。

德勒兹（1979，1998）认为，叙事学中的基本概念不是"故事"，而是"叙事世界"，并且在《诗学》期刊上还区分了叙事世界的两种类型。在其专著《多重宇宙：小说与可能世界》一书中，德勒兹（1998：181）将"叙事世界"定义为可能世界中的一个类型。可能世界理论关注读者如何进入虚构世界，这是对叙事学的一个重要贡献。读者可通过文字符号以及信息编码进入虚构世界，可以跨越真实世界与可能世界之间的界限。为了跨越这一界限，虚构文本迫使我们通过生成新的认知框架来调整自身的认知结构，为了重新建构和阐释虚构世界，读者必须重新定位自身的认知立场，这样才能与千姿百态的虚构世界一致。需要指出的是，虚构世界因其不完整性从本体上有别于读者的真实世界。

颇为有趣的是，叙事学家阿伯特在其《剑桥叙事简介》的第二版中专门增加了一章题为"叙事世界"的内容。阿伯特（2008：164-167）主要通过对门罗（Monroe）的短篇故事《蒙塔纳州的迈尔斯城》的空间解读，将空间与氛围、空间与意识联系起来。在阿伯特看来，叙事是一门建构和理解空间的艺术。有些叙事世界里不仅洋溢着空间情感氛围，还渗透着多重意识，叙事中由 A 点至 B 点的运动不仅仅是时间和空间的问题，用个比喻的说法，还是某种意识层层叠加的问题。

综上所述，"叙事世界"是一个具有多重意义的隐喻空间概念。格瑞格的"叙事世界"主要侧重读者的多样化阅读体验；德勒兹的"叙事世界"侧重读者穿越于真实世界与虚构世界之间的认知结构的调整；阿伯特的"叙事世界"将空间情感氛围与意识交织在一起，涉及不同世界之间的叙事世界以及相应的美学、伦理效果等内容。三位学者的共同点是都指出了读者的阅读体验。除了上述学者对叙事空间有过相关论述之外，认知叙事学家也对这一概念倍感兴趣。

丹嫩贝格（Dannenberg，2008：75-85）将读者的阅读体验生动地比作探索新世界的一个旅程，读者可以暂时逃离真实世界，能动地融入新的叙事世界的建构。对丹嫩贝格而言，"叙事世界"成为一种心理建构，为人类思维的自由和解放提供了场所，使人类跨越真实世界本体时空的界限。这样一来，阅读小说成为人类本体解放的认知模仿。丹嫩贝格认为叙事世界有其内在的逻辑性和自主性，有其故事内的连接体系。这些连接体系根据文本给读者的提示而生成，读者应以理解真实世界的认知运作来把握叙事世界里事件和人物的不断成形。

不难看出，丹嫩贝格的"叙事世界"与前面提到的赫尔曼的"故事世界"的概念颇为相似，侧重强调读者以对真实世界的身体体验框式来建构叙事世界。这一建构过程主要围绕情节的空间维度展开。读者可运用六种体验图式来建构这一空间维度：自内而外的包含型、路径与链条型（其中路径图式涉及方向性和目的，链条图式涉及关联性）、中心—边缘型（主要是指世界以我们的身体为感知中心向外辐射）、"自上而下"的纵向型、横向型以及入口或者窗口型。丹嫩贝格的叙事世界建构过程着重解决两个方面的问题：一是通过研究叙事理论和叙事作品中对时间的空间建构，旨在说明人类认知思维如何运用路径、旅行等空间隐喻来描述更为抽象的时间内容；二是通过研究虚构作品中的叙事空间本身的建构，旨在说明人类认知思维如何运用容器、窗户、入口等空间意象图式来创造空间环境。叙事世界建构的认知模式以空间隐喻为基础。通过路径、容器以及入口等核心隐喻，我们可以把情节想象为多重路径（可融合也可分叉）、多重目标（可实现也可受阻）的隐喻网络。这些空间隐喻框架模式对营造叙事浸入效果起到了关键作用。

赫尔曼（2012：98）等后经典叙事学家在合著的《叙事理论：核心概念与批判争鸣》一书中单列一章《叙事世界：空间、场景与视角》来阐述修辞叙事理论、认知叙事理论、女性主义叙事理论、非自然叙事理论对叙事空间问题的看法以及相互联系。"叙事世界"这一概念与故事世界的叙述有关。赫尔曼在讨论事件的情节化时，指出情节化过程不只是建构一种时间序列，还需要建构一系列相互连接的时空语境或环境——这些定位的行动和事件通过叙述过程相互连接在一起。故事世界的空间化过程通过叙述建构叙事世界，同时受古德曼的世界建构方式理论以及格雷格转移理论的影响，赫尔曼欣然接受"叙事世界"这一提法，并且将叙事世界建构的空间层面，也就是叙事世界的空间成形细分为四个方面。

第一，受述事件发生/将会发生/可能会发生在何处？与叙述行为发生的场所有何关系？与阐释者的当前位置有何关系？

第二，受述事件叙事域如何空间成形？随着时间的推移，这一叙事域会发生何种变化？

第三，在行动进程的某个给定时刻，受述事件叙事域的哪些要素前景化、哪些要素背景化？

第四，就叙事世界内的情景、物体以及事件而言，谁的视角呈现了某个给定时刻的叙事世界？

通过讨论赫尔曼的"叙事世界"概念，我们可以看出有关"叙事世界"成形的问题涵盖的范围更全面、更立体化。第一个问题不只是考虑故事发生的场所，还将这一场所与叙述者的场所、阐释者的场所联系起来，不仅涉及故事世界本身，还有话语世界以及阐释者的真实世界；第二个问题强调读者建构故事世界认知地图的过程性，其中"叙事域"概念强调叙事不只是由时间架构的交流行为，还是由语言或视觉提示体系构成，固定于具有特殊空间结构的思维模式中，叙事表征的故事世界有一个特有的空间结构，这一空间结构需要读者的思维来主动建构；第三个问题与文本的话语策略相关；第四个问题将世界建构与视角联系在一起。

"故事世界"与"叙事世界"在概念范畴中有诸多重叠之处。莱恩在区分叙事空间的五个层次时，就把"叙事世界"等同于"故事世界"，将其定义为由读者根据自己的文化知识和真实世界体验而构想的完整的故事空间，而且具有连贯性、统一性和本体完整性等特点。无论是"故事世界"，还是"叙事世界"，二者都没有摒弃故事，同时又突出强调讲述故事时真实发生的内容。笔者认为，"故事世界"与故事关系更为密切，更侧重文本故事空间的本体性，同时关注故事各个要素在文本层面的语言学表征；"叙事世界"的内容范畴要比"故事世界"广，包括人称、视角、叙事技巧等话语空间的内容。认知叙事理论视角下的空间研究的一项重要内容就是要阐明读者如何从文本提示转入故事世界／叙事世界的思维模式，仿佛感觉自己融入了文本的虚构世界，见证事件的发生和体验故事参与者的情感，从而将研究叙事文本与研究叙事理解融合在一起。

建构叙事空间的认知绘图，其目的就是要浸入文本世界。莱恩将空间场景作为浸入的入口，指出空间浸入源自"马德琳"效果，更多地取决于文本与读者个人记忆的偶然共鸣。正如滴入茶中的马德琳的口感和味道将普鲁斯特带回到童年的村庄一样，文本中的一个词、一个名字或者一个意象同样可以将读者转入一个或爱或恨的景观中。莱恩指出，读者可以融入文本内的场景，与场景建立一种亲密关系，也会感觉到一种空间疏离感和迷失感。这一点在后现代主义作品中较为明显，因为后现代主义空间与具体的场所没有亲密的联系，空间处于不断的运动之中，成为盲目的导航，镜像的画廊，自我变幻的迷宫，平行及镶嵌的宇宙，非连贯式的无限膨胀。这与巴士拉追求的空间稳定性与安全性背道而驰。如果说巴士拉的空间由一个具体的、受限制的身体去用感官体验，那么后现代主义空间只能由分裂的、抽象的身体去想象，前提是只有与空间的具体节点发生联系后才可能体验。丹嫩贝格将空间浸入与排斥作为读者对情节建构的心理反应，为读者提出了两种认知建构渠道：一是叙事中的因果关系、亲疏关系和相似性；二是叙事悬念。

空间表征的浸入效果并非取决于信息的纯粹密度，而是取决于场景的突出特征以及描述性篇章能否投射出一幅认知地图。莱恩以艾米丽·布朗特的《呼啸山庄》为例，认为故事中的场景可以简化为几个重复出现的母题如荒原上的风、冬日冰冷的地面以及夏日柔和的草丛等。其中，作者对细节的吝啬表明了人物生存环境的虚无性和广袤性，说明文本只需要几个维系点就能俘获读者的心。莱恩认为《呼啸山庄》中的场景是风与地的对话，是宇宙元素的原型冲突。

叙事艺术中的一个变数就是叙述者和读者与故事世界中的时空之间存在想象距离。当这一距离接近为零时，就会出现莱恩称的时空浸入效果。通过分析《十日谈》《包法利夫人》《海浪》等文学作品中的片段，莱恩指出经典叙事学中一些相互对立的叙事策略有助于空间浸入。这些二元对立的叙事策略包括场景与概述的对立、内聚焦和外聚焦的对立、人物对话和具有人物特性的自由间接话语与文体上中立的话语的间接报道的对立以及第一人称叙事中体验式自我和回顾式自我的对立等。

莱恩着重探讨了三种最为重要的话语策略：副词指示转移、一般现在时态和第二人称叙述。我们此处以副词指示转移为例加以简单说明。莱恩比较了直接话语、间接话语和自由间接话语三种话语呈现方式，指出自由间接话语的句法标志将第三人称一般过去时叙述和表示此时此地的近指时间副词结合起来。莱恩为我们提供的是乔伊斯的短篇小说《伊芙琳》中的例子："即便是现在，尽管她（伊芙琳）都过了十九岁，可有时总觉得受父亲暴力的威胁。"这一句话采用的话语呈现方式为自由间接话语，其效果让人感觉叙述者似乎隐身为背景，反而包含自身指示中心的故事世界成为前景。在此基础上，莱恩通过比较上述三种话语方式，认为自由间接话语最具有浸入效果，因为这一表达让读者置身于一种介于叙述者与人物时空场所之间的固定位置。通过副词指示转移、时态和人称的分析，莱恩认为读者的隐含位置与所述事件之间距离的可变性表明叙事现象学涉及两种重新定位行为：逻辑上的重新定位将读者从真实世界移入文本产生的非真实可能世界；想象中的重新定位将读者从故事世界的边缘置于中心，从叙述时间置于所述事件的时间框架内。

无论是"故事世界"还是"叙事世界"，都离不开"世界建构"（world-building）这一重要概念，因此，我们有必要理解世界建构在叙事研究领域内的含义。赫尔曼（2009a：71）在为德国叙事研究系列著作第 20 本论文集《跨学科叙事研究时代的叙事学》一书所写的题为《世界建构的叙事方法》一文中系统阐述了世界建构的认知方法[①]。赫尔曼假定世界建构可能是叙事意义生成的最根本条件。在拓展古德曼（Goodman）"世界建构方法"的基础上，赫尔曼提出世界建构过程应包含具体的、可识别的操作步骤。说得再细致一些，赫尔曼关注叙事建构

---

①　Herman, David. Narrative Ways of Worldmaking [A]. Sandra Heinen & Roy Sommer. *Narratology in the Age of Cross-Disciplinary Narrative Research* [C]. Berlin & New York: Walter de Gruyter, 2009a: 71-87.

背后深层的认知过程。建构叙事世界的过程需要找到认知思维建构的故事世界内三个层面的话语提示：是什么、在哪儿以及什么时间。这三个维度之间的互动关系能够阐明建构世界的构成以及时空轮廓。通过分析三种不同媒介的故事讲述形式纸质叙事、面对面讲述以及插画小说，赫尔曼旨在说明世界建构模式不受媒介的影响。

实际上，赫尔曼（2009b）的"世界建构"是构成其著作《叙事的基本要件》中一个要点，其他三个分别为情景性（situatedness）、事件序列（event sequencing）以及感受性（what's it like）。以上四种一起构成了叙事的世界建构特有的步骤。赫尔曼将叙事世界建构作为其研究的核心理论框架，认为世界建构包含叙事的指涉维度，成为叙事体验的标志，成为故事和故事讲述的根本作用，成为叙事探究的新起点和为其服务的分析工具。赫尔曼指出，这一研究方法的关键在于故事研究者应该解决叙事如何为世界架构和世界创造提供不同的方法，关注叙事世界建构的方法研究故事讲述者如何运用不同种类的符号体系来激发阐释者参与叙事世界或者故事世界的共同建构过程。赫尔曼将叙事理论重新定位到世界建构问题之上，将故事世界置于叙事和思维的联系之中，从而将叙事研究现有的阐释框架再次语境化，或将叙事研究转入另外一个制高点。因此，上述阐释框架的潜在语法可以得到重新审视。叙事世界建构的批判式、反思式方法为叙事探究开辟了新的方向，同时可以重新考虑与叙事交流图式相关的一系列问题。

赫尔曼（2009a：71，72）认为叙事的"世界建构"潜能弥补了经典叙事学的所指属性（referential properties），成为后经典叙事理论的特征。就叙事世界建构的研究情况而言，分析家借用经典叙事学家忽视或很难用到的想法，努力丰富结构主义概念的内涵，因此为研究故事世界的建构与重构提出了一些新策略。

在赫尔曼看来，世界建构行为对所有的后经典叙事理论学家都至关重要。例如，女性主义叙事学家可以探究与主导文化原型相关的男性人物与女性人物的性别作用，修辞叙事学家可以考察读者为充分与虚构世界互动，假如想要参与多重读者立场需要采用何种假设、信念以及态度，跨媒介叙事分析家则可以考察交互系统如何改善我们浸入虚拟世界的体验。

赫尔曼（2009a：75）具体分析了不同媒介、不同体裁以及不同交际语境中世界建构的具体形式：某一既定媒介中故事讲述者可以利用符号提示来设计生成以及更新故事世界的蓝图（blueprints）。赫尔曼对蓝图进行了补充说明，借用这一空间隐喻、语言表达以及其他交流形式可以解读为沟通前后思想、观点以及意义的容器或载体。这一观点间接取自雷迪（Reddy，1979），雷迪认为句子就像蓝图一样，设计好的作品就要让会话者能够重建以蓝图为模本的情景或世界①。而且，考虑到在计划、制作以及理解蓝图时的复杂过程，这一比喻预示完全成功地阐释设计的机会渺茫。在纸质文本中，提示包括书面语言的措辞、短语、句子还有排版模式、纸质页面的空间布局、图表、素描以及插图。相反，在连环漫画小说中，非文字要素的作用凸显：人物在呈现的场景中的安排、说话框的形状以及画中场景的呈现都可以用来表达故事世界。在面对面的对话互动中，讲述者可利用口语表达及手势来建构叙事世界，从当下互动对话的时空场景中得到世界建构过程的素材。

赫尔曼在该论文的第五部分对比分析了不同文类中的叙事开端如何帮助我们建构故事世界。在该论文的第六部分，赫尔曼（2009a：85-86）指出世界建构的叙事方法旨在将跨媒介叙事理论和认知叙事理论

---

① Reddy, Michael J. The Conduit Metaphor – a Case of Frame Conflict in Our Language about Language [A]. Andrew Ortony. Metaphor and Thought [C]. Cambridge: Cambridge University Press, 1979: 284-324.

融合在一起。前者假定不同叙事媒介中的叙事实践有一些共性特征，这些叙事实践都是叙事文本类型的实例。跨媒介叙事理论争议之处在于叙事的故事层面在不同的媒介形式的变化中是否会一直保持不变。认知叙事理论则是研究与思维相关的故事讲述活动，无论故事讲述活动采用何种方式，这就在范畴上说明了认知叙事理论的跨媒介性。因此，认知叙事理论不仅包括纸质文本中叙事与思维的关系，而且包括面对面对话、电影、无线电新闻广播、以电脑为媒介的虚拟环境等。我们可以从与叙事创作和阐释相关的多个维度研究"思维关联性"：包括讲述者的故事产生过程、阐释者生成故事世界意义的过程、故事世界内人物的认知状态和性情。叙事世界建构研究应该为认知叙事理论和跨媒介叙事理论领域内的故事分析家提供更多的合作机会来整合不同的概念与方法，如果能够协同影响，必将会富有成效。不难看出，在很大程度上，认知叙事理论中的故事世界建构模式强调阐释者的阅读行为可用叙事框架来勾勒，这些叙事框架根据文本中的线索而形成。

值得一提的是，赫尔曼（2016：54）①将其研究范畴从人物的世界建构拓展到动物的世界建构，关注动物的世界建构过程会呈现出何种新变化。为此，赫尔曼将文体学和叙事学中有关言语和思维呈现的观点同动物行为学和人类学领域内有关动物以及人和动物的关系的观点整合在一起，从而在深度和广度上拓展了认知叙事理论有关思维和叙事的内在关系和概念范畴，其目的是要研究不同物种在建构世界过程中的异同。

与赫尔曼的认知叙事视角不同，德国叙事学家纽宁（2010：192）从经典叙事学的角度来思考叙事世界的建构，指出经典叙事学的分析工

---

① Herman, David. Building More-Than-Human Worlds: *Umwelt* Modelling in Animal Narratives [A]. Joanna Gavins and Ernestine Lahey. *World Building in the Mind* [C]. London & New York: Bloomsbury Academic, 2016: 53-70.

具能够阐明叙事语境中世界建构成形的实际步骤①。纽宁指出，故事讲述是一种最重要的世界建构方式，纽宁尤其关注叙事世界建构的基石，关注作为叙事基本单位的"事件"，关注如何构成情节，关注视角和故事讲述在世界建构中的作用。纽宁（2010：193）旨在实现两个目标：一是阐明历史发生的事情成为一个事件、一个已经接受的故事以及"历史"的组成部分的过程和话语策略；二是对叙事世界建构过程进行阐述和评论。通过简述莎士比亚（William Shakespeare）的悲剧《奥赛罗》中想象的不忠以及布什政府"9·11"事件后发布的报告，纽宁指出叙事世界建构的"施为性"作用，这也为叙事世界建构的研究者提供了一种新视角。纽宁（2010：196-208）描述了叙事世界建构的五个步骤：第一，选择、提取和优先安排事件，这一步骤与经典叙事学家谈论的事件性标准息息相关；第二，将历史发生的事情转变为事件、故事以及叙事的文本呈现，就叙事文本而言，这一转变离不开叙事化过程；第三，布局、赋予情节将"形式的意识形态"作为布局和意义建构模式，这一步与如何安排和布局情节相关，同时离不开叙事话语层面的技巧；第四，事件、故事以及受述世界的意义与作用离不开视角，不同维度的视角如感知视角、空间视角、时间视角以及意识形态视角都会影响到叙事世界建构过程；第五，事件、故事以及故事世界由话语生成、通过媒介呈现，是具有文化具体性和历史流变性的建构物。这一步指出了事件、媒体事件以及故事的六个特征：建构性（constructivity）、施为性（performativity）、话语性（discursivity）、媒介性（mediality）、文化具体性和易变性（cultural specificity and variability）、历史流变性（historic

---

① Nünning, Ansgar. Making Events-Making Stories-Making Worlds: Ways of Worldmaking from a Narratological Point of View [A]. Vera Nünning, Ansgar Nünning, Birgit Neumann and Mirjam Horn. *Cultural Ways of Worldmaking: Media and Narratives* [C]. Berlin/New York: de Gruyter, 2010: 191-214.

mutability)。由于叙事表征的文化具体性和历史流变性，因此叙事的世界建构也不可能成为普世准则。

通过"世界建构"概念，纽宁（2010：208）谈到文化叙事理论与认知叙事理论的相互关系，我们欲同时赋予叙事作品以下两种概念：一是叙事作品自身具有认知动力；二是叙事作品包含一种文化层面的世界建构方法，尚未得到充分发展的文化叙事理论需要探讨上述世界建构步骤如何反应并影响某一既定时期默认的思维假设与文化问题。纽宁还倡议跨媒介叙事理论框架应进一步拓展世界建构的文化方法。

另外一位德国叙事学家佐默（Sommer，2009）在为《跨学科叙事研究时代的叙事学》一书所写的题为《创造叙事世界：文学讲述的跨学科方法》一文中从叙事作品的创作出发，探讨叙事创作的世界建构过程①。其中，"叙事设计"（narrative design）概念在作者的创造过程中起到了重要的作用。贝尔（Bell，2000：22）指出，这一概念是指作者需要从超越对叙事形式的直觉把握，转而精心建构叙事形式的过程。这一概念成为连接创造过程和叙事形式的接口。"叙事设计"要想成为创造过程的决定性阶段，需要受文类规约限制，包括文类的选择，遵循已经确立的原则或者可以故意偏离文类规约。同时受戏剧艺术手法设计（dramaturgical planning）的限制，如选择线性设计还是选择组合设计。"叙事设计"的最后一个决定性限制要素为赫尔曼（2002：86）提出的故事世界设计。前两个限制条件是虚构叙事的具体特征，最后一个适用于虚构以及非虚构故事讲述。佐默在展望故事讲述的跨学科潜能时，提到了与认知叙事理论的关联，因为探究叙事设计和故事讲述过程的诸多原则不仅深化了我们对创造性的理解，而且让我们深入了解了作者创作

---

① Sommer, Roy. Making Narrative Worlds: A Cross-Disciplinary Approach to Literary Story-telling [A]. Sandra Heinen, and Roy Sommer. *Narratology in the Age of Cross-Disciplinary Narrative Research* [C]. Berlin/New York: de Gruyter, 2009: 88-108.

过程中的限制要素，只有成功把握这些要素，才能创造出故事世界。从这个意义上讲，这就为认知叙事理论的未来发展做出了贡献。

第二节 空间化：认知叙事空间的阐释策略

如前所述，赫尔曼提出的与"叙事世界"相关的四个问题需要用具体的认知阐释策略来解答。埃莫特（Emmott，1997）的"语境框架"理论为赫尔曼提供了很好的借鉴。这些框架呈现了处于故事世界具体时空坐标中人物的渐进变化。指示表达不再是具体指代某些虚构的人物，而是激活整个语境框架。借助语境框架，我们可以清楚叙事文本内的某个节点具体指谁或者指代什么，不同的节点需要用不同的框架来帮助读者建构或更新思维模式，弄清所指内容在故事世界中的具体时空位置。赫尔曼（2002：270-271）从语言与空间关系文献中提取出六种阐释策略，具体包括指示转移观，图形与背景观，区域，地标以及路径，拓扑方位与投射方位，定位于来和去两个语义轴之间的动作动词的指示作用以及空间认知的内容体系和方位体系。

"指示转移"是指故事讲述者引导听众从当前说话的此时此地重新定位到故事世界的另一个时空坐标内。西格尔（1995：15）认为在小说叙事中，读者和作者将指示中心从真实世界情景中转到包含读者和作者形象的故事世界中的某个场所①。这一场所表征为一种认知结构，通常包含虚构世界内部甚至虚构人物内心的特有时间和地点。指示转移理论在框式叙述中起到至关重要的作用。康拉德的中篇小说《黑暗的心》

---

① Segal, Erwin M. Narrative Comprehension and the Role of Deictic Shift Theory [A]. Judith F. Duchan, Gail A. Bruder, Lynne E. Hewitt. *Deixis in Narrative: A Cognitive Science Perspective* [C]. Hillsdale: Lawrence Erlbaum Associates, Inc., 1995: 3-17.

便是很好的一个例子。故事开篇一个故事中的匿名叙述者首先将读者转移到虚构的故事世界时空内，随后需要再次转移到故事中人物叙述者马洛呈现的框式故事世界中去。赫尔曼指出，通过周期性地报道马洛故事讲述过程中的情况，匿名叙述者提示指示中心又临时从嵌入的故事中回到最初的故事框架内。这样一来，小说就突出了叙事本身的浸入力量，小说有能力通过指示转移将听众和读者转到不同的时空坐标内。赫尔曼认为，康拉德的小说不仅利用了故事的浸入潜能，而且还因其评论破坏了故事的浸入潜能。这种时空转移之间结构式的相互作用取代了单一的真理观，给故事世界提供了一种多元视角。虽然指示转移在乔伊斯的《尤利西斯》等现代主义作品中不太容易让人觉察，但也存在相应的指示转移的提示词如时间副词、地点副词、介词短语以及动词时态相应的变化。

指示转移，作为叙事作品或叙事媒介中一种空间指涉形式，对于读者浸入故事世界起着非常重要的作用。实际上，诚如赫尔曼（2001：531）所述，叙事领域中的空间指涉绝不仅仅是提供描述的背景或成为主要行为的修饰，而是促成故事讲述的可能性。从这个意义上讲，空间不仅在结构层面发挥重要作用，而且在故事讲述行为和体验故事世界的过程中不可或缺。需要指出的是，赫尔曼的故事讲述的形式除了关注各种叙事媒介以人为中心的形式之外，也开始关注非人类叙事中的鬼怪故事，凸显其参与者故事世界中的非人类要素。他指出叙事的认知方法在很大程度上就是要回答"在哪儿"这一定位读者的重要问题。赫尔曼（2018）在《超越人类的叙事学》一书中从生物中心论的视角出发，采用在文本中逐步呈现的"动物地理学"（animal geography）的形式，实际上开启了拓展认知叙事空间的新尝试。

图形（定位实物）和背景（参照实物）二者之间的依赖关系体现

在空间表达的语义结构里。文本中一些表示方位的副词（forward, together, sideways）、介词（beyond, with, over）不仅表示图形和背景的几何特征，还包含图形和背景的横纵轴结构信息。有一些空间指示词（between, among）还包含用来识别定位实物的参照实物的数量。在理论铺垫之后，赫尔曼对乔治·艾略特的小说《丹尼尔·德伦达》中的两段选文中的图形—背景关系进行了手术刀式的细读，并将这一关系与文本中叙事视角的变化，人物之间的认同、同情以及价值判断联系起来。赫尔曼指出，选文中定位实物与参照实物的对比可以理解为彼此既自主又依赖的叙事结构模式、感知模式、情感模式、主题/观念模式的运作，一种模式的结果成为另一种模式的原因。依此观点，叙事并非由相互关联的图形—背景模式串在一起的文本链，而是一种重要的交流、互动以及认知环境，因此，叙事结构的模式就融在了一个有系统性、相互作用并限制的关系网中。

以图形与背景的讨论为基础，兰德奥（Landau）和杰肯道夫（Jackendoff）将地方重新描述为有地标或参照物的区域。区域概念对描述空间介词的意义很重要。空间介词可以包含区域内定位实物与参照实物之间的远近关系、方位关系，远近关系与方位关系的融合等。兰德奥和杰肯道夫（1993：223-231）将路径表述为一个人从一地到另一地的旅行路线，指出英语中五类最常用的表示路径关系的空间介词或介词短语（via, to, toward, from, away from）。上述空间介词也可以构成控制读者注意力的一种修辞与文体策略。路径概念在叙事域里极为重要，体现了叙事特有的动态空间属性。路径还可以与文学作品中的"行走"联系在一起。行走可以是身体的行走，也可以是观念的隐喻行走，如乔伊斯的转型之作《一个青年艺术家的肖像》就将行走路径的双层意义很好地结合在一起。

赫尔曼引用弗洛里（Florey）和汉克斯（Hanks）的分类方法来说明拓扑方位和投射方位二者之间的关系：拓扑方位用来研究变化中的物体固定不变的几何属性，投射方位是指物体的方位根据观察的方式在价值和阐释方面发生变化，因此取决于观察者投射出的方向性框架。如某个方块内的内容固定不变，因此方块内成为拓扑方位，但一棵树前是投射方位，随着人的观察视角而变化。赫尔曼通过分析海明威（Hemingway）的《流动的盛宴》来说明叙事话语中的拓扑方位和投射方位，指出分析片段中的主人公兼叙述者以第二人称的口吻，通过视角的转换带领读者在巴黎的街上观光旅行，而不是采用一种从巴黎城市上空静态航拍地图的空间表征方式。这里的地图观和旅行观是空间信息呈现的两种基本的宏观策略。在地图策略中，空间信息以上帝的全景视角或者处于某个制高点的观察者的全景视角来呈现。这种呈现模式将空间分块，然后按照从前到后、从左到右的顺序系统呈现；旅游策略则以流动的视角动态呈现空间信息，同时旅游模仿了游客的亲身体验。

动作动词对于建构和更新故事世界的认知地图也很重要。英语中，这些动词的语义介于动词"来"和"去"之间。通过赋码运动的方向性，动作动词表达了由叙述者感知的空间实体的突出方位以及空间实体随着移动而经过的路径。赫尔曼分析了笛福（Defoe）的《摩尔·弗朗德斯》中女主人公叙述者摩尔（Moore）被房东家大公子诱骗的一小段，指出选段中包含的动作动词，在所述事件序列的时长内，为人物叙述者摩尔的空间轨迹提供了重要的语义信息，使读者发现大公子进入摩尔在内的屋子，目的就是要诱骗她，而当时的摩尔只能被动接受。

在研究空间语言与认知时，兰德奥和杰肯道夫提出人类认知的内容体系与方位体系的区分：内容体系与物体相关（物体形状、名称以及种类）；方位体系与地方相关。赫尔曼暗示这两种体系之间的不对称：用来给实物命名的可数名词数不胜数，而用来呈现实物方位的空间介词主要表示实物在横纵轴上的几何属性。赫尔曼简单讨论了上述策略中提到的文本例子，提示我们尤其要关注文本中的动作动词、空间介词以及方位副词等话语提示，正是这些话语提示帮助读者建构出故事世界的认知绘图。

詹姆斯（2015）在为由内布拉斯加大学出版社组织编写的《叙事前言》系列丛书之一《故事世界协定》一书中，也与赫尔曼的立场一致，强调空间提示在读者从其自身世界转入小说故事世界的过程中发挥了重要的作用。文本内外世界的联系双向作用，将故事世界内的体验转至真实世界。从这个意义上讲，文本内故事世界的阐释影响我们对更广阔的世界的理解。

詹姆斯指出故事世界建构过程是一个"内在对比的过程"（2015：22）。在这一对比过程中，读者越发清楚自身所处的世界与读者阅读的故事世界二者之间的差异。

赫尔曼的空间化阐释策略为叙事空间建构提供了一种语言学视角，关注文本中的空间指示、空间介词、表示空间移动的动词确实能够帮助读者定位自己在故事世界中的位置，强化读者文本浸入的效果，但从阐释实践来看，赫尔曼的空间化阅读策略缺乏阐释的系统性和连贯性。在梳理故事世界的空间化主题时，赫尔曼和巴特（Herman & Bart，2019：154-156）对德国叙事学家登纳莱因（Dennerlein）的叙事空间研究大加赞赏，认为后者故事世界的思维建构模式采用了一种迄今为止最为细致的解读策略。后者坚持认知叙事理论的世界建构观，认为故事世界是一种思维建构，空间成为能够区分内部和外部的容器，每一个空间可能会包含在更大的空间内，任何一个空间都是由诸多更小的空间组成。就上述定义而言，其核心是内部与外部的对立。登纳莱因研究的物和区域只构成故事世界中人物的潜在环境，她用"模范读者"来提出叙事中的空间等同于一个思维模式。为考察这些使模式建构成为可能的文本提示，登纳莱因区分了虚构文本和非虚构文本。就非虚构文本而言，模范读者可轻而易举地激活真实世界的知识来强化文本中提到的空间图景。若虚构文本出现一些有关真实世界的暗示，模范读者将会激活必要的知识，但叙事作品有时会以其他间接的方式暗示一些未叙述的场所。例如，人物可以想到一些与自己职业相关的空间，有些事件和行动也会有空间隐含意义。

在努力描述故事世界建构的过程中，登纳莱因区分了故事与话语。在话语层面，某个特有位置的空间组成对于思维模式的成形至关重要，因为这一位置允许读者必要时重新想象某个位置。以"实物区"（人们使用某个物件的范围）这一认知概念为基础，登纳莱因提出了"事件区域"，认为叙事作品能够创造自己非同寻常的"事件区域"。"事件区域"如果成为叙述的指示中心就会变为某个"场景"，但并非总是如此。

在分析叙述者如何利用空间信息时，文本类型具有决定性作用。为此，登纳莱因把"描述"定义为一种文本类型，表达了某个城镇广场的稳定层面而没有提及任何具体的事件。在故事层面，登纳莱因考虑到"空间模型"对故事空间的影响。这一概念是指关于行动序列及其包含的空间的系列知识。具有机构特征的空间模型"监狱"不仅包含一系列的特有空间如大门、囚室、休憩区，也包含一些典型的行动如企图逃跑以及狱警巡视。

上述空间化阐释策略均关注文本中故事世界的思维建构问题，卡迪—基恩（Cuddy-Keane，2020：207-211）① 则关注作者如何创造小说中的"故事世界"。在为牛津大学出版社出版的《现代主义与细读》一书所写的题为《体现现代主义故事思维：叙事空间的认知阅读》一文中对现代主义作品中的"故事思维"进行了认知层面的探讨。卡迪—基恩的"故事思维"概念用来阐明使小说虚构世界成形的认知过程和路径。用"故事思维"而不用"隐含作者"实际上是要将研究注意力转移，从关注文本中表达的信念、态度以及意识形态转向更为根本的问题：文本如何思考？用"故事思维"而不是故事世界或世界建构，主要为了区分"故事思维"与"阅读思维"，强调阅读方式需要另外一个思维，与一个不同于读者自己阅读的思维进行交际。借用赫尔曼的"模型建构"概念，卡迪—基恩关注"身体空间"，并将空间的身体体验称为"认知模型建构"，指出现代主义小说中多重空间之间的转移锤炼并且延展了读者思维的灵活性。因为想象空间可能会体验空间，而空间描述可以引领我们穿越不同的物理运动，这些不同层面的空间可激活我们感知和想象空间的各种方式。这些描述转移本身需要并且潜在地拓展了读者的认知灵活性。由于将描述与认知变化联系在一起，卡迪—基恩打破了叙事与描述之间的对立，描述成为一种不同的叙述类型，与情节叙述或外部事件进程的叙述相辅相成，描述可以讲述某个叙事过程，只不过其中展现的是认知事件。而且读者可通过思维模仿机制在自己的大脑中重现这一认知叙事。

卡迪—基恩（2020：211）提出三种叙事中的空间动力：第一，开端描述根据相应的比例变化缩小或放大视野；第二，印象深刻的叙事中段作为空间并置持续萦绕在记忆中；第三，空间变形在叙事中渐进积

---

① Cuddy-Keane, Melba. Experiencing the Modernist Storymind：A Cognitive Reading of Narrative Space [A]. David James. *Modernism and Close Reading* [C]. New York：Oxford University Press, 2020：208-227.

累，生成一幅分层的组合地图。每一种描述的效果取决于视觉化的细节以及场景表达的措辞，每种视觉想象模式都能产生不同的效果。值得一提的是，卡迪—基恩在为上述三种空间视觉想象模式的注释中提到了第四种可能性：指示转移。

通过分析本尼特（Bennett）的《老妇谭》和福斯特（Foster）的《印度之行》两部小说的开端描述，卡迪—基恩指出视野的放大与缩小表现了视野从自我中心转向以他者为中心，体现了本尼特和福斯特各自特有的"故事思维"。通过对比弗吉尼亚·伍尔夫（Virginia woolf）的《到灯塔去》以及维拉·凯瑟（Vera Cather）的《教授的房子》，卡迪—基恩认为这两部小说中叙事中段的描述都打断了主要情节的叙事进程。这两个叙事中段都不再讲述家庭故事，而是呈现了外部事件，但给我们印象最深的莫过于其中的空间描述及其认知效果。通过勾勒伍尔夫的《达洛维夫人》中有关伦敦的认知地图，卡迪—基恩指出该小说为我们展现了一个多维交互空间，阅读该小说也相应地激活我们的大脑，使大脑成为一种复杂的运作系统。

通过细读现代主义作品中的空间细节，卡迪—基恩（2020：225）为我们呈现了进入作者故事思维建构的方式。这并不是一个消极浸入的过程，由于读者要具有超出习惯和熟悉的思考模式，要能够在不同的认知模式之间穿梭，从这个意义上来说，现代主义小说对读者的认知要求颇具挑战性。细读叙事空间需要认知灵活性，也能够提高认知灵活性，提升我们对其他思维的接受能力。认知状态的动态变化也表明我们需要改变对叙事描述的看法，不应将描述视为一种非叙事类别，相反，我们应该将描述视为一种叙事过程，呈现出动态性和主动性特点，形成一种不同于情节运动和发展的体验。

贝尔奈茨（Bernaerts，2017：62-64）从认知叙事理论的视角对实验小说中的叙事空间进行解读，旨在阐明实验小说对读者提出的认知和阐释挑战①，在此基础上提出"空间抽象化"（spatial abstraction）概念，从而推进叙事理论的发展。通过探究实验小说中叙事空间的外层界限，旨在测试语境框架理论的适用性并对其进行改进。核心问题是如果故事世界中的场所介绍或描述不清晰，如果基本的空间对立如左右、远近、内外弱化，如果场景之间的变化也没有按照传统方式标示，这到底发生了什么，借用卢农的术语来说，故事叙述者旨在创造一个"泛化空间"，卢农（1986：428）将其定义为："当用文本手法来指示某个空间，指示某个不具体的框架时就会缠上一个泛化空间，这一泛化空间在虚构世界中没有具体的场所，这一空间的界限与其他具体特征也没有界定。"贝尔奈茨将"泛化空间"用来作为实现"空间抽象化"效果的文本手法。"空间抽象化"特征与叙事呈现的层次有关。抽象化主要在莱恩提出的"空间文本化"层面或者赫尔曼的"空间化"层面运作，不仅包括细节描述，还包括错综复杂的视角。就"空间抽象化"而言，正是叙事空间的呈现方式使文本具有了陌生化或迷失的效果。

就作者如何建构"故事世界"而言，布谢尔（Bushell，2020：1）为我们提供了另外一种空间化的阐释。在由剑桥出版社新近出版的《阅读与绘制小说地图》一书的"前言"部分，布谢尔指出该书旨在完整阐述地图与文本的关系，这也是文学作品整体意义的有机组成部分。这一绘图或空间化行为构成我们如何体验文学、究竟是什么使文学作品如此有影响力的至关重要的内在构件，以新颖的方式拓展了我们对空间意义和阐释的理解。

---

① Bernaerts, Lars. The Blind Tour Spatial Abstraction in Experimental Fiction [A]. John Douthwaite, Daniela F rancesca Virdis and Elisabetta Zurru. *The Stylistics of Landscapes*, *the Landscapes of Stylistics* [C]. Amsterdam/Philadelphia: John Benjamins Publishing Company, 2017: 61-79.

　　如果说"文学绘图"的方法以真实世界地理与虚构空间和场所之间的互指关系为核心，布谢尔的著作主要并置相同虚构世界的视觉呈现方式和文字呈现方式。读者需要在阅读与绘图两种行为中来回穿梭，并且把阅读和绘图应用于上述两种呈现方式之中。该书主要关注虚构空间与地方，偏重想象空间和地方的呈现方式，偏重作者在作品中如何绘制想象空间，关注读者如何将文本与地图融合在一起。

　　就方法而言，萨莉（2020：1-2）的著作侧重两个层面：观念层面关注当下占主导的批判性绘图模式，使我们可以对照地图阅读；历史层面为我们提供了从中古时期至19世纪末的文学、历史地图的概览。尽管这两个侧重层面似乎存在分歧，但这种分歧能够开花结果：一方面，细致分析特有的例子为我们思考与某一具体文本或作者相关的意义提供了机会；另一方面，文类的本质在具体的例子中被赋予了一种新颖的空间式理解。因此，这一方法双向运作：由内及外（如从分析某一文类的首部作品中的重要地图往外扩展）以及从外到内（先从新出现的文类开始，进而分析该文类中的地图）。由于该书侧重于文类相关的实证地图，引入诸多不同的批评框架，因此颇具新意。

　　认知叙事空间研究除了关注叙事交际中读者端和作者端的认知思维建构之外，还呈现出另外一个研究旨趣：开始关注不同文类中叙事空间建构的特殊性。大概是因为受格瑞格的影响，布罗施（Brosch，2015：92-107）用《体验短篇故事》作为自己论文的主标题，为我们呈现了一种分析短篇小说叙事空间的认知方法①。布罗施从认知叙事理论和认知诗学的视角首先指出了体验短篇小说的具体情况，其次分析了短篇小说叙事空间的文本建构和读者相应的认知绘图。其结论是之所以关注短

---

① Brosch, Renate. Experiencing Short Stories: A Cognitive Approach Focusing on Narrative Space [A]. Jochen Achilles and Ina Bergmann. *Liminality and the Short Story* [C]. London: Routledge, 2015: 92-107.

篇小说中的叙事空间主要是因为"阈限性"在读者与文本互动关系中的重要作用。短篇小说由于篇幅较短,因此体验受限,读者有一种意犹未尽的冲动。由于短篇故事需要迎合读者的想象力,这样才能产生影响。因此,需要三个具体的策略来确保认知和情感投入:第一,预测(projection),旨在描述读者预想和推测的过程,强调叙事序列中的连通性和衔接性;第二,视觉化(visualization),是指在阅读过程中形成的思维图像,这一概念可用心理叙事学家贝托鲁奇和狄克逊(Bernardo Bertolucci & Dixon, 2003:26-27)提出的"情景模式"(situation model)来理解,因为"情景模式"是指文本所描述实体的空间或视觉表征,视觉化有不同程度的密度,短篇故事给读者的影响至少部分离不开视觉化的作用;第三,概念融合(conceptual blending),这个概念来自融合理论,其基本前提是人的大脑可以同时激活两个或多个信息集合或思维空间,并把这些输入空间投射到其他空间,产生某种融合。故事世界层面的融合或概念整合会让读者重新阐释甚至重写故事世界之外的文化想象。短篇故事的"阈限性"需要采用概念融合来描述读者在阐释故事内的含混以及不一致性时在脑海中产生的思维跳跃。

依照其所占话语空间的比例,现代短篇故事中的场景比中篇或长篇小说中的场景作用更为重要。短篇小说中的叙事空间具有如下四种功能:第一,空间和地方是文学媒介的极具体验特征的层面,使读者产生某种身体的回应;第二,空间具有视觉化作用,通过场景、景观等空间要素的描述,叙事空间不断得以细分与组合从而有助于读者的视觉化想象;第三,通过空间语义化(spatial semantization),可以有效、简洁地表达一些抽象的观点,在短篇故事有限的空间内,空间关系可以帮助读者聚焦人物与人物之间的社会关系,叙事空间把地方与人物、世界观以及信仰体系联系在一起;第四,由于空间包含多重文化语义内容,因此可以作为讽喻或比喻来拓展叙事整体的意义。

　　布罗施对短篇小说这一特殊文类中的叙事空间的阐释丰富了叙事空间呈现方式在具体文类中的特殊性，这为我们理解短篇小说中的叙事世界建构提供了很好的视角。近来，从认知视角研究短篇小说叙事空间的还有图坎（Tucan，2021：127-128）。通过借用认知理论中的分析概念如图像—框式、概念隐喻、基本空间故事等，图坎旨在拓展和改进叙事空间概念：在用身体体验空间的同时，人物重新绘制了他们的空间轨迹，其结果便是改变了人物的虚构生活。通过重新绘制这一想象空间，从而使海明威的小说具有了叙事动力，也为读者的兴趣打下了基础。读者试图在建构想象的叙事空间的思维地图时参与这一反事实情节，通过研究一系列短篇小说中的空间故事，叙事的核心围绕人物的身体旅行展开，图坎指出正是旅程的布局阐明了叙事的种种潜在可能性，也就是说，空间模式关注的是叙事路径的分叉和枝蔓。海明威的人物在叙事世界的时空内穿梭，到达一些空间蔓延和分枝的关口，到达一些多重方向交会的路口。假如人物参与这些分裂空间，那么他们的生活轨迹也会呈现出不同的结构，更重要的是，也许人物的虚构思维会大为改观。海明威人物的这一反事实认知结构会激发我们的认知能力和认知运作机制，从而使我们能够浸入海明威短篇小说的故事世界。

　　实际上，认知叙事理论视野下的"认知绘图"突出强调叙事交际图式中读者的作用。空间文学研究领域内开始出现的对叙事交际图式中作者的关注也为认知叙事空间研究提供了新借鉴。当然，这种借鉴应该是双向的。塔利（Tally）的研究无疑是一个比较合适的例子。由美国文学批评家塔利担任系列主编，麦克米伦（Macmillan）出版社出版的"地理批评与空间文学研究"系列丛书近五年来已达数十本之多，足以说明空间文学研究的热度。在为由他本人担纲主编的《文学绘图学：

空间性、呈现与叙事》一书所写的前言《绘制叙事地图》一文中，塔利赋予文学叙事绘图多重含义。诚如塔利（2014：3）所言，这一表述旨在表达一种有益的含混：一方面，文学绘图学是故事讲述的一个根本层面，叙事从某个层面来说，成为用来绘制人类体验的真实和想象空间的手段和方法，从某种意义上来讲，叙事成为绘图机器；另一方面，类似叙事的地图从来不会以其原始的、初始的形式呈现在我们面前。这些地图根据地图的阐释或阐述框架而形成。再者，作为读者的我们情不自禁地将叙事或空间呈现置于某种对我们有意义的时空语境内，努力赋予我们居住的世界有意义的图式，因此对我们有或多或少的作用。换言之，这些叙事也是地图，本身应理解为需要绘制的客体。这样一来，"绘制叙事地图"应遵循主体和客体的双重轨迹：一个叙事的同时可以绘图，也需要被绘制。这一辩证的动态张力赋予了写作和阅读种种的创新可能性。

第三节　认知叙事空间研究的未来发展趋势

后经典叙事理论发展至今，交叉与融合已成为发展的主流趋势。这一点在近年来叙事理论的论著中已经得以体现。赫尔曼在接受国内年轻学者尚必武（2009）的访谈时认为，在讨论后经典叙事理论当前面临的新的挑战时，倡议要加强女性主义、跨媒介、认知以及其他各种后经典方法之间更紧密的对话，建议叙事理论学家可以首先并置新方法对于叙事现象的描述（叙述、视角、人物等），其次检验这些描述的重合面，再次探讨在不重合的描述面上这些新方法在多大程度上可以互为补充，最后绘制各种后经典方法之间相互关系的图式。我们接下来就对叙事空间研究与经典叙事学、后经典叙事学其他流派之间的联系、认知叙事空间未来研究的难题和方向做一个简单总结。

费伦和拉宾诺维茨在《叙事理论：核心概念和批评性争论》中做出的回应指出，赫尔曼的"叙事作为世界建构"的观点旨在将叙事系统阐释为更大的研究领域的一部分，这与结构主义叙事学的要旨相同。同时，赫尔曼的"叙事作为世界建构"的观点从认知角度拓展了经典叙事学中的故事、情节、聚焦等基本概念的范畴与深度。赫尔曼将语言与叙事置于认知研究之下，借助思维科学的见解来研究叙事的功能，其贡献在于将故事讲述与故事接受视为不同的认知活动，这两种活动在建构世界的过程中交汇融合。赫尔曼的方法与叙事的修辞研究方法一样，不是为文本提供原创性阐释，而是要发现支撑世界建构阐释过程的内在逻辑。赫尔曼本人（2012：14）承认，其研究方法主要关注叙事与思维的联系，属于后经典叙事理论的一个分支。具体来讲，与叙事和思维相关的学界理论家通过对人工智能的研究，进一步丰富结构主义概念的根基，努力阐明思维能力和特征，从而为叙事体验提供原因，或者反过来说这些思维能力和特征也植根于叙事体验中。

诚如柯里（Currie，2018：225）指出的那样，赫尔曼的认知叙事研究方法实际上表明了后经典叙事理论对经典叙事学（语言学阶段）在两个方面的拓展：一是文本提示与阅读行为之间的动态参与关系，二是将思维科学确立为其研究模式①。

沃霍尔（2012）将"立场认知"视为一种架构方式，强调女性读者体验故事世界范畴的身份立场，赋予故事世界一种特有的女性主义视角。艾贝尔在多处撰文将"非自然叙事"概念定义为包含物理上、逻

---

① Currie, Mark. Contemporary Formalisms [A]. Matthew Garrett. *The Cambridge Companion to Narrative Theory* [C]. New York: Cambridge University Press, 2018: 217-230.

辑上或人性理解上不可能的场景或事件的故事世界，并结合认知框架理论和融合理论提出相应的解读策略；同时认知叙事学家对故事世界的连贯性、统一性、完整性和图式性的追求受到后现代主义叙事理论的严峻挑战。在后现代主义语境下，叙事空间的稳定性受到质疑。吉布森（Gibson，1996：12）认为叙事空间变得不同，含混以及多元，成为任何给定叙事世界内的一个可变的、不确定的特征。

让我们简单回顾一下认知叙事理论视角下的空间研究历程。就认知叙事空间本身而言，认知叙事学家关注较多的依然是故事层面，无论是故事世界还是叙事世界，都是围绕故事、叙事、事件等经典叙事学概念展开。当然，这一视角下的空间研究也开始关注话语层面，但还不够系统，还不够完善，这也是我们未来需要深入的一个方向。就认知叙事空间研究与经典叙事空间研究之间的关系而言，不难看出，认知叙事理论学家依然坚持经典叙事学家钟爱的结构和框架。认知叙事学家为经典叙事学注入了语境活力，强调"认知绘图"对读者理解叙事的作用，侧重叙事对读者的浸入效果，强调故事世界或叙事世界的建构。从根本上来讲，认知叙事空间研究依旧围绕叙事的本质展开，无论是故事世界还是叙事世界，很大程度上可以理解为某种具有架构叙事结构的空间隐喻。

认知叙事空间研究经历了从故事到世界、从书面文本叙事到电影、图画、音乐、电脑游戏等跨媒介叙事，从单模态到多模态的变化。从研究方法上来看，出现了从定性分析到定量分析与定性分析相结合的变化。例如，赫尔曼（2005）在为《超越文学批评：媒介性、学科性》一书所写的论文《叙事学的定量方法：基于语料库的故事中动作事件的研究》一文中研究文本类型与动作动词之间的关系。这一方法延续到赫尔曼与赛尔韦（Salway & Herman，2011：120）合作的跟进研究中①。其中一个核心问题是探讨语料库叙事学方法是否会改变叙事理论概念的根基，如何运用语料库语言学、语料库文体学的研究方法来进行叙事探究，从何种程度上能为故事的研究提供新基础、新应用。具体到叙事空间，语料库叙事学方法在何种程度上能够加深我们对故事世界或叙事世界的认知建构过程。如利用一些语料库检索工具对叙事作品中的与空间、场所、地方相关的关键词进行词频统计能够如何加深我们对叙事作品空间呈现方式的理解或者为我们的解读提供新颖的空间阅读视角。此外，图兰（Toolan，2009）用语料库叙事学的方法研究了短篇小说中的叙事进程。那么，我们能否借鉴图兰的模式尝试研究短篇小说、中篇小说或者长篇小说中的叙事空间化进程？答案是肯定的，这也构成了认知叙事空间未来研究的一个重要方向。

另外一个可以思考的发展方向是认知叙事理论中的"认知绘图"与文学尤其是小说中的空间研究之间有什么关系。例如，近来兴起的"文学绘图学""文学绘图"研究与认知叙事空间研究彼此之间有何共性与差异性，进一步探究彼此之间的联系不仅有助于加深我们对认知叙事空间本身内涵的把握，而且能从跨学科、跨媒介、跨文类的语境中拓展认知叙事空间本体研究的外延。

总之，我们首先要明确故事世界和叙事世界这两个核心概念的区别与联系，厘清世界建构过程的内在运作机制。在此基础上，我们可以比较不同叙事媒介之间建构叙事空间思维模式的差异；我们可以研究空间标示词在建构叙事空间化过程中的具体作用与效果；我们可以研究读者

---

① Salway, Andrew and David Herman. Digitized Corpora as Theory-Building Resource：New Methods for Narrative Inquiry ［A］. Ruth Page and Bronwen Thomas. *New Narratives*：*Stories and Storytelling in the Digital Age* ［C］. Lincoln and London：University of Nebraska Press，2011：120-137.

思维模式和认知绘图对于理解情节和浸入体验的重要意义；我们可以探讨隐性叙事空间的存在可能性及其意义；我们可以对比某一具体作品中作者创造故事世界和读者根据文本提示建构故事世界的具体特征，从而更好地推动认知叙事空间的研究深度和广度。

第三章

修辞性叙事理论视野下的空间研究

修辞性叙事理论将研究话语劝说能力的修辞学与叙事学相结合，成为 20 世纪 90 年代以来发展较快、影响较大的后经典叙事学流派，成为当代叙事理论最重要的新内容。修辞性叙事理论把叙事作为一种交流行为，既考虑文本建构的读者，也考虑为实现其交流目的而设计文本的（隐含）作者。巴赫金、布思（Boothe）、查特曼、卡恩斯（Kearns）等学者对修辞叙事理论都做出了重要贡献，但贡献最大的莫过于詹姆斯·费伦。申丹在和王丽亚（2010）合著的《西方叙事学：经典与后经典》中高度评价了费伦的修辞性叙事理论，认为这一理论以综合性、动态性和开放性构成了西方后经典叙事理论的一个亮点。

费伦（1996：19；2006：300）认为叙事的修辞方法将叙事视为"一种有目的的交流行为"，把中心"从作为掌控者的读者转向作者代理、文本现象和读者反应三者之间的循环往复的关系，转向关注上述一种要素会影响并且受到其他两种要素的影响"。修辞性叙事方法为我们提供了更完整的文学交流观，将作者融入理论框架，而不是在文本外交流与文本内交流之间划清界限，作者设计文本为了以某种特有的方式影响读者，这些设计呈现为用词、技巧、结构、形式以及文本的互文关系；读者反应成为理解作者的设计如何通过文本现象创造的指南，而作者的设计由文本创造的方式影响了读者反应。作者的设计与读者反应之间具有一种动态互动关系，诚如费伦（2005：49）本人指出的那样，如果读者需要观念图式来建构阐释，那么作者也需要观念图式来建构结构整体。

本章通过以费伦为代表的修辞叙事学家在研究叙事空间问题时的思考，旨在梳理"场景"在修辞性叙事理论阐释框架内的功能与作用，探讨叙事理论对描述修辞诗学的建构作用，展示费伦的修辞性阅读策略，指出修辞性叙事空间研究与经典叙事学以及后经典叙事理论其他分支之间的联系，描绘出修辞叙事空间研究的发展趋势。

第一节　场景的多维与互动

我们读者在阅读时，更多的是关注故事情节的发展，认为场景描述与情节发展关系不大，因此经常会跳过一些对地方、场景或景观的描述。实际上，在作家眼里，场景本身会变成某个人物。如罗泽尔（2005：2）指出的那样，如果创作到位，场景和描述在小说中将会发挥至关重要的作用，成为作家建构故事的基石。无论如何，"场景"成了修辞叙事理论中理解叙事空间的一个重要概念。我们接下来将简要梳理叙事学家对于这一重要概念的观点与看法。

在查特曼（1978：26）看来，"场景"是某个叙事文本内静态存在物的构成部分，事件构成故事的动态要素，而存在素是相对比较固定的点，故事围绕着这一个固定点展开。显然，人物和场景可以在故事中展开，但具有某种静态性特点：无论发生什么变化，主体还是主体，城市还是城市。

普林斯（1987：88）在《叙事学词典》中指出场景是"某一叙事中事件发生的时空环境"。场景可在文本层面得以凸显，也可能被忽略；场景可前后一致，也可不一致；场景可清晰也可模糊；场景的呈现方式可主观化，也能客观化；可有序，也可乱序。从功能上来讲，场景具有实用性，场景中的每一部分在行动中都有功能，场景还可以起到象征作用，象征某个即将来临的冲突，或者某个人物的内心感受，或者就是为了达到现实主义效果。场景的特征介绍可以连接在一起（这就构成了描述），也可以散乱地分布于整个叙事之中。

比利时叙事学家吕克·赫尔曼和巴特·维瓦克（Luc Herman & Bart Vervaeck，2019：56-59）在其合著的新版《叙事分析手册》一书中将场景置于故事层面：事件不仅与行动素相连，而且在某个具体的时间和空间内发生，这就构成了故事发生的场景。

初看时，故事发生的时空背景看似相对固定。俄国形式主义将其归为某个静态的母题，巴特将其称为"纯粹的指示符号"或"信息符号"。赫尔曼和维瓦克指出这两个术语的准确性，因为虚构世界并不会使故事向前发展。然而，故事的进程离开了场景就无法想象，因此使行动的发生以及行为素的参与变为可能。行为素是指人物作为一个抽象的代理在故事层面发挥的具体作用。

许多故事都有典型的场景，根据传统与规约，不同的文学体裁偏爱不同的场景。用巴赫金的话来说，每一种体裁以及话语类型都会形成自己特有的时空模式，或"时空体"。场景的描述需要不断质疑描述场景特点的术语和标准。结构主义叙事学喜欢用二元对立来构成不同的层次。按照荷兰叙事学家巴尔和美国叙事学家普林斯的观点，我们可从内外的对立、高低的对立、远近的对立等二元视角来研究场景。比如，在文学或电影中，一些无休无止的折磨人的场景总是发生在一些封闭黑暗的空间内如地牢等，这些场景可以用来指示地狱。

依照荷兰叙事学家巴尔（2017：182-185）的观点，为了更好地理解空间元素之间的关系，场所可以细分为不同形式的对立组，如内与外的对立：内部可能表示保护，外部可能表示危险。当然也不尽然，内部还有可能表示封闭监禁，外部则表示自由。我们还可能看到同时兼有上述意义，或者会出现从一种语义向另一种语义的变化。例如，读者一般期望家能为我们提供庇护的港湾，因此离家出走就会引发悬念。但也有一些相反的情景，如许多家庭暴力场景中，家庭就会成为危险之地。

另外一组对立是城市与乡村的对立，在许多浪漫主义和现实主义小说中都会出现城乡这一对场所的对立，城乡之间的对立蕴含了不同层面的意义。当一些按组排列的地方与心理、意识形态以及伦理对立关联时，场所便可以用作一种重要的架构原则。巴尔提醒我们，这些空间对立是观念建构物，这一点需要谨记，这样才不会将这些对立自然化。这也是意识形态和政治批评的主要问题。作为我们批判阅读所用的意识形态结构，二元对立同时是批判阅读的对象和主要批判目标。

场景的二元对立还蕴含了对立场景之间存在的界限以及潜在的越界现象。故事中发生的越界的行动对于理解故事的重要性不言而喻。例如，如果不打破公众空间与私密空间、开放空间与封闭空间之间的界限，盗贼或间谍的故事就很难想象。在中产阶级小说中，主人公常常修复边界，而在冒险小说中，主人公可能推翻中产阶级的体系。

但场景的描述只是叙事空间研究的一个层面。诚如佐兰（1984：313）指出的那样，叙事中的空间远比空间环境的描述复杂得多。这一复杂性的一个表现就是城市空间内部的运动和流动性，也就是空间内部的节奏（rhythms in space）。文学中的流动性研究可以先从人物的运动轨迹着手，因为故事中的好多事件都离不开交通工具，如火车、轮船、马车以及飞机等。莫莱蒂在其著作《欧洲小说地图》（1998）以及《曲线、地图与树状图》（2005）中指出，研究人物的运动轨迹可以得出诸多富有创意的结论。莫莱蒂（1998）指出，文学作品中主人公的空间运动在历史小说中起着一种不同寻常的作用，也会影响一些具体小说中人物的体验。空间轨迹可以跟特有文类的出现联系在一起（如成长小说），也可以跟具体的历史时期中的现象联系起来（如19世纪时期的民族塑造）。不同的文类与时代会凸显不同形式的流动模式，例如，在求学小说文类中，坐火车去首都对人物的空间体验会有显著的影响。现代主义文学作品中的运动和流动性则与形式和文体的革新联系在一起。

不难看出，经典叙事学对场景的探讨确实丰富了我们对场景以及与场景相关的空间要素在叙事文本中的作用与功能层面的理解。但对场景的探讨依旧停留在文本的故事层面，从属于故事的情节，对于场景的本身关注还不够。这也不难理解，如前所述，因为经典叙事学偏重叙事话语和叙事时间，对空间的关注略显不足。但这一现象在后经典叙事理论的语境下已经大为改观。赫尔曼、莱恩、弗莱德曼等叙事学家的努力使叙事理论开始谈及有关空间与场景的一些复杂问题，并且给予空间与场景应有的关注度。费伦和拉宾诺维茨（2012：84-85）认为有两个相关的难题阻碍了叙事空间研究的进程。第一，读者如何界定场景的范围以及场景界限的本质。场景可以从地理空间扩展到地理空间内的物体，与最广义的背景同义，有时还包括作品世界的社会学、神学特点。广义的场景也开始与人物联系在一起，因为环境与心理开始在因果关系层面和象征层面上呈现出交织状态。对场景的阐释性分析发展成为对人物的评论，因为多数叙事把场景与人物等要素联系起来。第二，读者经常混淆场景与描述，这样就为叙事空间研究领域引入了大量的争议问题。其中一个是将场景（叙事内的一个要素）变成一种话语模式，与叙述对立起来。尽管存在上述争议，但无疑场景、场景的描述实际上可以作为修辞性叙事理论视野下空间研究的切入点，通过放大场景、空间描述在叙事作品或叙事媒介中的功能与作用，可以加深我们对叙事空间研究的修辞维度的认识。

空间的修辞功能已在圣经叙事学领域得以探讨。伯格（Burgh，2013：205-216）认为这一修辞策略应包括直接命名具有象征意义的空间、地方以及间接指涉空间两种方式①。圣经叙事学直到最近也没有一种方法来揭示圣经文本中对空间的间接指涉及其对给定叙事产生的影响。因此，伯格旨在对圣经叙事中的间接空间指涉进行解读，尤其关注非聚焦空间的意义，关注与非聚焦空间相关的自由和监禁概念以及这两个概念在旧约外典《托比特书》前两章中的作用。通过对上述两章中的非聚焦空间的解读，伯格旨在揭示主人公托比特逐渐从自由转向监禁的过程，突出了非聚焦空间的象征意义。

科德（Code，1995：ix-x）将"修辞空间"作为一种母题隐喻，一个具有引导作用的线条，并将"修辞空间"理解为想象的但不脱离现实的场所。其（一语不发的、鲜有出声的）领域责任以一种理性的认知期待与"合作支持"把在其领域内发出的话语种类组织起来，同时限定了其领域内的话语种类：意在期待声音可以让人听到、让人理解并且严肃对待。因此，科德的修辞空间除了其主旨意义外，还增添了一种无声的意识形态权力之争的味道，成为女性声音虚构权威的象征隐喻。

---

① Burgh, Ronald van der. Unfocused Narrative Space in Tobit 1：1-2：14 [A]. Gert T. M. Prinsloo and Christ M. Maier. *Constructions of Space V：Place, Space and Identity in the Ancient Mediterranean World* [C]. London：Bloomsbury Publishing，2013：214-225.

伯格的非聚焦空间主要强调场景的主题象征功能，而科德的修辞空间为修辞性叙事理论中的场景注入某种意识形态的力量。这两种不同的阐释视角在一定程度上与修辞性叙事理论中的场景形成了很好的互补关系。修辞叙事学家费伦和拉宾诺维茨（2012：85-86）主要关注场景在叙事中的修辞功能，指出场景与人物一样，具有三个成分：合成、模仿以及主题。任何一种或全部成分在某个给定叙事中都可以起重要的作用，这取决于叙事进程以及叙事目标的特点。上述人物的三重要素对应小说中真实读者的三种不同的回应：一是读者对模仿要素的回应将文本中的人物视为可能存在的人，将叙事世界视为我们所处的真实世界；二是读者对主题成分的回应关注人物的概念功能以及叙事提出的文化、意识形态、哲学或者伦理问题；三是读者对合成成分的回应关注人物以及小说整体的人工建构性。读者对上述三种成分的相关兴趣因小说不同而异，取决于小说文类和进程的特点。我们需要明确上述三种功能在修辞性叙事理论中的具体内涵。

第一，场景的合成成分首先是指场景的语言建构性。也就是说，场景的建构离不开叙事文本所用的文字。文本中的用词模式不同，作品营造的场景氛围也会各异。大卫·詹姆斯（2008）探讨了当代英国小说家在描述不同景观场景时采用的不同文体，进而说明了空间在当代英国小说中的重要作用。场景的合成功能可通过对比来实现，即场景被赋予一种框架维度，而且可以区分为不同的层次。卢农（1986：425-428）根据远近程度的不同，将框架分为第一框架类别（场景）、第二框架（背景框架接近于场景，但二者间有明显的区分界限）、不可介入框架（无法成为即在环境，封闭框架）、时空远距离框架（超越故事空间和故事时间的界限）以及泛化空间（在虚构空间中没有具体场所，其界限以及其他具体特征难以界定）。

　　首先，与修辞性阅读的动态特征相一致，我们需要赋予传统的场景观一种动态的特性。霍内斯（Hones，2014）呼吁用文学地理学的视角来重新审视叙事理论中的空间概念。霍内斯认为，从文学地理学的视角出发，我们需要关注故事讲述的空间维度，关注叙事空间的文本表述中的偶然性与多样性，重视虚构场景在作者、叙述者以及读者三者互动中的呈现过程。霍内斯还用文学地理学的视角重新分析了美国小说家菲茨杰拉德（Fitzgerald）的名作《伟大的盖茨比》。在霍内斯看来，传统的看法都认为《伟大的盖茨比》应该发生在 20 世纪 20 年代初的纽约市。但小说自始至终以第一人称叙述故事的场所并非纽约。因此，我们只能将该小说主要事件的空间框架理解为复杂叙事空间的一个方面，从而质疑该小说传统叙事空间。具体来讲，叙述者的叙述发生在中西部，故事主要发生在纽约，当时乔丹（Jordan）首次告诉黛西（Daisy）与盖茨比（Gatsby）在路易斯维尔见面的事儿。叙述者对上述情景的描述将叙述同时定位在至少三个不同的场所中。

　　其次，情节也需要某种类型的场所，或者需要给场所一些限制。这同莫莱蒂（1998）提出的空间受限性有关。空间不是叙事的外层，而是一种内在力量，形成于叙事内部。或者说发生的事情很大程度上取决于事情在哪里发生。如《哈克贝利·芬恩历险记》中的情节动力主要取决于密西西比河为哈克（Huck）和吉姆（Jim）提供了一种交通工具，而且马克·吐温（Mark Twain）把这一合成功能与密西西比河的模仿功能和主题功能结合起来。从某种意义上讲，这一特殊形式的交通工具以其预先定好的方向，通过对速度变化的一些限制，唤起了拉宾诺维茨提出的"成形规则"，即随着情节动力的推进，读者推测叙事的形态和发展方向以及确立读者期待依赖的标准程序。里克特（Richter，

2005：58）对拉宾诺维茨提出的读者应该注意的四个原则进行了简要梳理①。有能力的读者之所以可以游刃有余地阐释文本，在很大程度上是因为他们熟悉构成特定社会或阐释群体中读者和作者隐含契约的四种规则。第一种为"注意规则"，这一原则决定文本内的哪些细节可以引起作者的注意；第二种为"意义规则"，这一原则决定读者如何从上述关注的细节中汲取意义；第三种为"成形规则"，读者由于熟悉不同的文类，因此可以大致推测出文本的形态或形式；第四种为"连贯规则"，读者可以修正文本中脱节或者不一致的内容。

再次，场景的合成功能还表现为场景自身就可以引起或者改变叙事的方向。费伦和拉宾诺维茨给出了《罪与罚》的例子。陀思妥耶夫斯基（Dostoevsky）的小说《罪与罚》中的主人公拉斯柯尔尼科夫（Raskolnikov）的生存状况就影响了他的行动。"作者的读者"熟悉的场景可以成为特有的"注意原则"产生的背景。同时，叙述者对场景的描述层次与准确程度可能会影响读者对叙事可靠性的判断，以及对叙事读者、"作者的读者"以及真实读者三者之间的关系网的判断。费伦和拉宾诺维茨还详细分析了马克·吐温的小说《哈克贝利·芬恩历险记》中场景的不同功能。结合我们对马克·吐温的生活经历的了解，哈克对密西西比河壮观的描述很大程度上让我们将吐温与哈克联系起来，并将二者与"作者的读者"联系在一起，使我们听到了哈克描述背后作者的声音，感受到了哈克对密西西比河、对大自然、对其他相对未受文明玷污的事物的描述的可靠性增强了，而且，使我们看到哈克的描述适用于"作者的读者"所在的世界，从而使我们严肃对待小说中的伦理和政治论题。

---

① Richter, David H. Chicago School [A]. David Herman, Manfred Jahn and Marie-Laure Ryan. *Routledge Encyclopedia of Narrative Theory* [C]. New York：Routledge，2005：57-59.

68

最后，关注场景的合成功能还可以强化现实主义小说中模仿功能与虚构功能之间复杂的关系。这一复杂性是由于现实主义的双重逻辑所致，包括现实主义的建构以及现实主义的接受两个层面的内容。费伦和拉宾诺维茨认为，从作者的角度来看，尽管人物达到一种潜在的建构目的，现实主义小说需要创造一种人物在一个像我们一样的真实世界里自主行动的幻觉；从读者的角度来看，尽管读者暗自意识到人物正听从作者的设计安排，场景的呈现也是为了作者的意图服务。现实主义小说需要对人物和场景做出一种回应，好像他们不依赖于任何作者的建构，这无疑也是叙事读者需要解读的部分内涵。

第二，场景的模仿与主题功能。文学理论家讨论场景的模仿维度时，都将其视为一个缺陷避而不谈。布鲁克斯和瓦伦（Brooks & Warren, 1979: 647-648）指出：场景的描述不能单以现实主义的准确性来评判，而应从场景的描述能为故事的内容带来什么这一角度来评判。对此，费伦和拉宾诺维茨给出了细致入微的评论，认为上述后半句很清楚地表明现实主义的准确性本身没有价值，只有为故事的主题需求服务时才有用处。柯恩（Cohn, 1999）受后结构主义理论的影响，提出场景的价值恰恰在于场景将我们从情节以及人物等内容中转移出来。在这两极之间，场景与描述的模仿功能还可以为读者提供不同程度的阅读快感，并作为读者眼中看到的真实世界的窗口。

我们一般探讨的小说中场景的象征意义属于场景的主题功能，正是这一主题功能使场景不受人冷落。如坡（Poe）的短篇故事《厄舍古屋的倒塌》中的厄舍古屋、卡夫卡（Kafka）的《城堡》中的法庭以及《一个青年艺术家的肖像》中的都柏林等都有明显的象征作用。即使我们不去探寻场景的象征意义，通过探讨特有文本群内具有传统地位的场景的主题功能，读者也可以对某种文化有更多的了解（如中产阶级家庭中的客厅）。场景的主题功能还表现在对叙事进程的微妙推进中，《哈克贝利·芬恩历险记》中的密西西比河便是很好的一个例子。

费伦和拉宾诺维茨（2012）提醒我们有必要将密西西比河的三种功能与小说中其他场景的功能联系起来。如哈克和吉姆逃到河边之前，哈克还曾出现在道格拉斯寡妇（Widow Donglas）的家里和父亲的小屋里，但哈克和这两个地方格格不入。道格拉斯寡妇的家是基督徒中产阶级受人尊重的典范，哈克对此既不能正确理解也不能舒适地适应。这种格格不入表现为哈克通过卧室的窗户而不是楼梯和正门出入家门。说到人品，道格拉斯寡妇心地善良、慷慨大方，沃特森（Watson）小姐要求严厉，但二人根本不了解哈克的需求。在父亲的小屋里，虽然逃离了"文明"，哈克从某种意义上讲觉得很自在，吐温就这样开始确立场景的主题等级。但从另外一种意义上讲，哈克在小屋的生活更惨，因为哈克醉酒的父亲竟然绑架了哈克，把他当作囚犯和出气筒。这样一来，道格拉斯寡妇的家和父亲的小屋除了确立一种主题的等级之外，还确立了小说中的一个整体不稳定性：哈克在现实世界的成长路上没有合适的家或缺乏家长的正常监护。这一不稳定性通过哈克的装死以及场景的转移而得到深化，从父亲的小屋转移到杰克逊岛也正好和"启动"相吻合。

吐温娴熟地运用杰克逊岛使上述不稳定性复杂化。吐温不仅把作为逃亡者的吉姆带到岛上，而且赋予岛屿一个重要的作用，把哈克的故事与吉姆的故事联系在一起。哈克发现吉姆在岛上后，两人先是联手不让圣彼得堡小镇的人发现他们。然后，他们开始在岛上过起了舒适的生活，小岛场景再一次强化了之前提出的主题等级。这一次，哈克和吉姆二人的满意生活如此贴近自然。不仅如此，哈克和吉姆同为局外人的身份使他们二人紧紧地联系在一起，这种情感联系，哈克在道格拉斯寡妇、沃特森小姐以及父亲那里从未有过。关键原因是杰克逊岛无人居住，哈克和吉姆有某种从未体验过的自由来定义二人之间的关系，当然二人也清楚各自的身份，清楚成年黑人奴隶与白人青少年应如何对待彼此。在这一场景中，哈克与吉姆确立了两人关系中的某些矛盾性：哈克并未立刻授权给吉姆，只是在一些关键决策时刻，吉姆才身先士卒。这样一来，杰克逊岛的插曲让我们瞥见了围绕哈克的不稳定性轨迹的积极发展方向。但是围绕吉姆的不稳定性使这一插曲结束，因为直觉让吉姆和哈克结为联盟。哈克从朱迪斯·劳芙特斯（Judith Loftus）那里得知劳芙特斯的丈夫计划寻找逃跑的吉姆后，于是他飞速跑回来，唤醒正在睡觉的吉姆，嘴里大声喊道："他们正在追我们。"

哈克和吉姆开始了密西西比河上的竹筏之旅后，吐温通过比较河上的生活与河岸的生活来强调其主题意义：接近自然的生活要比体面的文明生活更优越。但是密西西比河的某些作用更为细腻，我们可以考察哈克与吉姆错过开罗，因此错过向自由之州进发的机会时吐温对密西西比河作用的处理。吐温在此赋予河流一种虚构功能，因为这一事件可使吐温对比哈克在岸边的冒险以及哈克与吉姆的经历从而勾画出哈克接受的非正式的伦理教育。同时，让哈克和吉姆错过开罗看上去像一种貌似随意的情节手法，吐温面临一种挑战，如何使情节的发展具有模仿真实性。此处就显出了作者的艺术性。借此，吐温使密西西比河的主题功能复杂化，同时，还找到一种方法利用河流的模仿功能来加深哈克与吉姆关系的伦理维度。吐温通过两件事使哈克与吉姆错过开罗具有模仿可能性：一是让哈克和吉姆算错二人在河上的进程。在第十五章的开头，哈克就指出二人"判断还有三个晚上就可以到开罗"。但是二人既没有地图也没有当地新闻参照，因此二人的判断可能有误。二是吐温让第二晚缓缓进入雾天，同时加速了河流的流速。哈克和吉姆上沙洲的努力具有讽刺意味地成为二人分开的方式，哈克在独木舟上，而吉姆在竹筏上。

迷失的雾中，又受湍急的水流摆布，二人完全依赖彼此的呼喊交流，直到二人失去联系，累得睡了过去。而就在当晚的某个时间，他们路过了开罗，可以理解的是，二人均不知道已经过了开罗。吐温在强化模仿真实性的同时，让密西西比河的虚构功能处于背景之中。但在利用场景的这一模仿功能时，吐温又使场景的功能变得复杂起来。无论密西西比河看似提供了多么便捷的逃离文明的方式，当晚的事件表明贴近自然的生活也容易有危险。上述事件提醒读者自然比人类欲望更无情、更有力量。更让人印象深刻的是，吐温将当晚的迷雾和湍急的水流的模仿功能与人物的模仿成分结合起来从而深化了与吉姆重逢后，哈克冷酷嘲笑吉姆这一事件的伦理难题。

费伦与拉宾诺维茨对《哈克贝利·芬恩历险记》中场景（主要指密西西比河）的修辞功能的具体分析很好地将场景与故事进程结合起来，赋予场景一种动态的空间维度：关注虚构场景在作者、叙述者以及读者三者互动中的出现过程。这为我们打开了研究场景与叙事空间的一种文学地理学的视角。这一视角为叙事空间研究提供了一种跨学科方法，也是叙事空间研究未来发展的一个重要趋势。

同时，我们应该指出读者对场景的修辞功能的回应主要取决于小说文类和进程的特点。一些叙事（包括大部分现实主义小说）由模仿成分主宰，一些叙事（包括寓言和政治辩论如《动物农场》）则强调主题成分，还有一些叙事（包括新小说以及大部分后现代主义原小说）优先关注合成成分。但多数叙事的兴趣均匀分布在两种或三种成分之间。从整体上讲，费伦与拉宾诺维茨对场景的修辞性解读主要限于现实主义模仿小说，未来还需要用于对后现代主义等反模仿叙事作品的解读，同时应该用于文学文本之外的其他叙事媒介、叙事文类中的场景的解读。换言之，修辞叙事空间未来应关注非自然叙事、多模态叙事、跨媒介叙事等新文类形式为修辞性阅读策略提出的挑战，进而对其中的阐释概念进行改进，只有这样，这一理论才能有足够灵活的概念，从而用于更多的叙事范畴。我们应该看到，修辞性叙事理论对场景的解读重点关注叙事文本内作者、隐含作者、叙述者以及读者等叙事交流成分之间的动态互动关系。另外，修辞性叙事理论对场景的解读与文学地理学的方法形成了很好的接口关系。未来一个潜在的发展趋势就是研究修辞性叙事理论如何从文学地理学等学科领域借鉴阐释资源，拓展对场景的阐释维度。但是，修辞性叙事理论在描述叙事空间的过程中一致采用"场景"这一提法将叙事进行了降格处理，客观上不利于叙事空间研究的进一步发展。我们希望修辞性叙事理论学家能够在未来提出更为客观的、平等对待叙事空间的概念，从而让叙事的"修辞空间"大放异彩。

第二节　描述的修辞诗学建构

"描述"作为一种文本类型，用来辨识场所、实物或人的属性。普夫卢格马赫尔（Pflugmacher，2005：101）将"描述"定义为一种叙述停顿，打断事件链的呈现，也就是把描述与叙述对立起来①。通过对比文学批评与叙事理论对待描述的态度，巴尔（2017：35）指出叙事理论将描述边缘化的一个可能原因在于阅读体验与结构逻辑的对立。

普林斯（1987：19）在《叙事学词典》中指出，描述用来呈现"物体、生物、情景或所发生的事情的空间存在、方位功能以及同步性"。普林斯认为描述构成了上述描述诸成分的主题或次主题。这些主

---

① Pflugmacher, Torsten. Description [A]. David Herman, Manfred Jahn, and Marie-Laure Ryan. *Routledge Encyclopedia of Narrative Theory* [C]. London: Routledge, 2005: 101-102.

题或次主题可以从其品质、功能层面来描述，并且有层次等级的不同，如在描述的精细程度上可多可少，可以客观描述，也可以主观描述，可以一般或典型描述，也可以给予个性化的描述。德容（2014：123－129）在《叙事学与经典》一书中将描述的功能分为六种：除了经典叙事学家说的点缀作用之外，还有主题功能、镜像描述、象征功能、人物刻画功能以及心理刻画功能。德容承认空间描述的象征、人物刻画以及心理刻画功能之间的区分并非易事。因此，这些术语常常融合在一起使用。而且，这三种功能可能同时发挥作用，但彼此之间确实也存在一定的区别。如象征功能通常具有文化性与集体性，而人物刻画以及心理刻画功能与个人相关。人物刻画功能是指人物的永恒特征，而心理功能是指人物在瞬间时刻的情绪。

　　尽管叙事理论忽略描述，但叙事作品中的描述确实能起到非常重要的作用。实际上，描述成为布思意义上的"小说修辞"的重要组成部分。描述理论的建构努力在法国出现较早，如《耶鲁法语研究》于1981年组织过一期题为《建构描述理论》的专辑，邀请学者对描述发表自己的看法，这一专辑打破了描述与叙述、时间和空间的严格界限。描述并非标示叙述的边界，而是指出了叙述作用的边界或局限性。令人颇感欣慰的是，20世纪90年代以来的叙事研究已经开始改变对描述的看法，不再将其视为场景和人物的点缀。查特曼将叙述与描述融合起来，指出描述可以为叙述服务，但反过来，叙述同样也可以用来为描述服务。这样就出现了"叙事化的描述"和"描述化的叙述"之间的区分（Mosher 1991：426）。描述在后经典叙述理论中也受到了一定的关注，如通过对凯特·肖邦（Kate Chopin）的短篇小说《黛西雷的婴孩》中的一处场景进行文体分析之后，申丹指出场景的描述对于发掘隐性进程有非常重要的作用。莱恩（2019：64）认为，"故事世界"概念解决了困扰叙事学和文本类型主义者的一个老大难问题：描述在叙事文本中的作用问题。没有描述，读者无法形成人物和场景的思维图像。正因为此，描述构成了叙事性维度的有机组成部分。如果将叙述想象为建构某个在时间和空间内延展的故事世界，那么描述就可以完全融入叙述意义，因为描述与事件报道一样都有助于建构故事世界图景。通过凸显叙事文本中的空间和描述，卡拉乔洛（Caracciolo, et. al, 2022：9-10）等学者旨在重新定位读者对待非人类的态度，强调物并非叙事理论坚持的发展轨迹[1]。卡拉乔洛等将文学中的物空间视为一种封闭的"不可进入的框架"。

叙事学对于描述的本体重视莫过于荷兰叙事学家米克·巴尔。在她最近出版的《叙事学：叙事理论简介》（2017：26-36）一书中，巴尔甚至使用了"描述学"（descriptology）一词来彰显叙事学界对待描述的态度。巴尔（2009：35；2017：26）指出，描述是聚焦关注的特有场所，因此对文本的意识形态和美学效果有很大影响。同时场景是一种特有的文本形式，在叙事中不可或缺、无处不在。巴尔提出小说文本中描述性文字存在的实用性和逻辑性：从实用性角度来说，描述可以让读者视觉想象出故事世界，也使故事世界变得具体，使参与他人的想象成为可能。从逻辑层面来说，故事成分需要描述，这样才能有意义。正因为如此，叙事学需要考虑这些描述性的片段。在对比詹姆斯的《金碗》和狄更斯（Dickens）的《董贝父子》中的两个描述性片段之后，巴尔将描述界定为"一个赋予实物特征的文本片段"。这一属性层面就是描述功能，如果描述功能占主导，那么这个片段就是描述性片段。如何在小

---

① Caracciolo, Marco, Marlene Karlsson Marcussen, and David Rodriguez. Introduction [A]. Marco Caracciolo, Marlene Karlsson Marcussen, and David Rodriguez. *Narrating Non-human Spaces: Form, Space and Experience beyond Anthropocentrism* [C]. New York & Abington: Routledge, 2022：1-16.

说中插入描述性文字体现了叙述者的修辞策略。在现实主义小说中，这一描述性文字的插入需要动机。如果小说需要客观，这一客观性概念离不开自然化，也就是让描述看似不言自明。但这一所谓"客观性"实际上是一种主观性的伪装。当叙述的意义存在于读者与人物心理的认同时，这一伪装最为明显。如果真理不再是使叙述有意义的充分条件，那么动机可以用来表明某种可能性，从而使内容可信。这也解释了动机为什么成为现实主义叙事修辞的一个层面。

巴尔区分了三种动机类型：说、看或做。其中，源自"看"的动机最为有效、最常用也最容易让人忽视。巴尔将动机视为聚焦的一个功能，描述就是要复制人物看到的内容。由于看东西需要时间，因此描述与时间停滞融在一起。但"看"这一行为也需要有外部动机，需要足够亮度人物才能观察到物体。因此，窗以及开着的门等，视觉窗口都需要被描述，也被赋予动机。再者，人物需要时间和理由来看。因此，有的人物好奇，有的自在，有的失业，还有的整日闲逛。巴尔指出动机的主观性，为使这一主观性看似不可避免或"自然"，作家对修辞颇感兴趣。对描述而言，更是如此，因为描述的主观动机需要伪装。巴尔根据主题以及次主题在隐喻和转喻之间的关系，将描述区分为六种类型。

一、指示性、百科全书式的描述（The Referential, Encyclopaedic Description）

理论上讲，这一类型的描述中没有修辞。组成部分的选择以内容成分的相近性为基础。这意味着一些成分的出现隐含了另外一些成分的缺场，读者可以补充所缺细节。一般特征隐含了具体特征，其目标是传递知识。百科全书就是这一类型的描述形式。

二、指示—修辞描述（The Referential-Rhetorical Description）

旅游指南是这一类型描述的典例。内容单元按照组成部分的相近性及其主题功能组合在一起，主题功能具有评价性。这一描述的目标是传递知识以及劝服，劝服效果通过用词与内容来达到，劝服还可以通过选择传统上重视的一些次主题以及添加评价性的谓语来实现。尽管这一描述中包括大量的隐喻，文本的建构依然遵循相近性原则。

三、有隐喻特征的转喻（The Metaphoric Metonymy）

在这一描述类型中，相近性依然为占主导地位的建构原则。但在这一情况下，每一个构成部分都有隐喻。文本中均能找到比较的元素，在本质上具有隐喻性，在这些比较的组成部分之间没有相近性联系。表面上看，这一类型的描述给读者造成一种不连贯的印象，需要读者自己来填充。

四、系统化的隐喻（The Systematized Metaphor）

这一类描述是一个大的隐喻。对比的成分以及对比物的成分系统联系在一起。每一个系列都以相近性原则为基础，系列之间彼此平衡，哪种序列意义占主导需要考虑语境，一些描述中两种序列相互暗示，这样的描述也属于系统化的隐喻类别。

五、有转喻特征的隐喻（Metonymic Metaphor）

这一类描述是一个大的隐喻。其组成成分按临近关系关联在一起，形成一个连贯的描述。整体上看，这一描述用来对比本体及其喻体，可能会比较隐晦。

六、隐喻系列（The Series of Metaphors）

这一描述类型构成一个延展的隐喻，不用连续提及喻体成分。这一隐喻不断调整，给人一种难以描述的印象。基于修辞的描述类型分类可用来描绘不同历史时期或风格的叙事。

大概是因为上述描述分类的抽象性和概括性，巴尔在新版的《叙事学：叙事理论导论简介》中补充了这一"描述学"（descriptology）

77

或者说"描述叙事学"（descriptive narratology）的具体应用。巴尔（2006）的"描述叙事学"认为，描述是一种自然叙述修辞形式。其中，理解巴尔上述修辞描述类型的关键在于描述的内在逻辑性和连贯性。查特曼（1990：24）指出，描述的逻辑和连贯以转喻与邻近性为基础，因为转喻结构可能包含描述物在小说世界或想象中出现时彼此之间的关系，还包括这些描述物与其自身属性之间的关系。例如，描述一个房子可能需要提及房子的大小、颜色、房间等构成房子的空间成分。转喻和邻近性原则使读者能够推测某个描述物的构成特点。

从阐释效果来看，洛佩斯（Lopes，1995：20）在其专著《小说中的前景化描述》中区分了三个层面的描述：在文体层面，描述的分析作用于微观句子层；在话语层面，分析侧重大片描述性片段/模块的内在组织形式；在功能层面，分析可侧重于描述在给定作品中承担的功能。

实际上，德国叙事学家比较认真地对待叙事理论中的描述。如伍尔夫（2007）分析了界定描述时涉及的问题，澄清与描述相关的一系列理论问题①。具体来说，伍尔夫将描述界定为一种认知框架，并将描述置于复杂的符合学类型框架内，对各种模式、文类以及媒介中的描述的形式与功能进行了系统探讨，同时伍尔夫简要探讨了描述物在接受者思维中如何具体呈现。

德国叙事学家纽宁（2007：92-93）呼吁为了解决描述问题，我们需要一个更复杂、更有区别性的分析框架②。同时我们还需要区分不同

---

① Wolf, Werner. Description as a Transmedial Mode of Representation: General Features and Possibilities of Realization in Painting, Fiction and Music [A]. Werner Wolf & Walter Bernhart. *Description in Literature and Other Media* [C]. Amsterdam: Rodopi, 2007: 1-87.

② Nünning, Ansgar. Towards a Typology, Poetics and History of Description in Fiction. [A]. Werner Wolf & Walter Bernhart. *Description in Literature and Other Media* [C]. Amsterdam: Rodopi, 2007: 91-128.

类型的描述，而且描述的形式与功能应该由叙事理论将其历史化。关于描述的研究较多关注描述与叙述的区分，但对描述的分类问题，文学文本中描述作用的历史变化问题鲜有论及。同样对读者的作用问题以及读者如何利用阐释框架将某一文本自然化的问题都重视不够。纽宁认为，造成上述现状的一个重要原因是多数学者都关注如何界定描述以及确定描述与叙述之间的复杂关系。纽宁又增加了三个与描述理论密切相关的问题：第一，读者的作用以及语境、规约以及框架将描述自然化的过程中起的作用值得关注；第二，描述出现的各种形式也需要考虑；第三，不同形式的描述会起到何种不同的作用。

纽宁（2007：101-115）结合伍尔夫以及洛佩斯的相关理论，提出从五个层面探究文学作品中的描述。交流或话语层，关注叙事中介的结构；文体层主要从语言学的视角分析；结构或语段层关注描述的内在组织形式以及与叙事中非描述部分的关系；还有主题语用层、接受导向层和功能层。这样我们就可以细分在形式、文体、结构以及主题方面的描述。

第一，就形式和叙事媒介而言，我们可以区分故事内与故事外形式的描述。受述世界内的某一个人物的描述属于故事内描述，叙述者从某一制高点对故事世界内的场景、人物以及存在物的描述属于故事外描述。第二，以人物为主的描述类型和以受述者为主的描述类型的区分。此处的关键在于故事层面的某个人物是否为某一描述的听者还是说这一描述是讲给受述者听的。第三，形式标准关键在于描述是源自某个在人物层面之外的、不参与故事的隐性叙述者，还是源自故事内某个人物的视角。依照这一标准，我们可以区分外聚焦类型的描述和内聚焦类型的描述。前者有关虚构世界内的存在物和事实的描述有种潜在客观性，或者至少信息可靠，后者在维多利亚时代的末世文学以及现代主义小说中占据主导地位，更加混杂了某种主观偏见与潜在的不可靠性。造成这一情况的主要原因在于内聚焦描述呈现的有关文本真实世界的内容从事实上并非客观信息，而是人物—聚焦者的主观感知和印象，也就是呈现的是发生在人物—聚焦者思维或大脑里的内容。为了确定某一描述是内聚焦还是外聚焦，读者需要揣测这一描述可能或者可以定位描述物，是否可以定位描述成分在一些人物或观察者视角呈现中的顺序。第四，是单一视角模式的描述与多重视角模式的描述的区分。对此，洛佩斯（1995：22）指出，19世纪的描述可建构为某种单一视角、统一的、连贯的整体，因此，有时有利于视觉化的效果。相反，与内聚焦模式呈现的描述或者由某个不可靠叙述者提供的描述一样，多重视角模式呈现的描述也可以将读者的注意力从故事中的事物和事实转向观察、表征、思考以及叙述。即使没有明确将描述和叙述过程主题化，叙述者依然可以通过多重视角描述凸显某些描述问题。如当视角关注某个人物、场所或实物，却未能形成某种连贯的图像或表征。

另外一种区分描述类型的层面以语言和文体标准为基础。首先，我们可以区分明确清晰地描述与隐晦含蓄地描述。这一区分以语言的中介模式为标准。查特曼（1990：28）认为文本表层的描述至少可以用以下三种方式呈现：一是直言明说；二是简要提及或包含；三是省略的暗示。查特曼的直言明说属于明确清晰的描述类型，后两种则属于隐晦含蓄的描述类型。其次，是描述实现的语言学形式。依照这一标准，我们可以区分隐喻型描述和非隐喻型描述。人物隐喻型描述可从狄更斯至伍德豪斯（Woodhouse）的英国小说中的动物意象中寻找。相反，非隐喻型描述直接或字面提及人物、地方和实物。

结构标准也可以用来区分不同类型的描述。结构标准是指小说中描述性篇章与非描述性篇章之间的关系。这一标准一方面可以区分描述部分与非描述部分的数量关系；另一方面量化标准，如故事描述中的语段和语义整合可用来进一步区分各种描述类型以及元描述的差异。上述第一个问题有关描述出现在小说中的位置。依此标准，第一，我们可以区分边缘形式的描述和中心形式的描述。前者包含文本开篇或结尾的描述。相反，位于更中心的描述出现在不断发展的故事中。17 世纪、18 世纪英国小说中的描述主要出现在边缘位置，自 19 世纪现实主义小说以后，描述也开始频繁出现于整个叙事的中心位置。这一描述维度在 19 世纪现实主义小说中发挥了更重要的作用。第二，整块描述与分散描述需要区分开来。其背后隐藏的标准是描述性信息在一整块信息中给出还是散布于整个叙事文本。整块描述在 18 世纪、19 世纪的小说中占主导地位，用来引出人物和场所，而这样的整块描述在现代主义小说中已经过时。第三，描述频率以及描述范围的量化标准有助于区分如下两类小说：一类小说中鲜有描述或描述只出现于某些点上；另一类小说经常出现大面积的描述。"频率"此处指某一给定小说中描述性篇章出现的数量与规律性，"范围"指描述了多久，描述占了多少篇幅。尽管这两个标准理论上可以细分，实际上二者常常联系在一起，主要是为了突出描述维度的重要性。描述有限的小说可在 17 世纪、18 世纪的小说尤其是流浪汉小说中找到零星。自 18 世纪以后，描述更加频繁且大规模出现于 19 世纪现实主义小说以及自然主义小说中，而且出现于哥特式小说和历史小说中。上述描述形式均可作为大面积、明显形式描述的典型。但是，描述的功能大相径庭。纽宁还提及频率和范围的标准可用来强化不同叙事文类中的描述区分类型。根据描述的频率、密度和范围，叙事文类可以按照从神话到新小说的层次等级来区分，神话故事中的描述略显怪异。在法国新小说中，描述频繁出现，几乎遍布整篇小说。第四，结构或语义整合程度与描述性片段和受述故事的孤立。在整合形式的描述中，文本内的描述性篇章与非描述性篇章之间语义关系密切相关。在孤立形式的描述中，描述性篇章与非描述性篇章之间有明显的区分。18世纪、19世纪现实主义小说中对场景和人物的描述，用洛佩斯的术语来说，即"一眼可以辨识的文本模块"（identifiable textual blocks），体现了情节与描述之间的明确区分。相反，在现代主义小说中，大面积的描述散布于整个文本之中，密不可分地与故事和话语联系在一起。第五，描述在何种语境合理性程度上与受述故事相关联。依照这一标准，我们可以区分有动机的或功能性描述与无动机的描述。在有动机的描述实例中，行动或话语本身为描述性片段提供某个合理的理由，当人物或叙述者没有给出任何关于描述与故事事件的联系时，这种描述很大程度上就是无动机描述。描述如果聚焦于小说中的某个人物或与叙述者的体验紧密相连，这样的描述主要受现实主义（或心理现实）的动机驱动，如伍尔夫的《达洛维夫人》（1925）以及石黑一雄的《长日将近》（1989）。相反，在一些很大程度上无动机的、孤立的描述中，读者需要自己确立这些描述片段与受述故事之间的关系。在一些作者叙述者的干预小说中，如福尔斯的《法国中尉的女人》以及伯杰（Berger）的《G》中，故事外叙述者经常提供一些描述以及原小说和元叙事评论，从而打破对人物和事件的主要幻想。

考虑到有动机形式的描述和没有动机形式的描述之间的区别，同故事叙述和异故事叙述、内聚焦和外聚焦形式中的描述也有差别。顾名思义，同故事叙述者讲述的故事，叙述者在其中起着重要的作用，因此描述性表达通常与受述人物相关，因为在同故事叙述中，作为叙述者的我认同作为体验者的我。因此，第一人称叙述者的叙述过程不仅是人物虚构世界的一部分，而且第一人称叙述者的叙述以及描述在故事世界中都具有清晰的动机。相反，异故事叙述者从外部视角报道虚构故事，因此没有了与故事层面的直接联系，异故事叙述者以及外部聚焦者的描述动机显然弱于第一人称叙述者以及人物聚焦者的描述。

与内容相关的描述形式的区分标准是描述所指的实物。如伍尔夫（2007：25）所言，描述一般关注具体的、静态的空间现象，如地方、人物、相貌以及实物，而不关注一些抽象概念、情感、身体感官体验。但实际上，后者也不能从描述对象的可能性中排除。以此为线索，纽宁提供了五种区分形式：第一，依照描述所指和细节的范畴，我们可区分选择性的描述到全方位深入的描述。此处的关键是描述指的主题广度以及描述相应实物的精细化程度。选择性的描述类型只限于一个或为数不多的个别重要细节。相反，全面描述或细节描述旨在识别和列举描述的地方、实物或人物的所有可能具有的属性。第二，依照描述指的叙事层面，我们可以区分以故事为导向的描述和以话语为导向的描述。前者关注受述故事，后者主要出现于一些话语层面的评论中，包括叙述者、受述者以及叙述过程的描述。以此为基础，我们还可以区分以讲述者为导向的描述类型和以读者为导向的描述类型。前者在菲尔丁（Fielding）的小说中比比皆是，这种具有自我反思意识的评论主要来自叙述者；后者直接对受述者讲述或描述受述者。第三，依照描述性话语是指向同一文本的其他成分还是指向其他文本，我们可以区分文本内描述和文本间或媒介间描述，然而描述通常指向文本内发生的现象，因此无须做出上述区分。但无数视觉艺术描述的例子已表明，尽管这些描述物在小说中不会起到核心作用，但视觉艺术描述一样可以描述物体。第四，依照赋予描述的自我反思性程度，我们可以区分无自我意识的描述形式和具有自我反思性的描述形式。尽管描述一般会暂时偏离受述故事，但偏离程度或自我反思意识程度大不相同。在具有自我反思性的描述中，这一描述成为主题或得以前景化。描述本身如果变成某个自我反思元叙述评论的主题，就会用作一种手法，我们可以称为"前景化的描述"或"元描述"。这类"元描述"常常出现在 20 世纪的小说中，强调描述的任意性和偶然性。第五，依照描述者对自身描述能力的评价，我们可区分肯定描述和弱化描述，一些描述形式表达了叙述者的自信；一些描述表达了叙述者的不可靠性和自我怀疑，中间还有好多层次。18 世纪和绝大多数维多利亚时期的小说中的具有作者权威的叙述者都是这一肯定叙述描述类型的典型。相反，在许多 20 世纪小说中，叙述者对自己的描述能力和叙述能力信心大减。肯定描述和弱化描述与描述者是否以及如何评价自己描述的质量问题有关。肯定描述倾向于不批判，因为呈现的描述中没有表达评价内容，反映了叙述者对自己的描述能力以及对传统的描述形式的积极态度。相反，批判式描述类型表现为叙述者与流行的规约之间拉开距离或反讽这些规约。

除了上述形式、文体、结构以及内容相关四个标准，还需要考虑以接受为导向的或由功能确定的描述形式。这一描述形式的主要标准是描述性片段的潜在效果与功能。一般我们认为描述的渐进积累会产生美学幻想的效果，或"现实性效果"。实际上，描述确实适合营造一种强烈的现实性幻想，为读者提供详细的信息，证明故事世界的逼真性。第一，从读者反应批评的角度来看，我们可以区分看似透明、容易自然化的描述以及那些看似朦胧、不容易自然化的描述。透明的描述对试图使描述现象具体化的读者来说没有困难，朦胧的描述对试图将描述物自然化的接受者来说难度不小。第二，以读者为导向的功能视角最重要的问题在于描述是突出美学幻想和现实性效果，还是削弱美学幻想和现实性效果。绝大多数描述形式用来产生连贯性，支撑受述世界的真实性幻想或逼真性，而不会破坏描述的故事世界的主要幻想。以故事为导向的 17 世纪、18 世纪、19 世纪小说中的细节描述尤为如此。在这些小说中，描述通常用作一种重要的求真策略。自 20 世纪 70 年代以来，描述和"元"描述通常用作一种打破美学幻想的原小说方式。第三，就描述潜在的功能而言，我们可以区分点缀性描述和阐释性描述两种。前者仅仅作为点缀，后者在叙事作品中承担一些看得见的功能。诚如普林斯（1987：19）指出的那样，描述可以用来点缀，也可以用来解释或表意，具体包括某个篇章定调或营造氛围，表达与情节相关的信息，用来刻画人物、引入或强化主题、象征冲突的来临等。

纽宁指出上述对描述的分类旨在为精确描述不同类型的"描述诗学"提供一种精细的分析框架，还为我们提供了一个图表，总结了 19 种描述的类型或种类及其相应的判断标准。据笔者所指，纽宁的描述诗学建构是迄今叙事学界对小说中的描述问题阐述最系统、最全面的框架模式，为研究小说中描述的形式与功能提供了可行的分析框架和历时视角。但纽宁似乎认识到学界普遍对描述的研究还不够深入，不够详尽。纽宁也指出自己的分析模式还可以进一步推广，不仅可以细致分析小说或短篇故事中的描述性篇章，还可以研究不同文学史阶段描述形式与功能的发展过程；不仅可以用于叙事虚构作品，也可以用于其他文类。如我们可以探讨诗歌和戏剧中描述类型的异同，验证上述分析模式的实用性和效果。总而言之，"描述叙事学"本身的发展还不够系统、不够完善，因此应该成为中西方叙事理论努力拓展的一个重要方向。

第三节 修辞性阅读策略

对修辞性叙事理论贡献最大的莫过于詹姆斯·费伦。申丹在和王丽亚（2010）合著的《西方叙事学：经典与后经典》中高度评价了费伦的修辞性叙事理论，认为这一理论以其综合性、动态性和开放性构成了西方后经典叙事理论的一个亮点。费伦对修辞性阅读方法的系统阐述集中体现了上述特点。这是一种既关注阅读过程又关注阅读结果的批评方法。这一方法既分析阅读体验的内容，也分析阅读体验的方式，旨在达到两个相互关联的目标：一是尽可能精确地指明阅读体验的收获；二是识别和分析作者、文本以及读者三者如何共同协作（或在某些情况下，未能共同协作）来得到上述收获。修辞性阅读有两个基础：一是以叙事的修辞性定义为基础，即在某种场合下，为了达到某些目的，一个人给另外一个人讲述发生的事情；二是以指导修辞性阅读实践的七个相关原则为基础。应该指出的是，费伦的修辞性阅读原则率先在费伦与拉宾诺维茨（2012）共同讨论的基础上提出，在《叙事理论：核心概念与批判性争鸣》一书的第一章里共探讨了六个原则。在费伦 2013 年的专著《阅读美国小说：1920—2010》中又增加了第七个原则，在 2017 年的专著《一个人向另一个人的讲述：叙事的修辞诗学》中将修辞性阅读策略增加到十个。此处概述参考了费伦（2013：23-38；2017：5-12）2013 年和 2017 年的论述。

第一个原则：修辞性理论包含传统的叙事观，将叙事看作一种有结构的符号系统，呈现一个有联系的事件序列。修辞性叙事理论将上述叙事观纳入一种更宽泛的叙事观之中，这种宽泛的叙事观是指叙事本身就是事件，更具体地说，叙事是一种从讲述者到读者的多维目的性交流事件。

目的性告诉我们叙事现象的分析，包括一些核心成分。讲述者如何设法塑造素材为其更大的目标服务，关注多层次交流遵循了修辞理论对阐释读者体验的兴趣。相应地，修辞理论既关注叙事的主题意义，同样也关注叙事的情感、伦理、美学效果及其相互之间的作用。情感效果包括读者对人物、叙述者以及整体叙事的情感反应（从同感到反感）。情感效果可以依据伦理效果而产生，也可以影响伦理效果，读者对叙事的情感以及伦理参与质量很大程度上影响了美学效果的质量。这一原则构成费伦的修辞形式概念的基础，即某个叙事中各个成分、技巧以及结构的特有成形是为不同系列的读者参与服务，并且对读者产生特有的主题、情感以及伦理效果。

第二个原则：叙事的修辞性定义"某人在某种场合下，出于某种目的告诉另外一个人发生了某件事情"描述了一个"默认"情景而不是指定所有叙事应该做什么。

这一定义旨在抓住多数作品的本质特征，即使有些单个叙事不完全与这一概念中的每一个成分都一致，但这些作品普遍被视为我们文化中的叙事。对此，我们说"发生了某件事情"，因为事件的讲述一般发生在事件发生之后。但我们也会看到讲述有时与事件同步（如约翰·马克斯韦尔·库切（John Maxwell Coetzee）的《等待野蛮人》）或发生在事件之前（如陀思妥耶夫斯基的《赌徒》的结尾："明天，明天一切都会结束！"）。将这一定义描述为"默认"会让我们对默认的偏离持开放态度。

第三个原则：修辞性阐释和理论采用了一种归纳的方法，而不是演绎推理的方法。

这一原则与上述第二个原则密切相连。费伦旨在理解并评价叙事做的种种事情以及叙事做事情的各种方式。这一原则实际意义是费伦由叙事产生的效果反推出这些效果在作者架构叙事成分过程中的原因。费伦然后试图得出有关"作为修辞的叙事"的适当的归纳。既然叙事交流是一个复杂的、多层次现象，这一推理过程不能简约为一个公式，其结果会产生一些假设而非教条的结论。

尽管修辞性叙事理论承认内容的选择会产出有价值的叙事作品，有些叙事确实强调这些内容，但修辞性叙事理论学家在分析文本时不会预先选好诸如性别、种族、阶级、性取向或者残疾等内容。当然，修辞性叙事理论也不会预先选择一些特有类型的叙事如在话语或故事层面上运用了反模仿成分，而是对叙事如何实现其多维目的的方式感兴趣。换个说法，修辞叙事学家首先从叙事文本入手，其次转入理论，最后转回叙事，循环往复，旨在让学生理解叙事理论的动态演变性，或采用一种从内往外读，而非从外往内读的方法。如福克纳（Faulkner）的《喧嚣与骚动》不是因为现代主义小说才用了意识流技巧，而是因为用了意识流小说才成了现代主义小说。同时，修辞叙事理论不是一种中立的研究方法。

第四个原则：在阐释文本效果时，修辞性叙事理论发现在作者代理、文本现象（包括互文关系）以及读者反应三者之间有一种"反馈环"。换言之，修辞性叙事方法有如下三个假定：一是文本由作者设计以特有的方式来影响读者；二是这些作者的设计通过文字、图像、技巧、成分、结构、形式、文本的对话关系以及文类和规约表达出来，读者可利用这些文类和规约来理解作者的设计；三是作者的设计也受到读者的特点以及读者对渐进展开的交流活动的特点的深刻影响。从某种意义上来讲，费伦在2017年的专著《一个人向另一个人的讲述：叙事的修辞诗学》中主要阐明了这一原则的影响。这一原则意指某种阐释探讨可以从"反馈环"的任何一点开始，因为某一点的问题必然会引出其他两点。比方说，我们用一种消极的伦理判断来回应某个人物的行为，接下来会寻找消极伦理判断的文本资源以及作者为什么会以消极的方式引导我们的判断。在提出和回答上述问题的过程中，我们会发现自己的消极判断太过简单或不准确，那么我们就可以调整自己的伦理

88

判断。

　　同时关注"反馈环"中的所有点有时会使修辞理论警惕主题的抽象化。例如，一些批评家对马克·吐温的《哈克贝利·芬恩历险记》的结尾提供了流利的主题辩护，而费伦指出这些辩护都缺乏说服力，因为这些辩护不足以回应读者对结尾部分的体验。尽管关注主题相关性，但这些分析普遍忽略了多数读者感受到的乏味与无聊。因为，在费伦考察了逃跑部分的文本现象以及推测吐温的目的之后，这一反应经得起考验。费伦认为这一小说的结尾有瑕疵更让人信服。

　　第五个原则：修辞性方法识别非虚构叙事中的三种读者，虚构叙事中的四种读者，为叙事交流中的"他人"提供理论依据。第一种读者是指"真实读者"，有血有肉的读者。第二种读者是"作者的读者"，即作者为谁而写的假设群体，该群体共享作者在真实读者身上期待的知识、价值、偏见、恐惧以及体验，作者还期待这些体验应以作者的修辞手法为依据。"作者的读者"既不是完全假设也不是完全真实，而是两种读者的融合，要么作者知晓或了解某个读者的阐释，要么作者想象出某个读者。第三种读者是"受述者"，不管是否描述，这是叙述者的讲述对象。一般情况下，"受述者"描述的越多，那么在修辞交流中就越重要。非虚构小说中的"受述者"没有描述，可能是难以与"作者的读者"区分开来。"受述者"由普林斯（1987）首先发现，具体是指由叙述者称呼的文本内的读者。"受叙者"处于文本内的人物位置，而"叙事读者"是真实读者在阅读时承担的作用。因此，修辞性读者可将"叙事读者"想象为处在故事世界内观察者的位置，可以观察叙述者和受述者的相互作用。《洛丽塔》中的男主人公有时称呼文本内的"陪审团的女士们，先生们"，而"叙事读者"观察到上述称呼只不过是亨伯特（Humbert）诸多修辞策略中的一种而已。

第四种读者是"叙事读者"，只有虚构作品中才有，该读者在故事世界内处于一种观察家的位置。作为观察家，"叙事读者"把作品内的人物和事件视为真实而不是虚构的。实际上，"叙事读者"接受整个故事世界的真实性，不考虑故事世界是否与真实世界一致。《哈利·波特》故事世界内的两个想象建构可以解释"真实读者"与"叙事读者"之间的关系。为了进入"叙事读者"的世界，"真实读者"需要穿上隐身斗篷以及虚构世界的装备。这一点意味着"作者的读者"与"叙事读者"的观点的重合程度会大不相同。例如，《哈利·波特》小说系列中的叙事读者认为整个世界人口可分为两种类型：具有魔法的女巫和魔法师以及没有魔法的普通人（麻瓜）。然而，"作者的读者"并不相信女巫和魔法师。同时，"叙事读者"并非一定要接受叙述者对所有事情的描述都是真实的。最后，作为一个观察者，"叙事读者"的某个成员可以偷听到叙述者讲给"受述者"的内容，即使这个观察者有时会感到叙述者的叙述是讲给自己听的，只不过程度会因叙事的不同而变化。一般来说，这种变化与"叙事读者"和"受述者"的异同有关。类似的情况是，第二人称叙述可以让所有的读者都感觉到在讲述，因为这一人称叙述中的"你"既是人物也是"受述者"。这些叙事读者—受述者关系变化的看法应用更为广泛，所有读者之间的关系会根据叙事的不同而变化，有些叙事使各种读者间的关系对于读者的效果更重要，而有些叙事没有。

除了区分各种读者之外，修辞性诗学对叙事交流的"他人"做出几个假设。第一，并非所有的"真实读者"想成为"作者的读者"。费伦将那些想成为"作者的读者"称为"修辞性读者"，修辞性诗学最关注的也就是"修辞性读者"的阅读活动。换个说法，"作者的读者"以及"叙事读者"的立场都是"修辞性读者"需要承担的作用，考察这些作用会为"修辞性读者"的体验提供见解。第二,"作者的读者"立场包括"叙事读者"的立场,因为前者具有双重意识可以使"作者的读者"将事件体验为真实事件,同时又默认这些事件是虚构的。第三,"修辞性读者"能够也应该评价他们应邀参与"作者的读者"立场时的体验。实际上,"修辞性读者"只有采纳这第二步才算完成真正的阅读行为。

第六个原则:在处理叙事伦理问题时,修辞性理论区分了"讲述伦理"和"被讲述伦理"。讲述伦理是指作者—叙述者—读者关系的伦理维度,这些相互关系通过情节安排、直接向读者讲述等各种方式建构。被讲述伦理是指人物和事件的伦理维度,包括人物与人物之间的互动关系以及单个人物为什么选择某一种方式而不是另外一种方式。与归纳原则一致,费伦是由内而外探讨伦理而不是从外向内,即不用某种特有的理论来阐释和评价叙事的伦理维度,费伦旨在发现作者在叙事中使用的伦理体系。

第七个原则:修辞性理论以多重方式整合历史。因为强调作者—读者关系,将作者与读者看作处于某个历史和社会语境的作者和读者,修辞性理论不仅与所有类型的历史知识和历史分析兼容,而且离不开历史知识。这些分析包括文学、文化、社会和政治等各个层面。历史在修辞性分析中的作用本身受显著性原则支配,在建构作者—读者关系时什么历史知识尤为重要?如在《傲慢与偏见》中,奥斯丁需要读者了解英国摄政时期的一系列社会规约。上例引出历史分析和修辞性分析的关系。在这一例子中,历史知识是理解作者—读者关系的必要条件,但不是充分条件。要满足充分条件,修辞性分析家需要对多重因素进行详尽、细致的分析,这些因素用来确立作者—读者关系,实际上是确立作者—读者关系在叙事过程中的轨迹。费伦又举了福克纳的小说来说明修辞性阅读与历史知识，尤其是文学史的关系。阅读《喧嚣与骚动》时，如果知道现代主义的知识以及福克纳是一位现代派作家，"修辞性读者"将会获益匪浅。同时，上述知识只是一个起点，因为"修辞性读者"的任务就是要阐释这部小说中作者代理、文本现象以及读者反应三者之间互动的精细运作方式。

　　第八个原则：基本的修辞情景在不同类型的叙事中会有差异，一般情况下在同一类型的单个叙事内也不同。例如，在钟芭·拉希莉（Jhumpa Lahiri）的虚构叙事《第三以及最后一个大陆》以及法兰兹·卡夫卡的《审判》中，讲述者/读者具有双重情景：叙述者为了自己的目的给一些不是人物的"受述者"讲述故事，而作者也是为了自己的目的将事件以及叙述者对事件的讲述交流给读者。在这种情况下，虚构叙事是一个包含了至少双重修辞性交流轨道的单一文本。费伦解释说用"至少"是因为这一常用描述忽略了作者与读者间的其他轨道，通常通过对话、叙事片段的并置以及其他手法得以建构。这一描述还忽略了作者建构这些轨道之间的相互作用的方式方法，这些轨道产生的交流形式不只是沿单一轨道传递信息的总和。在非小说类文学作品中，作者可以使用相同的轨道，但有时叙述者—受述者轨道与作者—读者轨道难以区分。换言之，有时非小说类文学作品中的作者直接用自己的声音与作者预估的读者讲话，如琼·狄迪恩（Didion）的《奇想之年》。但这一常用策略并非必须用，非小说类文学作品的作者可以与叙述者保持距离，如弗兰克·麦考特（Frank Mccourt）的《安琪拉的灰烬》。

　　第九个原则：叙事进程，即文本动力与读者动力的融合，对叙事的效果和目标至关重要。"文本动力"是指叙事由开端经由中段到结尾的内部运动过程，"读者动力"是指读者对"文本动力"在认知、情感、伦理和美学层面的相应的反应。文本动力与读者动力之间的联系构成了阐释判断、伦理判断和美学判断。这些判断形成某种纽带，这些纽带加密于文本内，由修辞性读者解码。费伦指出，将进程描述为融合，旨在抓住文本动力和读者动力相互影响的方式。文本动力本身融合了支配事件序列的情节动力和支配作者、讲述者（无论是叙述者还是人物）和读者三者关系的叙述动力。情节动力一般按照不稳定性——复杂——解决的模式展开。也就是说，首先通过将一个或多个人物引入某种不稳定的情景作者引出情节，其次通过上述不稳定的情景复杂化推动情节，最后通过在某种程度上解决上述不稳定的情景或通过将不可能解决主题化为结束情节。叙述动力则更加多样，但可靠叙述和不可靠叙述为其两个常用模式。每一种模式都会影响读者处理情节动力的方式，因此为文本动力增加了一个重要的层面。不可靠叙述在作者、叙述者以及读者之间引入张力，这些张力能否解决成为文本动力的重要组成部分。"读者动力"包括对逐步展开的文本动力在局部和整体层面做出的阐释反应、伦理反应、情感反应和美学反应。读者动力也包括叙事进程中的多层次轨迹的构造与重构。分析叙事进程就是要剖析叙事的深层逻辑，为叙事目的提供真知灼见。

第十个原则："修辞性读者"形成三种类型的旨趣与回应，每一种与叙事的具体构成成分相关：模仿、主题以及合成。"修辞性读者"对模仿成分的回应将文本中的人物视为可能存在的人，将受述世界视为我们所处的真实世界，这种可能性是从假设角度或概念角度来说的。这些回应包括读者渐进的判断与情感、欲望、希望、期待、满足以及失望等。对模仿成分的回应与"修辞性读者"参与"叙事读者"立场相关。对非小说类文学作品中模仿成分的回应与"修辞性读者"感觉真实世界及其在叙事中的呈现是否一致相关。

"修辞性读者"对主题成分的回应关注人物的概念功能以及叙事提

出的文化、意识形态、哲学或者伦理问题。读者对合成成分的回应关注人物以及更大的叙事的人工建构性，这一回应和旨趣与读者的美学判断相关。"修辞性读者"对上述三种成分的旨趣因叙事作品的不同而各异，取决于小说文类和进程的特点。一些叙事作品（包括大部分现实主义小说）由模仿成分主宰，另一些叙事作品（包括寓言和政治辩论如《动物农场》）强调主题成分，还有一些叙事作品（包括新小说以及大部分后现代主义元小说）优先关注合成成分。但多数叙事作品的旨趣均匀分布在两种或三种成分之间。而且，叙事进程的推进还可以在上述不同旨趣之间催生新的关系。许多叙事作品将读者的注意力从一种成分转向另外一种成分，从而获得了特有的力量，例如，纳博考夫的《庶出的标志》就达到了其既定的效果，部分是由于在结尾的几页里，模仿成分被合成成分淹没。而在《哈克贝利·芬恩》中，模仿成分和主题成分成为主要兴趣，合成成分则成为背景。

　　费伦的修辞性叙事理论将叙事定义为"在某种场合下，为了达到某些目的，一个人给另外一个人讲述所发生的事情"。其研究内容包括对作者、文本、读者和语境各个成分的全盘考虑。不仅讨论了文本的故事层面（模仿、主题与合成），而且包含文本的话语层面（可靠叙述与不可靠叙述）。具体来说，第一个原则指出了修辞性叙事理论与经典叙事学在界定叙事时的一脉相承与拓展，将叙事理解为事件，是一种具有多维目的性交流的事件。第二个原则是修辞性叙事理论对叙事的界定，包含了故事与话语（讲述）在时间维度的三种关系。第三个原则指出修辞性叙事理论的研究方法归纳法，暗示了修辞性叙事理论与经典叙事学以及后经典叙事理论其他分支如认知叙事理论、非自然叙事理论之间在研究方法层面的不同。第四个原则中的"反馈环"概念体现了作者、文本和读者三者之间的动态互动关系。费伦（2005）本人在《活着是为了讲述》一书中将作者代理、文本现象和读者反应三者之间的"反馈环"称为"叙事交流的修辞三角"。在这一原则中，费伦采用作者代理而不用作者意图是因为前者更好地强调了"反馈环"内三种成分之间的相互依赖关系，而且作者意图指的内容虽存在于文本现象和读者反应之外，但肯定控制着后面两项。对此，里克特（2018：32）评价如下：作者创造文本现象来影响读者，读者又可以利用自己的反应来推测作者的意图。这些文本现象包括创造一个或多个叙述者、人物和其他代理，在构成情节的叙事进程内相互交流，还可以创造一个或多个受述者，其描述方式可以使真实读者在与受述者的认同难易程度上有所区别。叙事文本的意义源于这一"反馈环"。实际上，在芝加哥修辞学派的理论背景下，费伦的"反馈环"概念是对布思的以作者为中心的文本研究方法的一种拓展，将读者从被动接受转向主动的修辞性交流。

第五个原则对虚构叙事作品和非虚构叙事作品中的读者类型进行了总结。在费伦 2013 年的著作《阅读美国小说》中，将上述第五个原则放在第六个原则的位置上，四种主要读者包括一个真实读者，两种由修辞性读者采取的主要立场（作者的读者和叙事读者），还有一种是文本内的读者（受述者）。我们可以对比这一原则的发展变化，从而加深对这一原则的理解。费伦和拉宾诺维茨（2012：6）在《叙事理论：核心概念和批判性争论》中提出的第五条原则中，只提出三种主要读者，还有一种读者是理想的叙事读者，由于与叙事读者难以区分，因此常常略去。有血有肉的读者使修辞叙事方法认出不同的个体读者之间的差异，从而引起读者不同的反应与阐释。申丹（2010：186）指出，费伦之所以考虑这一真实读者有三个原因：一是费伦本身关注的是作者与读者之间的修辞交流，而非文本本身的结构关系；二是受读者反应批评的影响，重视不同读者因不同生活经历而形成的不同阐释框架；三是受文化研究和意识形态研究批评的影响。真实读者采取了两种主要的立场。一是有血有肉的修辞性读者成为（或努力成为）作者的读者中的一员，作者的读者是作者写作对象的假想群体，这一群体分享作者对其读者期待的知识（包括历史背景知识以及小说规约知识）、价值、偏见、恐惧以及体验。同时这一群体还影响着作者的建构选择。由于作者的读者概念指出了某一历史语境中的作者会假设其读者具有历史语境以及其他素材知识，而且作者会将上述假设用于其素材的定型，从而在历史和修辞形式之间架起了一座桥梁。需要指出的是，尽管有血有肉的修辞性读者努力成为作者的读者中的一员，他们却保持自己的身份和价值。因此，有血有肉的修辞性读者参与两个步骤的回应过程：第一步以作者的读者的立场阅读；第二步评价由上述立场提供的体验。二是修辞性读者假装成为叙事读者，接受叙述者的文本，存在于叙述者的世界里，将人物和事件看成真实存在的内容而非虚构创造，无论故事世界的内容是否与真实世界一致，都接受其基本事实。费伦也十分注重作者的读者与叙事读者之间的差异，这一区分对于不可靠叙述尤为重要，当叙述者由于观察视角受限、幼稚无知、带有偏见等各种原因而缺乏叙述的可靠性时，叙事读者会跟着叙述者走，而作者的读者会努力分辨叙述者在哪些方面、哪些地方不可靠，并会努力排除那些不可靠因素，以求建构出一个合乎情理的故事。

上述第六、第七、第八个原则为新增加的内容，尽管第七个原则中修辞性诗学的历史维度在费伦之前的阐释中也曾论及，但并没有单列出来。所以从某种程度上说，这一变化体现了修辞性诗学经历的渐变演化历程。第九个原则中的"叙事进程"概念最早由费伦于1989年在《解读人物，解读情节》中提出，在1996年的《作为叙事的修辞》、2007年的《体验小说》和其他论述中进一步展开。申丹在与他人合著的

《英美小说叙事理论研究》以及《西方叙事学：经典与后经典》中对费伦的叙事进程理论进行了评述。图伦（Toolan）在其著作《短篇小说中的叙事进程》一书中将他的研究方法与费伦的叙事进程研究方法进行了简要的比较分析。与费伦的修辞伦理方法不同，图伦（2009：193）用语料库文体学（叙事学）的方法来研究短篇小说中的叙事进程，指出叙事进程的伦理维度与语料库文体学方法的联系成为其未来研究的一个主要挑战。

费伦的修辞性阅读的十个原则的微观目标旨在阐明作者、叙述者与读者之间富有成效的、多层次交流互动的潜能。其宏观目标是提出足够灵活的理论概念，建构"修辞性诗学"（rhetorical poetics），从而可用于尽可能多的叙事范畴。其方法采用了一种从内向外的归纳法。其阐释效果是让修辞性读者在文本的基础上做出自己的叙事判断，领悟作者的叙事设计，从而使自己成为一个更为完善的人。

第四节　修辞性叙事空间研究的未来发展方向

修辞性叙事理论与经典叙事学之间既有联系也有区别。一方面，强调修辞交流关系的修辞性叙事模式借鉴了经典叙事诗学的概念和方法；另一方面，修辞方法聚焦于作者如何通过文本作用于读者，不仅要阐明文本的结构与形式，而且要阐明阅读体验。具体来说，经典叙事学以文本为中心，旨在研究叙事作品中普遍存在的结构、规律、手法及其功能，而修辞学旨在探讨作品的修辞目的和修辞效果，因此注重作者、叙述者、人物与读者之间的修辞交流关系（申丹，王丽亚，2010：179）。

就修辞性叙事理论与后经典叙事理论其他分支之间的关系而言，费伦和拉宾诺维茨（2012）认为女性主义叙事理论、认知叙事理论和修辞叙事理论采用的是"叙事作为 X"的模式，即女性主义叙事学把叙事作为女性主义政治的场所；认知叙事学把叙事作为一种世界建构；修辞叙事学把叙事作为修辞。与上述三种后经典叙事理论不同的是，非自然叙事理论则是一种"关于 X 的理论"，这里的"X"指的是反模仿叙事，即非自然叙事理论聚焦于叙事的某一种类型或某一个方面。

具体到修辞性叙事空间研究的现状，我们可以看到，经典叙事学中的静态场景观在修辞性叙事理论视角中迸发活力，呈现动态性特征。读者对模仿成分的回应将文本中的实物视为真实世界可能存在的实物，将受述世界视为我们所处的真实世界，目的就是要能够实现美学幻想或达到现实性效果，这样读者就可以启动读者动力，对作品的文本动力做出回应。除了增加现实性效果之外，场景的模仿功能还将我们从情节以及人物等内容中转移出来，为读者提供程度不同的阅读快感。也就是读者对于文本的阅读体验在很大程度上取决于场景的这一模仿功能。但同时我们应该看到场景的模仿功能并非在任何时代的小说中都能起到稳定的作用。从某种意义上讲，尝试从历时叙事理论的角度分析评价场景模仿功能的流变将会是一件很有意义的事情。场景的主题功能主要表现为场景的描述如何以一种微妙的方式推进叙事进程，我们可以放大场景描述在推进文本动力以及读者动力中的表现与作用。当然，关注场景的象征意义也是场景主题功能的一个表现。场景的合成功能关注场景的语言建构性、空间受限性以及对叙事发展方向的影响。修辞性叙事理论还特别关注场景的三个功能之间的相互联系。我们需要思考的是场景描述类型模式是否可以按照场景功能的三分法标准来区分，也就是说，在描述场景的模仿功能、主题功能以及合成功能时，叙事文本内的描述片段理论上讲应该有所不同。进一步探索在描述方式上的细致入微的差异，将修辞性叙事理论的场景功能论与纽宁的描述诗学融合起来，尝试建构描述的修辞诗学，这或许是修辞性叙事理论对叙事空间研究的最重要的一个启发。

在展望"描述诗学"的未来发展趋势时，纽宁（2007：124-125）提出六个重要的问题：第一，融合认知叙事理论、心理叙事理论、修辞性叙事理论中的观点，运用可能世界理论提出的概念框架模式，建构详尽的、成熟的描述理论。诚如科布利（Cobley，1986：395）所言："对描述的讨论依旧处于试探性阶段，目前尚未提出详尽又完全令人满意的理论。"第二，更为微妙和系统地阐明在描述的自然化过程中的文本刺激因素和语境框架，包括更为复杂的分析文本资源与阐释选择之间的互动关系。第三，探讨当代小说家以及较早时代作家作品中描述或是元描述的不同应用，探讨这些作家风格迥异的描述方式以及如何对不断变化的美学规约、文学传统以及文化话语做出回应。第四，描述作为叙事技巧的历时发展尚未涉足。第五，既然描述的一般范畴还没有恰当界定或评价，因此跨文类、跨媒介、跨学科研究描述的运用、形式以及功能也会成为一个丰硕的研究领域。第六，用新眼光审视作为叙事技巧的描述，审视叙事理论如何将描述方式概念化成为在当下将叙事理论历史化的尝试中一个重要的推动力。

纽宁在上述展望中提到了希望从修辞性叙事理论中汲取养分。我们可以尝试探讨作为叙事技巧的描述与隐性进程之间的双向互动关系。申丹指出描述对于发掘隐性进程有非常重要的作用。这里我们简要介绍一下隐性进程的提出过程。在国内，申丹于 2012 年发表的一篇题为《叙事动力被忽略的另一面——以〈苍蝇〉中的"隐性进程"为例》中首次明确提出"隐性进程"这一概念。申丹认为在不少虚构叙事中，存在双重叙事进程：一个是显性的，也就是批评家迄今关注的对象；另一个是隐性的，为以往对叙事进程的研究忽略。这种隐性进程隐蔽在显性进程的后面，往往具有较高的审美价值，它与显性进程在主题意义上是补充或颠覆的关系。如果小说文本中存在这样的双重进程，而我们仅仅关注显性的那种，就很可能会片面理解或严重误解作者的修辞意图、作品的主题意义和审美价值。在含有"双重叙事进程"的叙事文学作品中，隐藏在情节发展后面的叙事暗流与情节发展呈现不同甚至相反的走向。也就是说"隐性进程"存在于情节后面，是与情节并行的一股叙事暗流（申丹，2012：120-121）。

2013 年在美国《今日诗学》学刊上发表的一篇文章中，申丹首次将"隐性进程"这一概念推向国际，并在其专著《短篇叙事小说中的文体与修辞：显性情节背后的隐性进程》中进一步用这一理论阐释坡的《泄密的心》、克莱恩（Crane）的《一个战争片段》、肖邦的《黛西蕾的婴孩》、曼斯菲尔德（Mansfield）的《启示》《唱歌课》以及《苍蝇》。申丹指出，用短篇小说为文本分析对象，主要有两个方面的考虑：一是用短篇小说来阐释有助于揭示隐性进程的类型；二是正如其标题所示，这本书注重文体分析，而读者很难对长篇虚构叙事作品中的文体进行全面分析。"隐性进程"是指"一股隐藏在显性情节发展背后的贯穿整个文本的伦理—美学暗流。隐性进程与显性情节所产生的伦理意义之间的关系因叙事不同而异，从互补到颠覆不等，从不同层面使读者的反应复杂化"（Shen，2014：2-3）。

我们需要改变对待描述的态度，通过申丹（2007）倡议的"整体细读"方法，关注叙事作品尤其是小说中的细节描述，深挖隐藏于作品背后隐藏的叙事暗流，进而对作品提出新颖的阐释。我们是否可以从隐性叙事理论概念中寻找新的区分标准，我们能否以女性主义叙事理论中的性别概念为标准，区分有性别差异的描述类型，进而丰富纽宁的分析框架，这些问题都是值得思考的领域。此外，当今叙事理论的发展之快还体现在工具的革新层面，受语料库语言学尤其是语料库文体学的影响，以赫尔曼（2005，2011）、图伦（2009）为代表的叙事学家开始了建构"语料库叙事学"的探索，这对于叙事学界描述的研究无疑也是一个切入点。例如，我们以语料库的分析方法，以语料库检索工具为辅助，探讨某一作者作品中描述性文字的分布，探讨某一历史时期内代表作家作品中描述性文字的分布等。量化分析与质化分析相结合的语料库视角势必成为未来叙事空间研究的一股重要力量。

我们用费伦（2017：4）对过去五十年叙事理论的发展的评价来结束本章内容。费伦指出，后经典叙事理论虽然使经典叙事学的范式大为改观，但并没有从根本上改变。过去五十年的叙事理论（包括经典和后经典两个阶段）领域非常高产，有主要的理论突破，也有一些极为有效的方法，还有无数对单个叙事富有洞见的分析；然而，叙事理论领域还未能正确阐明一些重要的叙事现象及其运作方式。费伦认为修辞范式的价值就在于此：一是修辞范式能为上述叙事现象提供令人信服的阐释；二是上述阐释背后的原则对我们如何思考其他现象以及叙事产生重要的影响。费伦说的第一种现象是指人物之间的对话，第二种现象是叙事进程中的混合现象（crossover phenomena in narrative progressions）。这也是当今修辞叙事理论发展的一个重要趋势。

第四章

女性主义叙事理论视野中的叙事空间

　　女性主义叙事理论由兰瑟（Lanser，1986：2）于20世纪80年代率先提出，作为一种分析方法包括"作者、叙述者、人物以及读者的性取向和性别"。这些成分显然超越了经典叙事学的结构和文本限制。这一理论将叙事研究与语境联系起来。但也有学者认为不需要包含上述成分，例如，彼得斯（Peters，2002）在《女性主义元小说和英国小说的演化》一书中提出女性主义叙事理论不依赖作者的性别。彼得斯关注在文本层面女性叙述行为的结构和话语，阐明女性主义叙事理论作为一种严格意义上的叙事学理论切实可行，同样也可以用作批评方法。

　　上述语境主要包括语言学、文学、历史、传记、社会以及政治等方面的内容。兰瑟很好地将文本、语境与叙事结合起来，将经典叙事学语境化，赋予叙事学生命和活力，成为后经典叙事理论中的一个重要分支。"性别"和"语境化"是女性主义叙事理论的两个核心概念。沃霍尔（1999，2015）将精细的文本分析与文本的具体语境结合起来，将女性主义叙事理论理解为在性别的文化建构语境中研究叙事结构和叙事策略。在沃霍尔（1999：340）看来，女性主义叙事理论借用了对客观性的女性—认识论层面的批判，质疑经典叙事学的"要么/或"推理，然而与结构主义一致，依旧旨在发现故事与话语叙述形式中的模式。女性主义叙事理论详细考察各种媒介中的女性文本，挑战结构主义叙事学的分类与体系，强调历史语境，包括"时代、阶级、性别、性取向、（叙事形式）生产者以及读者的种族情况"。因此，沃霍尔（1999：343）关注的性别，并不是文本生产预先确定的条件，而是一种文本效果。

佩奇（Page）指出，女性主义叙事理论的核心准则就是坚持视语境化为理解性别与叙事形式相互关系的主要方式，着重回答性别在何种程度上将语境、内容和叙事结构区分开来。佩奇（2006：52-53）认为，女性主义叙事理论应该以更信服的方式讨论性别与叙事形式特征的交织关系，因此需要更多有关讲述者、接受者以及故事本身更多的实证数据。

由此可见，女性主义叙事理论学家突出性别的中心作用，并非提供一种具体的女性主义视角。性别在女性主义叙事理论中占据了核心地位。正因如此，兰瑟（2014）将女性主义理论称为"性别化的诗学"和"叙事学的性别化"。需要注意的是，女性主义叙事理论中的性别不仅是故事的一个决定成分而且是话语的一个决定成分。

就女性主义叙事理论的研究内容而言，这一理论主要关注女性作家（也关注部分男性作家）的写作体验，关注文本中的作者、叙述者、人物以及读者的性别对于阅读文本的作用与影响，这一理论的研究主题具体包括如下四个方面。

一是找出经典叙事文本中隐含的性别、性以及性取向等社会语境包含的潜文本。为了便于理解，兰瑟（2014）在论文《性别和叙事》中专门对与女性主义相关的几个术语进行了区分，指出"性"表示男性和女性的生理；"性别"表示社会身份、作用、行为和某种与性别相关的男性气质和女性气质；"性取向"是指对特有性别对象的欲求偏爱。

梅塞 (Mezei, 1996) 在其主编的《含混的话语》一书中指出,通过细致的文本阅读[①],该论文集的焦点在于表明女性主义叙事理论如何定位并解构叙事各个方面以及在作者、叙述者、人物以及读者的性取向与性别上有歧义、不确定或越界的地方。这一论断指出了女性主义叙事理论不仅可以解构文本内建构的叙事结构,还可以打破男性叙事学的规则。因此,通过关注文本,女性主义叙事理论为女性主义研究和彼得斯 (2002:13) 在《女性主义元小说和英国小说的进化》中所称的"叙事学科学"做出了有益的贡献。

二是重新思考女性经典的问题。彼得斯将女性叙事视为女性经典形成的内在组成部分,指出女性的元小说话语并非呈现为一种 20 世纪晚期女性主义对经典的回应,而是从开始就一直把小说改写与革新视为经典本身进化的一部分。

三是继续拓展女性主义叙事理论的文本语料,研究更多的非主流文本,找出主流经典文本中看不到的观点。如巴尔 (1992) 在其著作《女性主义虚构故事:空间/后现代小说》中呼吁尊重一些被边缘化的女性主义小说,并且采取了一些具体的、切实可行的行动措施,主要包括先将其所谓女性主义虚构故事如科幻小说、幻想小说、超自然小说、乌托邦小说以及男性作家的女性主义文本置于后现代小说的经典中,然后研究上述作品的影响与重要意义。

四是继续拓展女性主义叙事理论的文本类型。如佩奇 (2006:188) 提倡后现代女性主义叙事理论的多重版本模式,主张从多重视角以及多重文本类型来编织女性主义叙事理论这张挂毯。

就女性主义叙事理论的整体目标而言,兰瑟 (2010) 呼吁提出建

---

① Mezei, Kathy. Introduction [A]. Kathy Mezei. *Ambiguous Discourse: Feminist Narratology and British Women Writers* [C]. Chapel Hill: University of North Carolina Press, 1996: 1-20.

构一种更具弹性、更具修辞意义以及性别意识的叙事诗学。这一目标可通过两种途径来实现：一种是完全确立的一统化的理论；另一种是支持文化上更加具体的诗学，描述特定文本群的轮廓。前者采用演绎法，后者采用归纳法，二者核心的区别在于在多大程度上可形成一种能够解释所有文本的叙事诗学；分歧的中心在于语料的不均，一统化的叙事理论偏重 1800 年以后英美白人的小说和电影作品，而忽略了跨种族、全球化、1800 年之前以及泛体裁类的作品。兰瑟提出用"交叉性"方法来解决这一不均衡，这一工程旨在绘制跨越时空的叙事模式。

就阐释策略而言，女性主义叙事理论内有两种性别化的阐释策略。一是沃霍尔对维多利亚小说中距离型和参与型叙述干预的区分，从而将叙述者的性别与作者的性别结合起来。二是凯斯在其著作《编制女性情节：十八、十九世纪英国小说中的性别和叙述》中提出的"女性叙述"。凯斯（Case，1999：37）首先发现小说中的女性叙述者对叙事掌控有某种焦虑，指出这些女性叙述者的叙述行为与当时社会对女性道德行为的期待之间有隔阂。

就叙事空间而言，文学研究历来不乏对女性空间的关注，但在理论层面上一直缺乏系统性。这一现状在 20 世纪 90 年代有所改观。女性主义文学批评家开始承担起新的绘图任务，探寻作家如何借用监禁意象、逃离与排斥意象、表明财产与领域性的意象、作为个人与群体身份接口的身体意象将性别加密于文本的空间书写。这些性别化的空间表征主要关注空间象征以及形成批评话语的空间隐喻问题，关注性别与空间的关系问题。"性别化的空间"概念的核心内容包括地方、空间以及性别三者之间的密切关联。本章将探讨女性主义叙事理论视野中的叙事空间相关问题，主要包括性别化空间、女性主义叙事空间的解读策略、女性主义叙事空间的诗学建构以及女性主义叙事空间研究的未来发展趋势。

第一节 性别化空间

"性别化空间"概念由女性主义地理学家多瑞恩·梅塞等于20世纪90年代从偏向新女性主义文化、批判地理学的角度提出。性别化空间研究主要关注空间与性别化现实的建构之间深刻而又细腻的关系。梅塞（1994：12）关注的不是"女性地理，而是性别与性别关系建构"。梅塞（1994：179）认为"性别化空间"具体可以从分析性别、地方和空间的话语互动及其效果着手。无论是从空间与地方的象征意义以及空间和地方清晰传送的性别化信息，还是到直接的暴力排斥，空间与地方不仅自身具有性别化特征，而且反映并影响建构和理解性别的方式。

在其著作《她们自己的道路：1970—2000年间美国女性道路叙事中的性别化空间和流动性》一书中，甘泽（Ganser, 2009）通过揭示旅行和道路体裁的男性化话语，批判了将道路男性化为一种物理和社会空间的做法。该书旨在表明当代女性文学既反映了"性别化空间"的霸权式建构，又对上述建构提出挑战。兰瑟借鉴了庞迪（2003）的有关"身体叙事学"的观点，指出视觉可见的身体体验对于从"性别化空间"的视角来讨论女性道路文学具有重要作用。这一作用体现在以下两个方面：一是"性别化空间"离不开主体通过象征体系发出的性别化质询；二是性别建构不仅是一种再现和引用的时间性、施为性过程，而且是一种空间化现象。由他人感知和观看的性别化的身体与身体对他者对象的感知与观察形成互补，形成了主体的身体体验与被体验。女性主义批评家罗斯（Rose, 1993：145-146）认为，男性对女性的凝视只是将女性视为被体验的主体，即男性对女性具有威胁的凝视从物质上将男性凝视的权力刻在女性的身体上。女性主体通过一种强烈的被观看以及占据空间的自我意识而得以形成。女性的身体体验使空间感觉像是被一千双犀利的眼睛凝视，这一空间将女性建构为被观看的身体体验对象。

甘泽将当代女性道路叙事构想为性别/空间/流动性相互关联的文学表述，并据此形成对主导观念的文本干涉。20 世纪 70 年代以来，美国女性作家挪用、反讽并且颠覆了道路小说体裁。这一时期的女性道路叙事对传统的体裁和主题如探求新的开始或对流浪式的冒险等进行重塑并且引入了一些新的主题，如由经济原因带来的强迫性流动、母女关系的重新改写以及对家庭概念的新的理解等。尽管上述道路叙事根据不同的文化框架成形，但也有一些相似性。第一，女性的道路叙事对女性气质与家庭和火炉联系在一起的看法提出疑问。女性的道路叙事通过越界探讨了"性别化空间"的界限，从而打破了公众/私密、中心/边缘以及其他相互排斥的对立。因此，兰瑟对空间的霸权式观念的解构不是基于身份的单一类别建构，而是多重差异类别建构，将女性的流动性（非流动性）暗含于道路叙事中。第二，文学批评中的美国道路叙事体裁一直被建构为男性的疆域。上述批评话语隐晦地肯定了对空间的一元论以及对立的理解。空间成为一种建构（甚至决定）文学生产的社会类别。这正是兰瑟的研究目的之一，即表明来自不同文化背景的女性道路叙事如何有效地改写了上述体裁历史。

甘泽（2009：305-310）总结了美国女性道路叙事中的三种流动范式。第一种是对传统流动形式的探究，这一范式主要围绕"更好的家园"概念展开。甘泽认为超越社会规约和权力结构的想象场所只能履行某种母题的功能，成为逃离的背景。同时，女性探求叙事的核心问题还与西部旅行和边疆概念的殖民与性别化遗产相关。第二种是泛游牧性，这一范式旨在反驳与游牧运动相关的殖民（后殖民）问题。泛游牧性强调游牧成形的建构特征。第三种是流浪，这一范式将女性人物建构为穿越"性别化空间"的冒险者。由于女性在文化（种族、性别、性以及社会等）方面的他者性而造成了其与地方的格格不入，因而总是进行差异化比对。流浪道路叙事通常借用幽默和讽刺来嘲讽男性冒险故事的传统话语。甘泽认为，"性别化空间"研究将会呈现出三大发展趋势。第一，"性别化空间"可通过差异化对比的视角来评价，即在研究社会以及虚构空间性的同时，应该考虑其他类别的差异。第二，"性别化空间"可以采用不同的参数和方法论来研究具体的跨媒介道路叙事。如可以研究旅途电影、音乐、卡通、图画、摄影以及视觉艺术等形式中的性别化空间和流动性。第三，"性别化空间"可以从空间、流动性和文化差异的角度来研究女性的跨国别、跨大西洋道路叙事。除此之外，"性别化空间"研究还可以比较不同媒介之间空间化表征的异同与相互影响。

　　甘泽对美国当代女性道路叙事的解读为道路叙事体裁的研究提供了一种女性主义批评视角下的解放性话语。她采用的解构批评实践与女性主义叙事理论学家的文本批评实践不谋而合。沃霍尔（2012）对《劝导》的文本解读便是很好的一例。沃霍尔主要寻找奥斯丁小说如何解构性别、性以及阶级蕴含的深层主流假设的二元对立的方式。奥斯丁时代的主流文化强调不同领域分离的意识形态——将公共生活、职业以及权力分给男性，而将家务、婚姻以及服从分给女性，沃霍尔则将奥斯丁的小说解读为对上述主流意识形态的回应与批判。奥斯丁关注的不是上述男性/女性、公共/私密的对立，也不是男性世界与女性世界的差异，而是女性"秘密"世界的差异等级。《劝导》一书中女主人公安妮（Annie）与弗雷德里克·温特沃斯（Frederick Wentworth）躲到"相对幽静而又偏远的"格莱弗步行街偷吻的场景表明，在奥斯丁的小说世界里，某些公共空间更为私密。一旦回到了凯琳奇大厦的家中，安妮又要遭受父亲和姐姐的冷漠，因此，相比城镇的喧嚣，安妮更喜欢乡村生活的私密。

从主题分析层面讲，沃霍尔认为主题就是形式。奥斯丁用大量的叙事空间来描述家务场景中女性对话的看似琐碎的细节，明显有别于其同时代男性作家写作的文学形式。对形式规约的偏离无疑是对主流意识形态的偏离。奥斯丁对性别和空间相互关系的处理，同对场景与人物的行动和思想的刻画一样，对建构小说叙事世界起同等重要的作用。此外，沃霍尔还找寻文本在阶级、种族、殖民历史、性与性别等问题上所持的立场。

无独有偶，萨拉·米尔斯（Sara Miles）也论及性别与殖民主义。在《性别与殖民空间》一书中，米尔斯（2005：1-4）主要探究了在殖民和帝国语境下，空间关系如何关联性别、种族与阶级的过程以及性别的阶级性和种族性如何影响了空间居住以及空间关系体验的方式。这些不同类别之间的关联提醒我们既要重视文本已表征的内容，又要重视文本未表征的内容。如文本中的无名仆人、工人阶级或其他下层人物的缺失，有关收入、特权以及身份等信息都蕴含了作者的匠心。沃霍尔（2012）描述的态度和实践为跨学科女性主义理论提供了一个以性别为中心的平台。借此，读者可以审视情节、视角、声音以及空间等叙事诸成分。文学影响现实物质世界，奥斯丁书写的大众文本既能反映出人物真实世界的性别化假设与行为，又能投射出真实世界人们的性别化假设与行为。真实的性别并不存在，性别往往虚拟建构物质实践和阅读实践的连续体，唯有理解叙事在建构性别中的作用，才能更好地定位自己，才能改变性别规约在现实世界起作用的受压迫方式。

沃霍尔还将女性化空间的建构与聚焦联系起来,有效地展现主人公内心状态则是聚焦的一大功能。在《劝导》一书中,奥斯丁为读者重构了19世纪前半叶妇女的社会和家庭生活图景,读者依此可获得一种身临其境的认知体验。对女性主义理论家而言,立场认知亦即一种构建方式,读者所见所感受其视角的限制。从某种程度上讲,奥斯丁的小说使读者参与女性不同范畴的身份立场,从而锻炼了读者从女性主义视角理解奥斯丁的故事世界的能力。

第二节 空间化:女性主义叙事空间的解读策略

弗莱德曼的空间化诗学建构以布鲁克斯对叙事时间维度的反复强调为立论点。依照布鲁克斯的观点,叙事应理解为欲望在时空坐标内的动态呈现,或被界定为在时空坐标内的运动表征。

弗莱德曼(1993)对叙事的定义有两大思想来源。一是巴赫金的"时空体"概念。巴赫金(1981)指出,在文学时空体中,时空指示融合在一个精心设计的有机整体中。时间变得厚重、充实而且艺术可见。空间也变得饱满,与时间、情节以及历史的推进互动起来。时空指示的横纵交融成为艺术时空体的特征。二是克里斯托娃(Kristeva)对词语在互文坐标上的横、纵轴"空间化"解读。借用克里斯托娃(1981)的空间修辞,弗莱德曼提出,任何给定文本的"空间化解读"需要阐释横轴与纵轴叙事坐标之间连续不断的相互作用。这两个叙事轴之间的交叉作用由读者在阅读阐释过程中重构(1993:14)。上述交叉作用可以借用巴赫金的双重时空体概念来解释。巴赫金(1981)认为,甚至在现代文学作品的片段中,我们也会感受到表征世界的时空体以及作品读者和创造者的时空体。也就是说，有两种事件摆在我们面前：一是作品中叙述的事件；二是叙述事件本身（我们以聆听者或读者的身份参与后者）。这两种不同类型的事件发生在不同的时间以及不同的地方。因此，作品整体由作者、读者和文本的交叉时空体构成。

弗莱德曼（1996：120-121）说的横轴叙事是指按照情节和视角的组织原则而自然发生的事件序列，主要包括经典叙事学关注的场景、人物、行动，问题的提出、进程以及结局等叙事成分。弗莱德曼指出，尽管事件序列受语言线性特点的限制，横轴叙事的形式也会随叙事规约的不同而变化。在叙事作品的横轴叙事中，我们需要知道横轴叙事是关于谁的故事，发生了什么事情，在哪里发生，为什么会发生，有何"意义"？以乔伊斯（Joyce）的《尤利西斯》为例，我们需要关注小说中的主要人物斯蒂芬（Stephen）、布鲁姆（Bloom）、茉莉（Molly）在都柏林六月的一天内的外部行动和内心思想。读者也可以想象地占据故事中人物的时空，成为参与"模仿性幻想"的"叙事读者"。但为了重构横轴叙事，读者所处的时空应区别于人物所处的时空。弗莱德曼还举了伍尔夫的《远航》为例来对横轴叙事进行说明。《远航》以全知叙事的方式讲述了女主人公瑞秋（Rachel）的"远航"故事：去南美与特伦斯·海威特（Terence Hewitt）热恋并订婚、婚前突然生病然后死亡。求婚、结婚以及单身生活的次情节等随处可见。

每一个横轴都有一个隐含的纵轴维度，需要读者去发现。纵轴叙事包含三个层面：文学、历史以及心理。纵轴叙事的文学和历史层面需要解读横轴叙事与其他文本的对话，阐释不同形式的文本互文性。纵轴叙事的历史层面是指作者、文本以及读者所处的更广泛的社会秩序。詹姆逊（Jameson）的"政治无意识"就是要从文本的表层寻出"深埋而且受压制"的有关阶级斗争的叙事。弗莱德曼还列举了美国黑人作家莫里森（Morrison）的小说《宠儿》为例来阐明纵轴叙事包含的内容。《宠儿》中隐藏了许多有关种族和性别的叙事：主人有权践踏黑人妇女、西方理论中黑人以及非洲人的低级与兽性、黑人抗争的模式以及白人妇女在种族优势和性别化的他者性之间的阈限地位等。《远航》中的纵轴叙事内容则主要是指女主人公瑞秋的故事成为在帝国、性别与阶级的意识形态变化中心的远航。瑞秋与理查德·达拉维（Richard Dalloway）在船上的对话对应该书纵轴上的性别、阶级、种族以及帝国交叉叙事。《远航》这部小说具有的反讽效果则取决于横纵轴之间产生的戏剧性讽刺：横轴时空坐标内的人物并不知道纵轴叙事中产生的互文回应。作为读者，我们不仅能看到瑞秋和理查德的横轴交流，也能看到伍尔夫与文化蓝本的游戏。换言之，理查德在纵轴上代表了父权制和帝国资本主义。

纵轴叙事的文学层面还应考虑体裁规约的问题，因为几乎所有的文学文本都在一个或者多个文学规约中存在。《远航》这部小说至少包含了三个文学层面。第一，《远航》应在成长小说的文学规约内解读。奥斯丁的小说成为此类文学规约的原型，在具有此类叙事规约的小说中，文本的叙事动力以求偶为中心，故事结局以订婚和结婚收场。但《远航》又与成长小说的结局大相径庭，因为《远航》以主人公的死亡为最终结局。第二，小说文本与读者的文学对话，读者成为"故事"的叙述者。例如，在上游河流的远行场景中，英国游客感到了水流的原始节奏，目睹了热带雨林中更为"原始"的居民生活，让人想到了康拉德的《黑暗的心》。但具有讽刺意味的是，《黑暗的心》中叙述者马洛的行程以故事中人物库尔茨（Kurtz）呼喊"恐怖、恐怖"为结局，在结构上与瑞秋和特伦斯情定林中的场景相对应。在讲述上有分歧的故事的过程中，读者开始"叙述"对横轴叙事中的求爱情节的不满。第三，这一不满由文中暗示的《创世纪》中堕落的故事而得到进一步强化。热带雨林的芳香和炽热让人想到了伊甸园。叙述者警告文本中人物要小心雨林中的蛇,特伦斯把玩一个红水果,野兽与鸟儿的叽叽喳喳等与圣经互文的内容以并置的方式表明林中示爱将会导致某种沦落,将年轻人逐出伊甸园。这一互文提示在瑞秋病后,特伦斯为其诵读弥尔顿的《加莫斯》中得到印证。横轴中出现的《加莫斯》在纵轴上与弥尔顿(Milton)的《失乐园》形成对话,这样的互文警告帮助读者提前看到了横轴叙事的结局。

纵轴叙事的心理层还需要读者将文本的语言实体结构视为一个心理结构,其中意识与无意识从心理上动态互动。从这个意义上来说,文本是一种协商的结果,其中表达的欲望与压制达成某种妥协,这样一来,这些已达成妥协的内容在文本中被遮掩起来。如菲尔曼(Firman)对詹姆斯的《螺丝在拧紧》的解构主义解读,将文本中的间隙、沉默、节点以及难题视为可以进入文本无意识的主要突破口。解读纵轴叙事的心理维度还可以研究作者某部作品的不同版本。例如,乔伊斯关于主人公斯蒂芬的自传体叙事包括《斯蒂芬英雄》《一个青年艺术家的肖像》和《尤利西斯》,这些处于不同阶段的不同版本形式整体构成了一个综合"文本",其中乔伊斯母亲的去世以及乔伊斯的悔恨在《尤利西斯》中才得以叙述。在《远航》中,纵轴叙事的心理层表现为两个方面。第一,我们应识别符号在文本表层的迸发。《远航》使克里斯托娃的符号层面成为主题,这些符号层面主要是指突出前象征和前俄狄浦斯(Oedipus)的语言空间,主要表现为瑞秋在横轴叙事中遇到的噩梦和幻想,这些噩梦和幻想具有双重纵轴维度:一方面隐藏地表达了瑞秋的无意识恐惧和欲望,在文本中从未得以完整地叙述;另一方面作为迷宫一般的梦境文本,打破了传统婚姻情节的进程,预示了传统情节的解体。第二，我们应转向作者的时空体，考察文本的写作历史。《远航》这一小说的不同版本形式也构成其纵轴叙事的心理维度。弗莱德曼在对照《远航》与其最初版本《米利姆布罗萨》之后发现，前者少了明显的女性主义特征和对社会的批判。主人公瑞秋也在改写过程中发生了很大的变化，从一个"聪明、直率、具有批判精神的年轻女性主义者"变为一个"模棱两可、天真无邪的梦想者"。现代主义女性写作中的改写有意无意地涉及某种协商，一方面是讲述的欲望，另一方面是压制现代性叙事中理应禁止的内容。其结果便是文本的最终版本中经常包含隐藏很深的欲望和社会批判形式，读者只有通过阅读其作为整体的全部版本，才可以部分获取其中隐藏的意义。当然，产生于文本写作历史的纵轴叙事不只是限于自我审查的故事。因为这一情节并未解释伍尔夫如何通过反复回归小说写作来建构自己的新主体性，或未能解释瑞秋失败的成长故事如何使伍尔夫自己的成长故事成功。实际上，伍尔夫的不同版本的改写使伍尔夫参与"写作疗法"的场景。写作的"跨指涉"场景逐渐形成一种新主体性。在此语境下，伍尔夫很难完成《远航》的事实表明了"压抑的跨指涉回归"。主人公瑞秋在改写过程中发生的变化表明伍尔夫在早期版本中能够直面压抑的内容。

"空间化"强调叙事过程的心理动态性、互动性以及语境性。"空间化"为我们提供了一种灵活的、相互关联的方法，将文本与语境、作者与读者联系起来。纵轴叙事中的历史、文学以及心理互文性提出了他们自身的故事——由读者与作者共同"讲述"的对话叙事。这一故事，不存在于任何一个轴内，有其自主性。如《远航》的横轴叙事讲述了失败的故事，成长小说最终以死亡结局。由读者重构的纵轴叙事则是反抗的故事，伍尔夫成功驶出传统的婚姻情节套路，一个伍尔夫走出家庭的牢笼，步入文学界的故事，成为脱离 20 世纪初主流文学与历史叙事的最早的独立宣言。横轴与纵轴的碰撞形成了独立于两轴之外的第三种"故事"，如上文提到的自我审查的故事或形成新主体性的故事。

弗莱德曼的"空间化"概念表明叙事不仅有在时间框架内的横轴运动，还有一个将情节空间化的纵轴维度。这一纵轴维度将横轴的表层意义与文学、历史以及心理三个层面的互文本联系起来。文学互文本包括传统模式与具体的早期同类叙事；历史互文本涉及更为广阔的社会秩序，包括文化叙事；心理互文本包含文本内的压制和回归模式，也包括作者与物质世界的关系模式。以奥斯丁的《傲慢与偏见》为例，弗莱德曼的空间化解读会强调该作品与之前的婚姻情节的关系，以及伊丽莎白（Elizabeth）如何部分促成达西（Darcy）的洗心革面，如何部分成为达西慷慨性情的幸运受益人。弗莱德曼会强调小说对当时婚姻市场的评价，强调小说对婚姻市场给女性体验和选择的限制的评价。当然，还需要寻找作为一个单身女人的奥斯丁个人的经历与伊丽莎白命运的横轴展现之间的隐含关系。

很显然，弗莱德曼的"空间化"阅读策略的一个优势在于将影响文本阐释的社会、历史文化因素纳入考虑范围，体现了当时文学批评领域的"意识形态转向"。其中，情节理论的"意识形态转向"最明显的特征就是努力将情节模式与政治信仰联系起来。社会史与文学史给予某些情节特殊待遇，这样就可以将情节与某些文化价值联系起来。《傲慢与偏见》为我们提供婚姻情节的一个版本模式，这一情节在英美社会、文学史中占据要位。这一情节强调异性恋、婚姻以及父权秩序，该秩序规定婚姻市场规则，界定了女性在家庭领域的正常地位。女性作家的情节实验既是形式的革新，也是政治的宣言。

弗莱德曼提出的"空间化"解读策略旨在将文本与语境、作者与读者以一种流动而且相关联的方法联系起来。霍内斯指出，这一努力已迈向女性叙事空间研究的文化地理学的跨学科领域。在一篇题为《文学地理学：场景与叙事空间》的文章中，霍内斯（2011：688）指出这一跨学科研究的优势是可以将叙事理论的精确与空间研究的伸缩性结合起来的。这一跨学科研究不仅可以详细分析故事内虚构空间如何利用具体的叙事技巧产生意义，还可以将叙事文本视为自然发生的空间事件并且详细阐明这些事件如何多次发生在作者文本与读者的动态互动过程中。实际上，关于文学与地理关系的问题在弗莱德曼（1998：114）的专著《图绘：女性主义与文化交往地理学》中有所论述。她指出所有的文本在身份并置和空间并置的基础上发挥作用，将流动的接触带作为叙事动力，积极推进情节的发展。身份与空间流动密切相关，因为唤醒身份需要某种形式的移位（1998：151）。弗莱德曼将空间看作一系列的交往，作为叙事运动的另外一种探索，探究每一个空间如何表现空间化意义的文化生产。

弗莱德曼（2006：439）还将"空间化"概念用来重新划分现代主义文学史。这就需要抛弃创新中心与模仿边缘这一流行意识形态看法，需要我们认识到现代主义"时期"具有多重性，现代主义活跃于激进断裂的历史融合时期。

整体看来，弗莱德曼的"空间化"解读策略主要体现为用"空间化"这一隐喻结构将文本产生的社会—历史语境、文本内容以及读者的接受语境串联起来。因此，"空间化"以文本的叙事性为基础，关注文本的互文性和潜文本，并未突出空间的本体作用。这一点在弗莱德曼后来追求的"空间诗学"目标中得到改善。

第三节　女性主义叙事空间的诗学建构

弗莱德曼指出经典叙事学中空间研究的主要弊端体现为：叙事诗学中的空间要么呈现描述，打断时间性的流动；要么呈现场景，用作情节的静态背景；要么具体呈现事件在时间内的展现。巴赫金意义上的叙事时间和空间的成形与互动在很大程度上未能进入叙事诗学的建构。鉴于此，弗莱德曼（2005：194）呼吁建构一种"空间诗学"，这样就可以持续关注空间在叙事生产过程中的主体性作用①。弗莱德曼引用本雅明（Benjamin）的《故事讲述者》、萨图（Certeau）的《空间故事》以及莫莱蒂的《欧洲小说地图》来说明空间不再是一种空洞的容器，具有消极性和静态性特点，而是呈现主动性、流动性以及充实感的动态特点。上述评论家倾向于将空间视为社会建构的场所。空间在历史中产生，又会随着时间的推移而不断发生变化。莫莱蒂认为虚构世界的地理空间不是一个无生命的容器，而是以一种富有能动作用的力量存在于文学作品之中，并且塑造作品的形态。空间不是叙事的外层，而是一种内在力量，形成于叙事内部。或者说发生的事情很大程度上取决于事情在哪里发生。从这个意义上讲，空间成为叙事的内在属性。这一观点与劳伦斯·格罗斯伯格（Lawrence Grossberg）所提出的"空间唯物主义"观点有一些相似之处。该观点认为，空间作为变化的环境不是将现实理解为历史的问题，而是将现实理解为目标、方向、入口和出口的问题。简而言之，"空间唯物主义"就是变幻中的地理的问题，"空间唯物主

---

① Friedman, Susan Stanford. Spatial Poetics and Arundhati Roy's The God of Small Things [A]. J. Phelan & P. Rabinowitz. *A Companion to Narrative Theory* [C]. Oxford: Blackwell, 2005: 192-205.

117

义"拒绝给时间特权，拒绝将时空分离，"空间唯物主义"是空间的时间化和时间的空间化问题。

女性主义叙事空间通常为冲突所在地、穿越界限之地以及文化模仿之地。弗莱德曼借用了萨图和莫莱蒂的观点具体阐释了故事空间的界限问题。萨图认为叙事需要确立边界，这样既可以表现差异，也可以在界限内外建立关系：一方面，叙事持续标识界限；另一方面，叙事不断地在界限之间架桥，将界限融合起来，反对界限的孤立。叙事从空间互动的矛盾中得以建构。这一建构的叙事既是一个复杂的差异化网络，又是一个不同空间的融合体系。萨图还将上述空间实践活动与两种身体的接触联系起来。我们可以根据身体的接触点将身体区分开来。这就涉及一个边疆的悖论，即边疆由接触而产生，两种身体的区分点又成为其融合点，融合与分离在两种身体内交融在一起。

莫莱蒂（1998：20，35-36）将故事空间的界限与民族国家的建立联系起来，指出 19—20 世纪的欧洲小说可以作为民族国家的象征形式。这种形式不仅没有隐藏民族的内在分裂，而且努力将这些内在的分裂变成一个统一的故事。作为历史的想象空间，民族在某种意义上成为其所有可能发生的故事的集合。边界，无论内外，在这些故事的形成过程中起着尤为重要的作用，这一点在历史小说中体现得尤为明显。作为一种"边界现象学"，历史小说叙述了空间和时间的相互影响，讲述了有关"外部边界"和"内部界限"的故事。前者属于敌对方冲突之地，后者则属于叛国以及起义之地。

弗莱德曼在 1998 年的著作中提出一种假设，即所有的故事都需要边界以及边界穿越。也就是说，需要某种形式的跨文化接触带，赋予所有人都可归属的多重群体身份。这一边界在罗伊（Roy）的《微物之神》中具有重要意义和作用。弗莱德曼将身体看作边界之地，因为身体标志着内部与外部、自我与他者之间的区分；同时身体还是社会秩序，将社会秩序的等级层次刻在身体之上，这些层次根据性别、种族、族裔、阶级、等级、宗教、性等类别的分层体系而划分。

随着《微物之神》的情节在殖民时代、后殖民时代以及后现代主义时代重写序列内的逐步展现，空间尤其是边界空间产生和建构了等级与性别分离的故事。虽然《微物之神》最终将时空诗学交织在一起，但该小说的叙事话语赋予空间更多特权，将场所在时间背景的基础上隐喻化为图形，更多地阐明了对空间的补偿性偏爱。弗莱德曼还将《微物之神》进行互文对比分析。罗伊的小说是关于新成立的民族——印度以及印度为了实现其自由承诺面临的沉默的政治寓言。但与拉氏迪（Rushdie）不同的是，罗伊重点关注民族国家内的界限，尤其关注性别与等级的权力关系，将其视为后殖民困境不可或缺的成分。与许多其他非西方女性主义作家一样，罗伊将自己的写作置于性别、种族、等级、阶级以及民族的矛盾性结合中。尽管被批判为印度后殖民解放民族事业的叛徒，她坚持认为印度未来的自由取决于对国内社会不平等现象的痛苦质询。

小说《微物之神》中的故事发生在位于印度次大陆西南端的喀拉拉邦。这一地区独特的历史渊源为小说提供了一种具有双重指涉的政治寓言。首先指喀拉拉邦地区，然后指整个印度。这一场景的不同寻常表现为：一方面喀拉拉邦是印度唯一在后独立时代由选举的共产主义政府统治，在文化层次、社会福利项目、女性地位等方面均位列印度首位；另一方面喀拉拉邦还以其相对较多的基督教人口而出名。该地区的印度人与东正教结盟，成为社会、经济方面的精英，将该地区由印度教占统治地位的人口区分开来。关注这部小说的"空间诗学"能够揭示罗伊如何运用小说中的场景来指代历史变化中的地方、国家以及跨民族景观中蕴含的政治问题。

　　弗莱德曼认为福柯（1986：24-26）的"异质空间"概念应包含一层空间宣泄的心理分析内容，将其他地理构造以及地缘政治构造紧紧地吸入某一个给定的场所。福柯的"异质空间"概念是指一种"真实的地方"，这些地方重点关注其他空间与作为社会秩序结构的"时间片段"之间的内在关系。这些真实的地方包括公墓、监狱、舞台、妓院、博物馆、图书馆以及游乐场等。这些地方与更为宽泛的危机、偏离、不可兼容性、并置、互补或临近性的文化结构等抽象的概念相关。在《微物之神》中，诸多建筑物都可成为此类"异质空间"。这些不同的"异质空间"突出了构成人物身份的社会、文化以及政治体系；激活了界限的穿越；生成文本故事，用与具体场所相关的碎片序列展示故事的事件。该小说中的阿卡拉之屋便是很好的一例，这一间屋子成为形成故事、情节的能动力量。小说中的双胞胎以及叙述者反复将其称为"历史之屋"。此屋成为罗伊对康拉德的《黑暗的心》做出的一种本土化回应：一方面，批判了殖民主义；另一方面，借用这一批判对国内政治指手画脚。此屋随着时间的推移也发生了历史性的变化：在 1969 年的后殖民时代的印度，阿卡拉还只是空壳，英国人的黑暗的心变成了印度人的黑暗的心。小说中双胞胎兄妹艾斯莎（Estha）和瑞海儿（Rahel）的舅舅恰克（Chacko）的生活经历可谓丰富。此人曾在牛津深造，娶了一位白人女性，后离婚，返回喀拉拉邦，在母亲的召唤下经营起果菜腌制厂，与一位贱民女性发生关系。对恰克而言，印度注定有后殖民焦虑，对英国殖民者又爱又恨。恰克告诉自己的双胞胎外甥："历史就像夜间的旧屋，灯火通明。先辈们在屋内呢喃。"（Roy，1997：51）恰克以空间化寓言的方式向自己的外甥阐释了印度的问题。但孩子们学到的是殖民主义不能解释印度所有的"黑暗"。孩子确实进入了历史之屋，看到"现场表演的历史"展现在他们面前。在这间屋子里，孩子看到"心的黑暗潜入黑暗的心"。而到了 1992 年，瑞海儿再次回到过去的"历史之屋"时，她发现遗产宾馆，现在已融汇数以万计的多民族群体，重生为游乐场。成年的瑞海儿意识到："历史和文学得到了商业的资助。库尔兹（Kurz）和马克思（Marx）联手欢迎远方的贵宾。"随着"对面"的阿雅门聂姆之屋的没落，"历史之屋"变形为现代空间，将欲望和创伤的沉淀层深埋于其游乐的大厦表层。这些欲望和创伤的沉淀层体现了殖民界限、后殖民界限、等级界限以及性界限的确立与消解。表征游戏和跨民族合作时代的后现代性代替了殖民（后殖民）时代的现代性，后者在小说中通过暗示康拉德的《黑暗的心》、福斯特的《印度之行》以及好莱坞的经典电影《音乐之声》而借代式地呈现。

作为一部政治寓言，《微物之神》不仅呼吁关注"黑暗的心"，也就是西方帝国主义以及 20 世纪跨民族主义的遗产，而且要关注印度"心中"确立的黑暗界限，也就是爱情和触摸法则，这些法则控制着印度民族内部性别与等级之间的关系。罗伊通过不同的建筑、不同的空间实体讲述自己的故事，这些异质的建筑物和实体把历时形成的地理结构和家庭结构引入自己的界限。这些建筑物充满意义并且对时间、情节和历史的运动做出回应。罗伊小说叙事的话语形式突出空间性。叙事在结构上依赖异质建筑物推动叙事的发展，这一观点说明空间也是叙事话语的组成部分。《微物之神》作为一部多边界小说，将故事叙述为空间实践行为，没有抹去时间，而是将空间视为历史的容器以及故事的生成器。罗伊将萨图提升为理论的内容叙述出来：故事永不停息地标示界限。故事繁殖界限，这样的边界、界限不只是叙事的背景，不只是描述情节在时间内的展现。这些边界成为生成叙事的能量，成为包含时间的空间。

通过呈现弗莱德曼的"空间诗学"建构过程，我们可以看出这一诗学建构具有如下三个特点。

第一，弗莱德曼对《微物之神》中由多重"异质空间"激起的故事空间的解读涉及与界限相关的性别、种族、族裔、阶级、等级、宗教、性等多重类别的复杂内容，因此有益于挖掘小说的主题深度。

第二，空间不是叙事的背景，而是体现了叙事性，空间界限的不断变形成为推动情节发展的动态动力。弗莱德曼建构的"空间诗学"将空间与叙事和叙事性放在同等重要的位置，从而提升了女性叙事空间研究的本体地位。

第三，空间既是故事的重要组成部分，也是话语的重要组成部分。但略显遗憾的是，弗莱德曼的"空间诗学"偏重空间的故事层面，较少涉及空间的话语层面。实际上，这一问题也是叙事空间研究中普遍存在的问题。如何能将空间的故事和话语层面有效地结合起来，将女性叙事的形式与内容结合起来，这是女性主义空间叙事理论未来值得进一步挖掘的一个努力方向。

第四节　女性主义叙事空间研究的未来发展趋势

女性主义叙事理论是后经典叙事学最重要、影响最大的派别之一，成为"语境转向"中最坚定的一股力量，已发展成为后经典叙事分析中最多产的一个流派。女性主义叙事理论的发展不仅让叙事学复兴，而且直接预示和引领后经典叙事理论的崛起。因为女性主义叙事理论不仅可以揭示旧有的、结构主义模式的局限性，而且利用旧有的、结构主义模式的种种可能性来重新思考其理论的观念基础。

　　第一方面，女性主义叙事理论对空间概念的拓展主要围绕性别化空间、空间化解读策略以及空间诗学的建构等方面展开。但每个概念或理论框架内的文本都具有特殊性，如甘瑟（Ganser）主要分析美国当代女性道路叙事，弗莱德曼的分析只集中于伍尔夫的《远航》和罗伊的《微物之神》两个文本。因此，是否可以扩大文本语料的分析范围，如从单性别文本扩大至跨性别文本，从单模态文本扩大至多模态文本以及在何种程度上可以拓展文本语料的范围是摆在女性叙事空间研究面前的一项艰巨的任务，兰瑟（2014）在讨论性别与叙事研究的未来发展趋势时也指出了这一点。

　　兰瑟认为，女性主义叙事理论当下最重要的一项挑战就是要形成一个真正意义上的全球和交叉的叙事语料库，借此，可以形成一种灵活的诗学来解决由过去和现在全世界范围内的叙事文本提出的性别方面的问题。

　　第二方面，女性主义叙事空间研究还应该关注空间与其他叙事成分的相互关系。如艾丽克斯·沃洛奇（Woloch，2003）研究了小说中的次要人物空间和主要人物空间二者之间的关系。沃洛奇的阐释方法围绕两个叙事学类别展开："人物空间"是指个体人物性格与整体叙事内的已确定好的空间和地位之间的特有的并且是充满意义的碰撞；"人物系统"是指将多重而且有所区分的人物空间安排到一个统一的叙事结构内。兰瑟提示我们可在此基础上研究人物在文本中的性别化空间分布以及人物空间分布的交叉性内涵。

　　第三方面，我们可用文学地理学等跨学科理论和方法来研究女性主义叙事空间。霍内斯（2014）将文学研究中的理论与方法和文化地理学中的方法结合起来，用跨学科协作的方法来探究科勒姆·麦卡恩（Colum McCann）的当代小说《让大世界快速旋转》中的叙事空间。

第四方面，如何从认知叙事理论中汲取养分来丰富女性主义空间诗学研究也许是当下最为艰巨的挑战。尽管帕莫尔（Palmer）认为认知方法为历史、文化等语境研究方法提供了很好的基础，但性别迄今为止还未成为认知叙事理论的一个分析工具。可喜的是，女性主义叙事学家已经开始与认知叙事学家在叙事空间领域展开对话。例如，沃霍尔开始接受赫尔曼的"叙事作为世界建构"的观点。女性主义叙事空间研究可以从纽宁的"描述诗学"中寻找灵感，具体可以考察空间在女性作家文本内的描述方式与男性作家文本内的描述方式有什么异同。女性主义叙事空间研究还可以探究女性文本、媒介中的空间表征形式。总之，为拓宽其研究视野，女性主义叙事空间研究仍需要从后经典叙事理论其他分支，尤其是近来兴起的一些新流派，如后殖民叙事理论、生态叙事理论（James，2015）、动物叙事理论（Herman，2018；Jacobs，2020）中吸收灵感，还可以与文学地理学、文化地理学等相关学科之间展开更多的双向以及多向对话和交流，真正将女性主义叙事空间分析的细腻之处展现出来，让更多的学者听到女性主义叙事空间研究领域发出的声音，只有这样，才能将女性主义叙事空间研究推向深入。

第五章

非自然叙事理论视野中的叙事空间

作为后经典叙事理论的一个分支，非自然叙事学家（Alber, et. al, 2010：114）已经将非自然叙事理论视为叙事理论中最鼓舞人心的一个新范式。非自然学派各个代表人物对非自然叙事的概念有着不同的理解。艾贝尔主张将非自然要素自然化。艾贝尔认为，非自然叙事表征真实世界中不存在的故事讲述场景、叙述者、人物、时间或空间，违背了物理法则、逻辑原则或超出正常的人类知识范畴。相反，乃尔森（Nielsen）将非自然叙事视为虚构叙事的一个子集，指出非自然叙事暗示读者的阐释方式不同于对真实世界叙述行为和对话故事讲述行为的阐释。理查德森认为非自然叙事突出对真实世界描述的抵制，强调虚构技巧的创造性力量，具有多变性和出人意料的效果。在其近著《非自然叙事：理论、历史与实践》中，理查德森更新了非自然叙事的定义，认为非自然叙事包括重要的反模仿事件、人物、场景或框架。反模仿表征违背了非虚构叙事的假设，破坏了现实主义叙事的模仿期待与实践，无视现存的、业已确定的体裁规约。理查德森（Alber & Richardson, 2020：3）进一步区分了反模仿（也就是合适的非自然）、非模仿（或者说传统的非现实主义）以及模仿（或者说现实主义）①。理查德森对非自然的定义以反讽模仿做法的作品中具有的破坏性特征为根据。如果与真实世界有着相似的可能性原则，虚构世界就具有模仿性，以熟悉的命运观或天命论为基础的超自然世界则为非模仿，如果过去可以改变或抹去，这个世界就是反模仿或非自然。需要指出的是，理查德森不再坚持非自然叙事成分必须挑战现有的、已确立的文类规约和期待。因为非自然效果是接受特征而非故事世界特征。这一修正立场也构成了与艾贝尔非自然观的第二个分歧，在立场上与艾弗森（Iverson）的呼吁的"永久陌生化"一致。

　　理查德森和艾贝尔（2020：4）对叙事概念提出了不同理解：在前者看来，叙事是有因果联系的序列事件的呈现；对后者而言，叙事是一种文化现象，能唤起某个由人物居住的、历经某些体验的世界。这些体验与事件（或事件序列）相关，这样就有一种在时间内运动的意义，使体验流动故事世界的特性问题成为核心。

　　尽管存在概念上的争议，非自然叙事理论学家一致同意非自然叙事以不同方式偏离真实世界框架，叙事中的非自然成分历来就有；同时强调叙事理论应关注非自然叙事，从而拓展或重构当下叙事理论中的基本类别。就评价标准而言，艾贝尔（2014）在"非自然叙事"一文中指出，叙事是否具有非自然性关键看是否具有真实存在性。也就是说，叙事是否具有非自然特征关键看表征的场景或事件是否在真实世界里存在。就表现层次而言，艾贝尔认为，非自然叙事既可以发生在故事层面，也可以发生在话语层面，关注讲述层面的同时，也关注讲述内容层面。非自然叙事理论的独特之处在于其对象、方法和目标，而不是在于

---

① Alber, Jan & Brian Richardson. Introduction [A]. Jan Alber & Brian Richardson. Unnatural Narratology: Extensions, Revisions and Challenges [C]. Columbus: Ohio University Press, 2020: 1–12.

任何具体的理论框架。在艾贝尔（2013b）等编写的《非自然叙事诗学》的论文集的前言中，四位非自然叙事学家一致认为①，非自然叙事理论对经典叙事观念的挑战表现为如下两个方面：一是不可能叙事如何挑战叙事的模仿论；二是上述叙事的存在对一般的叙事概念以及作用有何影响。这里的非自然包括两个层面：一是反模仿文本中的非自然因素；二是隐含于模仿作品中的非自然因素。当然，非自然叙事还应该包括非模仿叙事，如神话故事、动物寓言以及幻想小说中的非自然成分。就方法论而言，非自然叙事研究方法属于一种归纳法，首先从已有的文学文本开始，其次建构相关理论。从这一层面来说，这一方法与费伦的修辞叙事方法不谋而合。就目标而言，与理查森德建构非自然叙事理论的五个原因有较多重叠之处：第一，发展多样化的非自然叙事诗学；第二，重新描绘文学史，将后现代实验派作品与早期的非自然叙事作品结合起来；第三，重新思考文学现实主义，并且为叙事诗、非虚构叙事作品以及网络小说提供新视角；第四，将叙事理论历来忽略的大量文本纳入分析范畴，并拓展理论模式；第五，通过识别、理解并且将现实主义或者模仿作品中的非自然因素理论化，更全面地阐释一般的叙事虚构作品。

不仅如此，建构非自然叙事理论有助于丰富和拓展现有的叙事理论概念、丰富读者的认知框架和认知想象，这集中体现在如下两个方面：第一，非自然叙事中的不可能性表征对传统的叙事类别如故事讲述情景、叙述者、人物、时间、空间等提出挑战，读者需要超越传统的、模仿式的框架而重新考察上述概念；第二，非自然叙事可以颠覆人性化的叙述者、传统的人物以及和人物相关的心理思维。这些非自然叙事现象

---

① Alber, Jan. Unnatural Spaces and Narrative Worlds [A]. J. Alber et al. *A Poetics of Unnatural Narrative* [C]. Columbus: Ohio State UP, 2013b: 45-66.

超越真实世界的时空观，将我们转入观念力所能及的深远之巅（Alber，et al，2010：114）。例如，为了更好地回应反模仿人物、事件与框架，理查德森（2021：ix）提出"多重隐含作者"和"多重隐含读者"概念。吉布森（1996：272）对非自然叙事理论的评价与后现代主义小说批评实践结合在一起，认为非自然叙事作品，通过表征物理上、逻辑上以及人性理解上的不可能性，将读者的想象与某种本身有价值的美学快感联系在一起。这一快感将读者引向新奇，引入奇异、陌生以及光怪陆离的境地。

艾贝尔和理查德森（Alber & Richardson）在 2020 年合著的《非自然叙事理论：拓展、修正与挑战》一书中很好地总结了非自然叙事理论过去十年间的贡献：通过关注反模仿叙事与技巧，发现虚构叙述中的反现实主义和不可能的特征，非自然叙事理论为叙事研究引入了诸多新文本，提出许多新颖的分析类别来探讨这些新文本的运作机制，如新的叙述者、人物、时间以及空间模式，为认知融合提供新视角和一系列有创意的阅读策略。与此同时，这一理论还为分析更为熟悉的叙事提供了新方法，如全知叙述，或者使用零聚焦的其他文本，现在已经用于越来越多的文类与叙事媒介。

近来，学界开始将非自然叙事理论用于分析女性主义文本、怪异文本以及后殖民叙事。连环画和插画小说的非自然叙事分析尤为丰硕，同样也适用于电影、电视和电子叙事研究。非自然叙事理论与其他批评方法（如接受理论和移情研究）的对话正在出现，对认知研究的探讨正激发出叙事理论认知方法和非自然叙事方法的活力（Alber & Richardson）。

在讨论非自然叙事中的不可能性表征的作用时，艾贝尔指出非自然叙事中的不可能性表征对传统的叙事类别如故事讲述情景、叙述者、人物、时间、空间等提出挑战。读者需要超越传统的、模仿式的框架而重新考察上述叙事概念。就叙事空间而言，非自然叙事如何挑战经典叙事学中的空间概念，非自然叙事空间包含哪些具体内容，非自然叙事空间在故事层面以及话语层面上如何表征，如何解读非自然叙事空间，非自然叙事空间具有什么作用和意义，非自然叙事空间与其他后经典叙事理论视角下的空间有何关系，非自然叙事空间的未来研究将会呈现出何种趋势，这将是本章重点探讨的问题。

第一节　不可能世界：非自然叙事空间的内涵与标准

要理解"非自然叙事空间"，首先要清楚"叙事空间"的概念。布霍赫尔茨与简恩（Buchholz & Jahn，2005：552）将"叙事空间"定义为"故事内人物移动和居住的环境"。我们需要明确经典叙事学中的叙事空间概念从一开始就包括故事空间和话语空间两个层面。阿伯特在其《剑桥叙事简介》中结合赫尔曼、莱恩等的认知叙事的相关论点，将经典叙事学中的故事空间与话语空间概念替代为故事世界和话语世界。阿伯特（2008）认为，如果打破叙事作品中两个世界之间的界限，就会出现"叙事越界"现象。古美尔（2014）在评价以世界建构为中心的研究方法时指出，赫尔曼的研究方法将叙事学的焦点从模仿转向诗学，从而使叙事研究发生了革命性的变化。"故事世界"最早出现在其专著《故事逻辑》（2001）一书中，后来在《劳特里奇叙事理论百科全书》（2005）、《叙事的基本要件》（2009）以及《叙事理论：核心概念与批评性争辩》（2012）中得到进一步阐释。这样一来，艾贝尔对非自然叙事的定义与"故事世界"联系在一起就不足为怪了。艾贝尔（2013b；2016）的"非自然叙事"包含物理上、逻辑上或者人性理解上不可能的场景或事件的故事世界的文本。"非自然叙事空间"不是用来呈现或模仿日常空间体验，而是要瓦解日常空间体验。按照这一逻辑，叙事空间如果违背自然法则，就成为物理上的不可能；如果违背非矛盾原则，就成为逻辑上的不可能。丹尼尔路易斯基（Danielewski）的《叶之屋》这一小说中的主人公纳维达森（Navidson）与家人的房子便很好地说明了上述两种不可能性，当有一天他们从西雅图旅行返回时，发现自己的新家发生了变形：客厅的墙里延伸出一个阴冷昏暗的走廊，而且同时出现在两个地方，一个在"北墙"，另一个在"西墙"。莱恩（2012：373）认为屋子内外的区别不仅是一个虫洞，引向一个黑暗与恐怖的替代世界，而且是最初始的逻辑悖论，打开了各种悖论洪水的闸门①。人性理解上的空间不可能性是指，描述的空间场景超出了人类知识水平的正常限制。萨缪尔·拉氏迪的《午夜儿女》中用到具有通感效应的第一人称叙述者便超出了自己的知识水平限制。

人性理解上的不可能性可理解为读者的想象力无法建构非自然不可能世界。在这一层面上，可将指涉不可能性作为判断世界是否可能的标准，因为读者无法根据文本中的指涉提示想象出文本虚构世界的图式或无法建构出虚构故事世界的三维地图。因此，在人性理解的不可能性层面上，关乎读者对不可能世界的建构，尽管这一建构违背了文学规范和传统，但并非一个破坏性过程，而是一个卓有成效的过程，一个发现新的意义生成的过程。各种不同形式的不可能小说有效地挑战了读者的想象，其效果就是产生一种逻辑的不安以及叙事的不适，从而对我们的共

---

① Ryan, Marie-Laure. Impossible Worlds [A]. A. Bray et al. *The Routledge Companion to Experimental Literature* [C]. London：Routledge，2012：368-379.

同信念提出怀疑，质疑我们最信任的真实世界百科知识的法则。

艾贝尔在其最近出版的《非自然叙事：小说和戏剧中的不可能世界》一书的第五章《反模仿空间》中较为详细地讨论了非自然空间的形式与作用，认为非自然空间承载确定的功能，有特定的存在理由，不只是点缀或为艺术而艺术的某种形式。艾贝尔（2016：187）具体讨论了六种形式的非自然空间扭曲形式：对空间延展的操控，打破空间方向，将空间变得不稳定，创造或出现场景内不可能出现的物体或变化，出现非自然地理场所（无法变成现实），还有一种本体越界。艾贝尔指出，丹尼尔路易斯基的《叶之屋》这部小说中屋子这一容器内部大于外部与作品中的虚无以及虚无的解决主题有关。安吉拉·卡特（Carter，1985）的《霍夫曼博士的地域欲望机器》中，非自然空间比比皆是。邪恶的霍夫曼（Hoffman）博士开展大规模的反对理性的活动，利用改变现实的机器来延展时空维度，旨在解放人类意识，将欲望客观化。这部小说将人性的内在欲望外化，并具体成为故事世界中的实体。艾贝尔建议读者将该书中的非自然空间看作辩证对立观念的讽喻对抗。该小说还有一个主题意义，表明任何观念都会潜在地确立等级，因此确立某种主导状态。还有一些叙事将不同的真实世界场所融合为一个新的整体，后者改变真实地方及其属性，以至于这些场所无法辨认。"本体越界"（Ontological metalepsis）也是一种常见的非自然现象。这一术语是指不同叙述层面的跨越，这些跨越包含对本体界限的真实越界或是打破本体界限。热奈特（1980：234-235）将"越界"定义为故事外叙述者或受述者闯入故事宇宙，反之亦然。

理查德森为我们列举了后现代主义作家建构反模仿空间的新颖方式，如卡夫卡或魔幻现实主义作家的梦境般的世界、安娜·卡文（Anna Kavan）的《冰》中的非真实的精神世界、安吉拉·卡特的《霍夫曼博士的地域欲望机器》和卡尔维诺（Calvino）的《隐形城市》中的后现代怪诞世界、马克·丹尼尔陆维斯基（Mark，Danielewski）作品中的不可能空间、贝克特（Beckett）作品中的"去叙述"空间以及伯格斯（Borges）的《阿尔法》中的怪诞不可能空间。上述非自然不可能空间类型的提出离不开理查德森对虚构故事世界表征的分类。理查德森将虚构故事世界的表征分为三种形式。现实主义模仿表征，其叙述者、人物、事件以及场景或多或少与我们的日常体验相似。反模仿或反现实主义表征戏弄、夸大或者讽拟模仿式表征的传统，通常突出在真实世界里极不合理或不可能的叙事元素和事件。非模仿性表征体裁包括神话故事、动物寓言以及幻想故事，其人物和事件不是复制生活中的人物和情景，因此，讨论现实与不现实就没有意义。反模仿作者也可以讽拟上述非模仿表征形式。模仿叙事一般试图隐藏其叙事表征的虚构性，看上去与非模仿叙事较为相似，反模仿叙事则故意炫耀其虚构性，因此打破了模仿式作家精心呵护的本体界限。

　　非自然叙事空间与文学中的不可能世界的表征息息相关。表征小说中的不可能世界是未来研究一个很好的思考路径。第一层"不可能世界"属于莱恩可能世界理论的最外层，第二层处于中心位置的是真实世界，包含现存的事物状态，第三层可能世界作为卫星环绕着这一中心。第二、第三层的区别在于与中心层是否具有可进入关系。莱恩（2012：369-375）将超越非矛盾逻辑法则的实验文学文本的语义域称为"不可能世界"，指出后现代主义实验文学文本会投射出不可能世界来挑战读者的阅读，并将不可能世界分为五类：悖论（逻辑不可能性）、本体不可能性（叙事越界）、不可能空间、不可能时间以及不可能文本。我们将着重讨论莱恩所称的逻辑不可能性和本体不可能性。

　　逻辑不可能性最明显的类型莫过于文本将 P 和非 P 在虚构世界里

均表现为事实。莱恩举了罗布·格莱耶（Robbe-Grillet）的《迷宫》中的描述为例来说明逻辑不可能性悖论："外面正下着雨"和"外面太阳当空照"的情况不可能同时存在，因此具有逻辑上的不可能性。文学中的悖论根据文本单元之间不同程度的间隙可分为四层。

第一层，悖论可与大部分文本相背离。如《法国中尉的女人》最后两章的矛盾结尾：一个结尾是查尔斯（Charles）和萨拉（Sarah）这对情人在长时间的分离后终于情定终身；另一个结尾女主人公萨拉拒绝了查尔斯，发现没有查尔斯生活照样充实。上述两个结局不可能同时成立，但每个结尾内的虚构世界都很一致。逻辑上不一致的世界为空间的主题化提供了最佳形式，并提出多重平行世界宇宙来避免读者想象的局限性。

第二层，悖论也可以发生在较短的叙事片段之间。例如，库弗（Coover）的短篇故事《保姆》中一对夫妇去参加一个聚会时，将孩子交给一个年轻貌美的小保姆来照顾时发生的不同版本的故事。其中，第一个版本说小保姆遭人谋杀；第二个版本说小保姆遭到男朋友及其兄弟的强奸；第三个版本说孩子被溺死于澡盆；第四个版本说孩子的父亲假装不放心，离开聚会去看孩子，实则希望与小保姆发生关系。文本引诱读者建构不同的故事，但最后一段公然表明上述互相排斥的故事线都是事实。

第三层，悖论表现为单个句子之间的冲突。这种悖论可产生一种"擦拭的世界"：一个完全充满本体不稳定的世界，读者无法辨别什么存在、什么不存在。

第四层，悖论还可以体现为句内的冲突。莱恩用福尔（Foer）的短篇故事《我们不在这儿，真快》来阐释句内的悖论，指出题目就体现了逻辑不可能性，因为"这儿"为指示词，指出说话者现在的位置，这与这一位置的否定矛盾；而"在"表示一种静态的、无时间的位置，这与表示在时间内的快速运动的副词"快"相矛盾。莱恩指出福尔的毫无意义的句子并非词语随便并置的产物，而是作者精心编织的艺术品，其优点在于要求读者的精细分析，从而诊断出奇怪的源泉。这些句内矛盾使读者从逻辑上和语义上更加睿智。

对存在本体的关注成为 20 世纪晚期文学的核心主题。其中，一种主要的质疑形式就是文本创造的实体同时属于互相矛盾的本体类别。叙事学中的本体不可能性表现为"叙事越界"。现实中的读者可以进入小说的虚构世界，干预虚构世界内的事务。虚构人物还可以跳出自己的世界，侵入读者的现实世界，甚至谋杀读者。因为与不同层次的世界穿越相关，莱恩将此类越界称为"垂直越界"。如果让来自不同文学文本的人物在同一世界内会面，此类越界可称为"水平越界"（2012：371-372）。"垂直越界"和"水平越界"概念有助于区分小说内的越界和元小说越界。"叙事越界"成为虚构性的明显标志，这种自我指涉、破灭幻想的效果甚至成为后现代主义小说的成功秘诀。认知叙事学家布莱奇曼（Bridgeman，2007）也将叙事世界内不同时空之间的"越界"视为后现代叙事的一个特点①。德勒兹（1998：166）则将元小说重新阐释为各种不同形式的"叙事越界"。元小说的目标就是要建构不可能世界，使本体上不同层次的人物共存。换言之，元小说就是"叙事越界"的范例。

非自然叙事学家理查德森根据支配虚构世界内的事件的可能性，将虚构世界分为四类：超自然、自然主义、偶然以及元小说。其中，元小说世界包括两种类型：一种是发生在叙事交流各个层面上的叙事越界；

---

① Bridgeman, Teresa. Time and Space [A]. D. Herman. *The Cambridge Companion to Narrative* [C]. Cambridge：Cambridge UP, 2007：52-65.

另一种是后现代主义作品，强调其本体框架的瓦解，因为叙事的反模仿研究应该关注虚构故事世界的本体特征。理查德森从模仿与反模仿的辩证关系着手，以乔伊斯对《尤利西斯》中的都柏林的虚实处理为例，清晰地表达了小说空间的虚构性。而后现代主义非自然和不可能空间强调与拓展的正是小说空间的虚构性。这也是非自然叙事钟爱后现代主义叙事文本的第一个重要原因。第二个重要原因是传统叙事理论在解读后现代主义文学作品时呈现的矛盾性。后现代主义文学已然成为过去 50年来最为重要和成功的文学运动，但与传统叙事理论不相容。我们应该意识到后现代叙事与非自然叙事之间的关系问题。因为后现代叙事只是非自然叙事的一个重要类别，我们应避免把非自然叙事理论等同于后现代叙事理论。第三个原因是随着现代主义，尤其是后现代主义的兴起，牛顿几何空间逐渐退至文学研究的边缘。非牛顿几何空间已经成为后现代主义空间想象的主体。

第二节　非自然叙事空间的话语表征

上文主要讨论了非自然叙事空间的内涵、评价标准、在故事层面上的表现形式以及与后现代主义叙事之间的因果关系。那么如何在话语层面表征非自然叙事空间或不可能世界呢？这一问题可在古美尔（2014）的著作《叙事空间和时间：表征文学中的不可能类型》里找到答案。

古美尔旨在研究不可能空间的叙事技巧以及文化诗学或者说提供一种不可能空间叙事表征的文化诗学。借用赫尔曼的"故事世界"概念，古美尔关注不可能世界的类型，认为就虚构本体而言，最重要的是要区分故事世界以及获取故事世界相关信息的方式。这些方式包括赫尔曼所称的故事世界建构的核心成分，如声音、情节、视角、描述以及比喻性的语言等类别。在此基础上，古美尔提出产生不可能世界的六种叙事策略：叠加、摇曳、内嵌、裂洞、塌陷以及在摇曳基础上拓展出来的侧移。古美尔指出，上述分类以过程为基础，旨在说明在文本类型建构过程中时间与空间的融合。同时，古美尔还提醒我们要考虑文本与读者之间的动态互动关系，除分析产生不可能世界用的叙事技巧外，还要考虑这些技巧如何影响读者在世界建构过程中的认知参与以及情感参与。

　　全书主体共分六章。第一章的"叠加"技巧是指在现实主义故事空间之上叠加了一层故事外怪诞空间。古美尔分析了狄更斯的三部小说《巴纳比·卢奇》《荒凉山庄》以及《双城记》。她认为这三部小说的故事空间与现实主义的几何空间类型一致，而故事外空间破碎、扭曲、幻影重重。第二章的"摇曳"技巧描述了现实与幻想之间的不可确定性，叙述产生的虚构世界地形可能存在，也可能不存在，作者通过调整叙述视角，运用不可靠叙述或者多重聚焦达到这一效果。托多罗夫（Todorov）认为幻想故事徘徊于对情节事件的自然阐释和超自然阐释之间。古美尔将上述定义拓展到文本的空间结构之上，将其称为"类型幻想"。这一章古美尔考察了哥特式小说的例子，还讨论了19世纪末一些作家如康拉德的《黑暗的心》以及20世纪现当代作家克里斯托弗·普莱斯特（Christopher Priest）的小说《颠倒的世界》。第三章的"内嵌"技巧使文本在故事时空体内包含了一个独立的、不可能的微型宇宙，从而形成两个故事世界。伯格斯的短篇故事《阿尔法》就充分利用这一技巧来表述历史问题。由于内嵌空间与时间流动的断裂有关，因此常用来描述历史中的发展不平衡现象。古美尔在这一章里分析了大卫·格林尼尔（David Grinnell）的《时间的边缘》、雷诺兹（Reynolds）的《世纪雨》等当代作品，指出这些文本都是借用"内嵌"技巧来解决历史不按其预定轨迹发展的问题。第四章的"裂洞"技巧是指包含在单一乌托邦时空体内的多重"异质空间"。因此，这一章重点关注乌托邦文学体裁，文本主要包括威尔斯（Wells）的《现代乌托邦》以及20世纪的苏联科幻小说。第五章的"侧移"技巧是指，在附加的时间线上投射附加的空间维度。这一章重点阐明了静态决定论和动态偶然论之间的矛盾，这一矛盾充分体现在19世纪末对多维性的对立普及上：一方面，宗教和神话寓言论及多维性；另一方面，多维性也成为世俗的科幻小说的中心话题。因此，这一章主要讨论了侧移和多维性的发展历程，主要作品包括阿伯特的《平原：多维浪漫故事》、威尔斯的《时间机器》、麦克唐纳德（MacDonald）的《莉莉斯》以及帕劳斯基（Pawlowski）的《通向四维之地的旅程》等。第六章的"塌陷"技巧产生的时空体把多重空间叠加在单一故事空间内，从而将过去书写于现在。这一章主要分析了尼尔·盖尔曼（Neil Gaiman）等小说家作品内的城市时空体，因为城市或者大都市是现代主义或后现代主义空间的核心。

我们以第三章中提到的伯格斯的短篇故事《阿尔法》为例，进一步说明"内嵌"技巧的作用和意义。这一故事包括一个名叫卡洛斯·阿根提诺·丹尼瑞（Carlos Argentino Daneri）的人物，他在童年时代家中的地窖发现了阿尔法这一微型宇宙，一个囊括所有空间的空间，一个真实世界的微型克隆。既在我们生存的宇宙内，又包括我们的宇宙。故事还有一个与伯格斯同名的第一人称叙述者，丹尼瑞的朋友和对手，也同步感知到阿尔法这一微型宇宙内的所有空间、地方和场所。诚如阿尔法嵌入丹尼瑞家的地窖那样，对阿尔法的描述也嵌在第一人称叙述者"伯格斯"的故事讲述内，讲述了一个关于竞争、嫉妒和怀旧的故事。丹尼瑞是"伯格斯"的情敌，共同追求一个名叫比特蕾兹·维特伯

(Beatriz Viterbo) 的女子，现在又成为"伯格斯"在文学事业上的竞争对手。故事以祈求时间结尾："我们的意识可以渗透，健忘乘虚而入；随着年岁的流逝，比特蕾兹的芳容已模糊不清、渐至遗忘。"叙述者并不苦恼阿尔法是否真实，而是苦恼如何将自己生活的片段拼接在一起，从而让过去和现在一致。阿尔法这一不可能空间的呈现挑战叙述者去理解自己生活的时间维度。阿尔法内包括时间，时间尘封于微型宇宙的内嵌空间内，囊括在微型宇宙的同步性内。阿尔法这一特殊的"宇宙图表"表明：历史时间在不同的社会空间以不同的速度流动。镶嵌体现了历史发展的不平衡。古美尔将时间在微型宇宙内的本体尘封描述为"宇宙图表"（2014：94）。这一概念旨在描述宇宙内诸成分及其相互之间的联系，成为物理时空的社会地图。

古美尔的"不可能空间"类型研究聚焦文学文本，着重强调产生"不可能空间"的叙事技巧和策略，将"不可能空间"研究与经典叙事学的成分联系起来，将叙事理论大大向前推进了一步，这样叙事理论不再一味地依赖传统的现实主义模仿观。

第三节　非自然叙事空间的自然化解读策略

非自然叙事空间有何作用，读者如何解读非自然叙事空间？为了回答这一问题，艾贝尔（2013：47-57）首先以真实世界的空间体验认知参数为依托，衡量非自然空间的非自然性程度，其次提出某个人类体验者来讨论不可能空间的重要性、目的和表征。艾贝尔提出七种阅读策略。

第一种，融合与框架丰富。这一策略是指非自然空间促使我们重新组合、拓展或者改变预先存在的认知成分，从而形成新的认知框架。

　　第二种，体裁化。这一策略是指读者可将不可能空间归于特定的文学体裁以及体裁传统，或规约为一个基本的认知类别。

　　第三种，主观化。这一策略是指读者可以将不可能空间归因于某人的内心状态，从而将非自然空间自然化或中立化。弗莱恩·奥布莱恩（Flann O'Brien）的小说《第三个警察》中叙述者体验的不可能空间，如二维警察局变成三维警察局，可解读为叙述者的幻想。叙述者在小说开头抢到一个黑匣子，里面应该装着赃物。而在小说结尾处叙述者被小说中另一个人物迪福尼（Divney）安装的炸弹炸晕，生命奄奄一息，因此，爆炸发生后叙述者体验的神秘小镇等一系列不可能空间可以解读为一种幻想，细致勾画了叙述者应对犯罪和内心负罪感的企图。

　　第四种，突出主题。这一策略是指非自然空间还可以解释为叙事提出的特有主题。上文中提到的伯格斯的短篇故事《阿尔法》中的"阿尔法"这一非自然空间可解释为突出人类思不可思之事，表不可表之物或用有限表达无限的共同欲求，同时阐明最不可能的场景最终让我们重新思考人类思维的本质以及人类在真实世界的问题。

　　第五种，讽刺化。这一策略是指叙事作品还可以用不可能空间来讽刺、嘲讽、挪揄某些事件。讽刺的最大特点就是通过夸张来批判，受辱或者受冷嘲热讽的怪诞意象偶尔可与非自然相融合。阿伯特的《平原：多维浪漫故事》可解读为对维多利亚时期英格兰的社会体系层次有限视角表征的讽刺。

　　第六种，寓言式阅读。这一策略是指读者还可以将非自然空间视为寓言的一部分，揭示一般的人类境况或世界风貌。艾贝尔认为，安吉拉·卡特的《霍夫曼博士的地域欲望机器》中的不可能空间可解读为太阳神与酒神、弗洛伊德（Freud）的现实主义原则与快乐原则、秩序与自由、因循守旧与个性张扬、模仿与想象以及自然与非自然等一系列截然对立的观点的寓言式冲突。

第七种，超自然范畴。这一策略是指读者还可将不可能空间假设为超自然范畴，如天堂或地狱的一部分。《第三个警察》可解读为叙述者进入天堂后的想象，因为自己的罪孽而受困于一个超自然场景，或者说地狱，经受某种惩罚与某种认知上的迷失。

就上述七种阐释策略而言，艾贝尔指出，接受者应按照在真实世界体验中得到的认知框架、脚本以及原则来理解非自然空间。但接受者在遇到非自然空间时，为定位故事世界，接受者进行了一些看似不可能的认知绘图过程，因为这些过程无法根据真实世界参数来建构。在这种情况下，接受者需要融合先前的框架或脚本，形成特纳（Turner，1996：60）所称的"不可能的融合"来准确重构非自然元素。非自然空间邀请接受者形成超越其真实世界的认知框架或脚本。一旦重构新的认知框架或脚本，读者就会将非自然元素看成某个具体主题的体现，作为讨论人类状况的某个寓言的组成部分，还可以作为嘲讽心理性情或状态的讽刺，也可以作为某种超自然场景的构成部分，作为某种邀请来创造自己的故事。艾贝尔（Alber & Richardson，2020：5）对非自然空间的七种解读以一种双重视野以及"佛系阅读"为基础，后者假定某个僧侣读者能够接受非自然空间在自己心中唤起的潜在不安的心理反应。

上述策略在实际分析时可能会重叠。由于故事世界的认知重构总是与阐释过程相关，上述七个策略贯穿德勒兹对世界建构和意义生产的区分。其中，阅读策略一和策略二与建构世界端的认知过程相对应，其余的接近于建构意义端的认知过程，第三个策略将非自然空间自然化，剩余的阐释策略将非自然视为故事世界的客观组成部分。

艾贝尔通过阅读大量后现代主义文本，从中找出非自然空间成分的努力是值得肯定的。但艾贝尔用自然叙事的认知阐释策略来解读非自然叙事，在尚必武看来，这一做法存在两个缺陷：一是忽视了非自然叙事的非自然性本质，非自然叙事抵制自然化，拒绝叙事化；二是只涉及对不可能故事世界的解读，未探讨导致不可能故事世界的根本原因。学界对非自然叙事研究的具体细节也提出疑问：非自然叙事应该解释为非自然母题和叙事技巧呢，还是假设非自然叙事背后隐藏有不同的逻辑？理查德森坚持认为非自然成分打破模仿传统，反模仿提供自己的快乐，提醒我们不要将批评简化。尼尔森（Nielsen，2013：91-92）提出了"非自然化的阅读策略"①。在非自然叙事中，读者可以把真实生活中不可能发生的事情当作权威可靠的事情，非自然成分提示读者采用的阐释方式不同于真实世界叙述行为或对话故事讲述的阐释方式。

这些质疑在挑战非自然叙事空间研究的同时，为非自然叙事空间研究提供了很好的努力方向。莱恩对不可能世界的解读策略便是很好的一例。理解不可能世界的认知策略需要参照读者建构正常虚构世界的步骤。莱恩（1991：51）将其称为"最小分歧原则"，具体指我们可将现实知道的内容投射到虚构世界里，然后按照文本的要求做出调整。如果文本中的非自然成分很奇特，我们可借用帕维尔（1986：93）的"最大分歧原则"。这样模仿原则就可以由反模仿期待来补充。尽管帕维尔的"最大分歧原则"很好地描述了读者对某些文本类型的一般期待，但对于文本中的空白和意义猜测无济于事，因而也无助于"不可能世界"的建构。

莱恩的阐释策略中也包含自然化策略，因为这些策略保持了虚构世界的逻辑完整性。莱恩的解读策略包括如下五个方面（2012：377）。

---

① Nielsen, Henrik Skov. Naturalizing and Unnaturalizing Reading Strategies: Focalization Revisited [A]. Jan Alber et al. *A Poetics of Unnatural Narrative* [C]. Columbus: The Ohio State UP, 2013: 67-93.

　　第一，心灵主义。这一策略是指不可能世界可以解释为梦境、幻想或不可靠叙述者的思维混乱。这一策略大致相当于艾贝尔的"主观化"策略。如果故事是梦境或幻想，故事需要重回正常世界。如果矛盾是由于叙述者的思维混乱造成，读者则需要重新建构话语呈现错误的正常世界。

　　第二，隐喻化阐释。这一策略是指不可能世界并非与事实对应，只是描述某些现象的方式。例如，如果某人可以把圆的变成方的，这可能意味着他可以解决任何问题。

　　第三，多重世界和视觉化。这一策略是指互不兼容的成分不属于同一个世界，而属于不同的可能世界。这一观点可以用来将分叉的故事自然化。例如，约翰·福尔斯的《法国中尉的女人》中的两个不同结尾。莱恩认为这类文本可以描述为多元中心文本，因为要求读者将自己定位于不同的世界里。

　　如果自然化策略不奏效，我们还需要把矛盾看作虚构世界的整体构成。读者可以采用如下两种策略。

　　第四，梦境般的现实。心灵主义将不可能性限制在梦境世界的替代现实中，而梦境般的现实赋予文本宇宙的真实世界梦境的特征，流动的意象、物体永不停息的变形、缺乏本体的稳定性。莱恩给出的主要例子是卡夫卡的短篇故事《乡村医生》。

　　第五，瑞士奶酪世界。在梦境般的现实里，整个虚构世界充满矛盾；而在瑞士奶酪世界里，悖论包含在某些限定区域，这些区域就像瑞士奶酪里的孔洞一样穿透虚构世界的质地。读者依旧可以采用"最小分歧原则"就虚构世界做出推测，前提是上述推测与虚构世界的坚实区域相关。这也是莱恩就本体、时间、空间悖论的个人阅读策略。例如，《叶之屋》这部小说中的房子是唯一能够进入可怕世界的入口。通过将正常世界与非理性世界的对峙，瑞士奶酪结构使非理性体验比梦境般的事实更加戏剧化，因为主人公的体验与正常世界发生冲突。

有些阐释策略并非要保持故事世界的独立性，以保留浸入体验的可能性，而是强调叙事过程，包括以下两种策略：第一，元文本主义；第二，己为之。前者将矛盾的世界视为进展中的不同版本的小说初稿。文本中出现的矛盾篇章为读者提供了创造自己故事的素材。这一策略可用于解读《保姆》和《法国中尉的女人》。

所有的不可能世界文本都可以把读者的注意力转向故事世界的文本起源。大部分读者希望拯救故事世界，从中获取某种程度的浸入，因为虚构、思维游戏与人类意识的根本需求一致，这显然比纯粹的具有自我反思的文本游戏更快乐。不可能世界的文本建构之所以给读者提出挑战，是因为不可能世界要求读者能在幻想主义视角和文本主义视角之间来回切换。这样文本既可以成为生活体验的表征，也可以成为一种高雅的文本表演，将可能（不可能）的界限退回到文本原点。

上述阐释策略隐含了对待"不可能世界"的两种宏观策略，将文本视为世界还是将文本视为游戏？这一问题我们将会在后文阐述。我们现在需要强调上述各种非自然叙事空间形式具有多重目的。第一，"不可能空间"指出展现为真实的描述和地方的虚构性，通常指向形成上述"不可能空间"建构的意识形态压力。第二，"非自然空间"可以同后现代主义作者一起玩寓言式游戏。如《午夜子女》中主人公的地理老师把萨利姆（Saleem）的脸当作印度地图，将他脸上的黑斑比作巴基斯坦。第三，叙事空间的反模仿建构同时表明虚构叙事的想象力和真实记录能力，这就需要关注虚构实体的本体地位。后现代主义非自然和不可能空间强调和拓展的正是这一小说空间的虚构性。

我们在前面的讨论中曾经提到过非自然叙事理论与后现代主义叙事

以及后现代叙事理论之间的关系，为了进一步廓清彼此之间的区别，我们将在接下来的部分扼要阐述后现代主义叙事空间的主要论点。

　　吉布森（1996）指出经典叙事学的三大缺点：一是叙事文本过度几何图式化；二是倾向于将叙事文本内隐藏的结构普世化以及本元化；三是倾向于用几何术语来思考普世和本元形式。经典叙事学将文本空间重复建构为一个单一的、相同的空间。这一空间界限清晰，层次分明。认知叙事学家莱恩对叙事空间的五分法也体现了上述特点。然而，在后现代主义语境下，叙事空间的稳定性受到质疑。在吉布森看来，后现代叙事空间变得含混、多元与面目全非，成为任何给定叙事世界内的一个可变的、不确定的特征。为了解构经典叙事学及其追求准确、封闭和权威知识的理想目标，吉布森（1996：15-27）指出三种对抗策略。

　　第一种策略为隐喻替换。吉布森举了萨雷斯（Serres）对左拉（Zola）作品中有关火与雾的隐喻阐释实例。吉布森认为，这些隐喻描述根据叙事内在的隐喻联系将叙事观念化。隐喻替换拒绝以常量来建构叙事，只是描述了某种文本状态。

　　第二种策略是指叙事隐喻的可变性与叙事想象的多元化。其结果不仅会出现与缺乏文本常量相一致的模式的多样化，还会出现由知识膨胀带来的资源的多样性。

　　第三种策略是指叙事呈现出流动的几何图形的空间模式。吉布森指出上述空间结构是一种无限重复差异的结构，一个不断分叉的过程。在吉布森看来，意义源于分叉，意义出现在局部。如果将旅行视为在多重空间内的运动，我们便可以把叙事看作旅行。这一观点不是小说中探求或旅行主题的变体，而是与一种多重空间叙事理论相关。吉布森以梅尔维尔的小说《白鲸》一书为文本分析对象，指出该小说中的"皮库德号"船的旅行将不同的空间串联起来，并让这些空间在叙事生成的

"阐释网格"范围内延伸。

就具体解构措施而言，吉布森对叙事理论进行了双重解构。一方面用力量、起始、事件、怪物性、侧偏性以及写作等术语替换了经典叙事学中最为熟悉的术语和类别，如声音、层次、表征、形式、叙事时间、主题以及主体。吉布森希望采取一种"游牧"策略，其替代术语应该为实验或"游戏"术语。另一方面解构或质疑叙事学几何图形的某些方面，如叙事层次。吉布森反对经典叙事学把与叙事旅程相关的多元空间简化为几何空间，将叙事内的"流动点"简约为某个"固定点"。同时，吉布森反对用现实主义叙事中的结构模式来分析现代主义和后现代主义叙事形式。最后，吉布森还指出经典叙事学过于关注文本叙事，但是忽略了电影等视觉媒介的叙事形式。

庞迪（2003a：76）认为后现代叙事空间没有定点，长期处于运动状态。空间即运动，一种空间持续转变为另外一种空间。庞迪还将"空间多义性"与"他异性"联系起来。也就是说，空间无法根据自身的特点和坐标来界定。这一定义需要参照其他空间而定。一个特定的叙事篇章的空间不能简化为场景的描述，而应视为某种复杂的关系网。因为场景也可意指其他叙事篇章的场景，可指读者的空间感知，还可以指与社会现实中该场景相关的叙事。

在后现代叙事学家弗朗西斯（Francese，1997：107，155）看来，"多重视角"和"流动性"成为后现代主义空间的两大突出特征。弗朗西斯指出后现代主义的另外两个特征：后现代主体的空间迷失和后现代性的持续现在性。前者指后现代主体被剥离了传统的方位感，不能在认知上主导人物所属的多样化的小叙事，从而在空间中失去了方向；后者是指后现代时空的压缩使主体失去存在并参与一种历史连续性的感觉以及对未来期待的破灭，这就界定了后现代性中的持续现在性。就后现代性的持续现在性特点而言，学界存在两种对立的观点：詹姆斯（1992：179）将这一后现代主义特征称为"永恒的现在"；柯里（1998：97，101）将其称为"逃离现在"。

如果后现代性的目标能赋予主体权力和真正意义上的多元民主，那就必须采用多元视角来抵制和改变后现代性。弗朗西斯指出后现代主义文本赋予主体两种不同的权力：后现代主义元小说通过拼凑对经典的戏讽抵消了其辩证干预历史进程的真正力量；而后现代对抗叙事超越对后现代性的简单模仿，旨在反抗并且重新确定后现代性的方向。这些对抗叙事为读者提供了后现代性之外的压缩的时空坐标内的自我定位点，让读者在单一世界体系之外，重新批判式地思考自我抉择和自我实现的种种可能性，为后现代时间和空间恢复更多的人性维度，从而让读者在其中重新找准方向。这两种不同的后现代主义文本近似于莱恩的"梦境般的现实"和"瑞士奶酪世界"策略，对应于两种对待不可能世界的态度：文本作为世界，还是文本作为游戏。

第四节　文本世界与文本游戏

莱恩（1998）用"文本作为世界"与"文本作为游戏"两个隐喻来阐释读者对待文本的两种不同的立场和态度。艾贝尔的七种阐释策略都试图将文本理解为世界，试图把握文本的意义。读者可以有效地理解不可能空间，不可能空间不会使读者的阐释能力瘫痪。艾贝尔提到的禅宗式（佛系）阅读策略假设读者既投入又超然，坦然接受非自然性的陌生感以及这一陌生感在读者心中激起的不适、恐惧、担忧等心理反应。从某种意义上讲，不可能世界文本与读者玩起了神秘游戏。同样地，莱恩的前三种"自然化"策略也将文本看作世界，而后三种策略让文本与读者玩起了或明或暗的游戏。吉布森对后现代主义叙事空间的理解则完全将文本视为游戏，而且用一系列"游戏"术语替代了经典叙事学中的核心概念。因此，莱恩的上述两个隐喻可看作解读文本的两种宏观策略，代表了两种对待文本的不同视角和立场。我们需要剖析这两个隐喻背后隐含的可能性逻辑，从而为解读非自然叙事空间或不可能世界提供一种参考。

莱恩的"文本世界"隐喻将文本理解为文本实物的一扇窗户，实物存在于语言之外，其时空延伸超出了窗户框架。"文本世界"旨在区分语言内本体领域和语言外的指涉领域。文本世界观假设读者以文本内的提示为指导，在想象中建构一系列独立于语言之外的实物，同时根据现实生活或从其他文本提供的信息输入将这些不完整的意象建构为一个更加生动的图像。

莱恩（1998：141-146）从语言的功能、语言的内容、意义、读者的态度、体验、活动类型、形式、偶然性、对读者的要求以及批判性类比十个方面系统比较了"文本作为世界"和"文本作为游戏"两个隐喻，具体内容如下。

第一，语言的功能。建构游戏成为后现代主义美学的原型。后现代主义文本具有"开放"和重塑的特点，成为一个包含许多潜在文本的母体，成为一个工具箱而不是意象，一项可更新的资源而不是一件可消费的商品；而"文本世界"隐喻将语言比作镜子，暗示了一种虚拟现实，创造一种幻想，吸引观察者关注镜子的深度层面，从中可以发现一个三维现实，因此文本世界隐喻与一种可能现象学联系在一起。

第二，语言的内容。建构游戏的语言朦胧，关注点主要转向语言的视觉和听觉层面，关注语言的物质内容。文本若作为世界的一面镜子，语言则成为透明的符号。其功能成为转入虚构世界的通行证，将读者转入另外一种可能的现实之中。

第三，意义。游戏隐喻支持索绪尔（Saussure）的语言观，符号的意义不是源自同世界中的物体间的垂直关系，而是取决于与其他符号的水平关系，文本意义的产生模式不可预测。在"文本世界"隐喻中，由于语言指涉虚构世界中的物体，意义垂直产生。

第四，读者的态度。"文本游戏"美学支持读者持一种批判式的距离，如斯特恩（Stern）以及福尔斯作品中采用的那种自我反思式的、反幻想式的元小说立场；"文本世界"隐喻则采用一种搁置不信任的态度，读者可以假装有某种现实存在于创造虚构现实的语言之外。

第五，体验。"文本游戏"将读者与作者并重，强调读者的积极参与；"文本世界"具有浸入性，因为读者在想象中成为虚构世界的一员。在此基础上，莱恩提出三种类型的浸入：空间浸入、时间浸入以及情感浸入。

第六，活动类型。作为游戏的文本由读者完成意义的建构与解构；而作为世界的文本将读者视为游客和窥探者。

第七，形式。"文本世界"隐喻支持形式与内容的有机统一，形式如同文本的内在骨架；"文本游戏"隐喻则将形式视为外在骨架，内容成为形式的填充物。

第八，偶然性。在"文本游戏"隐喻中，偶然性起一种积极作用。意义由人力控制之外的力量产生；在"文本世界"隐喻中，偶然性起消极作用，因为语言的作用就是为读者提供一幅独立存在的真实图景。

第九，对读者的要求。"文本游戏"隐喻需要读者具有很强的文学能力才能欣赏文本；"文本世界"隐喻则是一个大众概念，读者只需要有语言基础知识、生活体验以及理性的文化能力就可以进入虚构世界。

第十，批判性类比。"文本游戏"隐喻将语言视为一种创新、批判活动；"文本世界"隐喻则将阅读浸入体验屈从于作者的权威。

莱恩（1998：139，146）认为，描述诗学应包括"文本作为世界"和"文本作为游戏"两个隐喻。这不是说要将文学严格分成由现实主义叙事代表的"世界"类别和由超文本、后现代主义元小说或意象诗代表的"游戏"类别，最好的方式是将世界和游戏两个隐喻看作观察事物的两个不同视角。只有转换我们的隐喻视角，才能既投入文本，又超然于文本之外，定期地浸入和浸出，我们才可以履行双重作用，既是文本世界的一员，又是文本游戏的玩家。尽管后现代主义文本包含逻辑或本体悖论，莱恩依然采用文本世界的认知绘图策略，在思维中绘制人物、状态和事件，试图做出逻辑推测，同时将某些区域排除在思维模仿过程之外。有些后现代主义文本世界就像一片瑞士奶酪，整体由无数不确定的空隙分解。如果文本中的间隙过多，文本整体就会塌陷，读者只能想象世界的部分碎片，或多个世界的碎片，但是想象的欲求如此强烈，读者尽一切可能从语言的洪水中捞取一些坚实的东西。

第五节　非自然叙事空间的未来发展趋势

作为后经典叙事理论的一个分支，非自然叙事理论的"非自然叙事"离不开经典叙事学中的"叙事"与"叙事性基本"概念。非自然叙事理论通过分析大量的非自然叙事作品，提出更完善的叙事分析的新概念和新观点。同时，非自然叙事理论与其他后经典叙事理论流派在交叉渗透中融合，汲取彼此需要的养分，共同发展。以艾贝尔为第一主编的非自然叙事理论学家在《非自然叙事诗学》的前言中探讨了非自然叙事理论与修辞叙事理论之间的相互关系问题。非自然叙事研究可与叙事的修辞方法结合起来，探究不可能性表征背后隐含作者的地位以及如何理解权威读者。修辞或认知理论学家也可研究非模仿或者反模仿叙事的修辞或认知功能。艾贝尔指出，非自然叙事研究还应该与女性主义、怪异理论、后殖民研究方法结合起来，探讨不可能性表征的潜在的意识形态或政治内涵。当前，动物叙事理论（Jacobs，2020；Herman，2018）悄然兴起，巴尔的"描述叙事学"或"描述学"重新得到批评界的重视，这无疑为非自然叙事空间研究的未来发展注入新的活力。

就未来发展方向而言，以艾贝尔（2010：129-131）为首的非自然叙事理论学家在 2010 年《叙事》学刊上联名发表的一篇题为《非自然叙事，非自然叙事学：超越模仿模式》的论文中指出非自然叙事理论在未来急需回答如下三个问题。

第一，叙事中非自然要素的存在给叙事和小说之间的关系提出了一个重要的问题还是一个模棱两可的问题。尽管大部分非自然叙事都存在于后现代主义小说中，但这并非表明非自然叙事成分仅仅局限于小说的范畴。这给非自然叙事，甚至是叙事的界定带来一定的挑战。例如，叙事的定义是否应该在包含自然叙事与非自然叙事的同时又排除"非叙事"，非自然叙事与非叙事之间有何区别？

第二，鉴于文学史中规约的变化，我们应该审视非自然叙事与时间性之间的关系。对非自然叙事的历时发展的梳理表明，非自然叙事和反常的叙述行为是推动文学史向前发展的主要动力。

第三，在处理非自然叙事作品的时候，我们还需要考虑语境、读者、作者以及作者意图之间的关系。这又涉及许多其他问题。如不同文化语境、不同历史时期中的非自然叙事是否存在差异；在一种文化中成为自然的故事讲述形式，在另外一种文化中可能会变为非自然的故事讲述形式；在一个读者眼里看起来是非自然的叙事在另外一个读者眼里能否成为自然叙事；作者与读者对非自然的理解是否也存在差异。

国内年轻学者尚必武在预测非自然叙事理论未来时，提出了四个方面的关注。第一，非自然叙事理论与经典叙事学之间的关系。如前所述，非自然叙事理论离不开经典叙事学的核心概念，应该以经典叙事学基本概念为基础，如对反叙事的思考又回到了叙事的本源问题：何为叙事？只有如此，非自然叙事理论才能发展成为一个诗学的分支。第二，非自然叙事与后现代叙事之间的关系。非自然叙事理论建构的初衷就是要能够包含后现代叙事中的复杂现象，因此，多数非自然叙事学家以后现代叙事文本为分析范例也就不足为奇了。但这并不是说非自然叙事理论就是后现代叙事理论。实际上，后现代叙事只是非自然叙事的一个子类，非自然叙事应该包含更多文本。例如，非自然叙事学家对早期（前现代）文本中非自然元素的关注度还不够充分。第三，非自然性和叙事性。叙事文本可以表现出不同程度的叙事性，也可以表现出不同程度的非自然性。但是，这二者会有互动关系吗？如果有，如何互动？尚必武认为非自然叙事作品中的叙事性相对较弱。在非自然叙事文本中，叙事性和非自然性背向而行，非自然性越高，叙事性就越低，反之亦然。换言之，如果真是如此，那叙事性和非自然性二者都不可或缺。因为一种属性反映了另外一种属性的存在程度。第四，非自然叙事理论的激进性和缺陷。非自然叙事学家坚持认为"非自然无处不在"（Alber, et. al, 2010：131）。问题关键在于非自然叙事是否包含了自然叙事成分，在什么条件下一个文本可以看成是非自然叙事或自然叙事？我们如何区分同一文本中的自然叙事和非自然叙事？这个文本部分是非自然叙事，还是部分是自然叙事？这些都是非自然叙事理论未来需要解决的问题。

理查德森对非自然叙事诗学建构工程做出了比较中肯的评价，他认为非自然叙事理论观假定模仿与反模仿双重模式的互动，没有反模仿模式，我们的模仿理论十分不完整。顾名思义，纯模仿模式不能理解违反模仿表征规则的反模仿作品。为理解非自然叙事，我们还需要一个诗学。理查德森指出，反模仿范式更多的是一种添加的、补充性的范式，而不是与模仿模式平起平坐。因此，非自然叙事学家对补充现有模式感兴趣，而不是取而代之。非自然叙事诗学工程具有双重视野，是一种辩证诗学，一种旨向更为包容的诗学。

近来，叙事学界开始转向"非人类叙事"（Herman，2018）。那么这些非人类叙事中的"不可能"空间不可能用上述自然化策略来阐释。因此，"不可能性"成为非人类叙事文本中产生的超越人类中心说的一个重要信号。卡拉乔洛（Caracciolo，2022：11）指出如何解读这种形式的不可能性也给非自然叙事学家提出了挑战。与此同时，电子小说研究和非自然叙事理论已经开始融合，前者采用叙事理论的核心概念来分析当下由电子媒介衍生的各类电子小说，包括超文本小说、交互小说、3D叙事视频游戏、手机应用程序中的小说以及虚拟现实等。由俄亥俄州立大学出版社新出的《电子小说和非自然：跨媒介叙事理论、方法与分析》（2021）一书探讨了电子小说能提供的特有内容：关注多线条性、叙事矛盾、交互越界、不可能时间与空间、"极端"电子叙述以及各种具体媒介中第二人称"你"的文本形式。通过凸显上述新的叙事形式，这一新文类的出现旨在改进、批判并拓展非自然叙事理论、认知叙事理论以及跨媒介叙事理论。

展望非自然叙事空间的未来研究趋势，我们可以关注非文字媒介中非自然叙事空间或不可能世界的建构方式，比较不同媒介之间建构不可能世界的差异，关注非自然叙事空间与时间、视角、声音等其他叙事成分之间的关系，还可以实证研究后现代主义实验文本对读者思维模式和认知绘图的挑战程度以及对读者认知思维能力的影响。这样，我们在浸入不可能空间的"文本世界"的同时，可以参与不可能空间的"文本游戏"。

第六章

跨媒介叙事理论视野中的叙事空间

作为当下最有活力和最有成效的一支后经典叙事理论流派，跨媒介叙事理论其活力集中体现为对经典叙事学概念的跨媒介、跨文类应用和阐释。这一率先由结构主义叙事学家提出、最终却未能实现的工程，在当今后经典叙事理论蓬勃发展的渗透与融合中绽放魅力、迸发出强大的发展潜能。

跨媒介、跨文类形式中的叙事内涵以及跨媒介语境下的叙事性内涵成为跨媒介叙事理论最核心的两个相关问题。界定跨媒介叙事理论离不开跨媒介叙事、叙事性与故事讲述。赫尔曼（2004）提醒我们跨媒介叙事理论关注不同媒介中的故事讲述行为。索恩（Thon，2016）认为，要想建构真正意义上的跨媒介叙事理论，除了探究与具体媒介相关的叙事模式外，更应考察诸多跨媒介现象以及跨媒介叙事的表征策略，同时自觉认识到各种跨媒介叙事表征的优劣。为更好地理解跨媒介叙事理论的内涵，我们需要澄清叙事、媒介、模态、文类四个概念在建构跨媒介叙事理论过程中的关联作用。

就叙事而言，莱恩（2005）将叙事视为一种认知框架，应具有空间维度、时间维度、逻辑维度以及形式、语用维度。沃尔夫（Wolf，2011：159-160）认为，叙事应该成为世界建构的表征，使参与者能够重新体验多重可能世界。这一表征强调时间与因果变化，并从因果论和目的论的角度来阐释这些变化。叙事的认知概念使叙事以及叙事性不再是文本和艺术品的特有属性，而是成为置于读者思维中的主要认知框架。

就媒介而言，莱恩（2015：18）从语义、句法以及语用三个层面界定媒介①。从语义层面讲，不同的媒介偏爱不同的情节变体。从句法（叙事话语）层面讲，媒介可产生呈现故事的不同方式，需要媒体使用者的不同阐释策略。从语用层面讲，不同的媒介会提供不同的使用者参与模式和不同的对待叙事的方式。叙事具有跨媒介性，同一个故事可以通过不同的媒介来呈现。

就模态而言，莱恩（2005：11）从认知叙事的视角将模态视为一种特有的方法，让读者体验叙事性的认知建构②。在多模态媒介中，欣赏者可以直接看、听甚至直接与物体互动，想象力可以更容易地进入故事体验之中。模态与媒介具有密切关系：某一具体的符号模态可以出现在不同的媒介中，不同的模态也可以在同一种媒介中实现。在媒介与文类的关系问题上，媒介和文类都限制故事讲述的类型。但文类的界定受个人或文化规约的影响，媒介则将其局限与潜能强加于读者。

跨媒介叙事理论关注小说之外的媒介、文类以及模态的叙事性。媒介是否能成为叙事或具有叙事性特征问题成为叙事理论研究的一个顽疾。也就是说，叙事与叙事性的界定在跨媒介语境中将会受到各种新媒介形式的严峻挑战。在此基础上，跨媒介叙事理论还可以考察经典叙事

---

① Ryan, Marie-Laure. Texts, Worlds, Stories: Narrative Worlds as Cognitive and Ontological Concept [A]. Mari Hatavera, et al, *Narrative Theory, Literature, and New Media: Narrative Minds and Virtual Worlds* [C]. London: Routledge, 2015: 13-28.

② Ryan, Marie-Laure. On the Theoretical Foundation of Transmedial Narratology [A]. J. Ch. Meister, Tom Kindt and Wilhelm Schernus. *Narratology Beyond Literary Criticism. Mediality, Disciplinarity* [C]. Berlin: de Gruyter, 2005: 1-23.

学中的聚焦、不可靠叙述、叙事越界、时空等成分的跨媒介表征问题。在此背景下，本章拟探讨跨媒介叙事理论中的空间问题。

多数媒介偏重时间或因果性，而较少涉及空间。但对于非文字媒介而言，一方面，叙事空间的建构以及在空间内运动的人与物也很重要。任何眼神的动作、轻微的手势、汽车的报废以及轮船的沉没都具有叙事意义。另一方面，各种新媒介的涌现也对叙事空间的建构提出了新的挑战。视频游戏中的叙事空间的话语依赖性已经受到挑战。因为维度和导航不再是游戏空间的内在属性，我们也很难区分游戏的二维性与三维性等问题，因此，需要从现有的"既定"空间模态转向研究视频游戏中导航空间的视觉建构以及如何综合多重深度线索来建构这一过程。动画电影也为那些从认知视角研究电影的学者提出一系列新的挑战和问题：真实世界的限制已然消失，动画本身可让无生命的事物复活，无视物理法则，创造出真实动作电影中不可能有的视觉效果。因此电影制片人面临重新建构整个动画叙事空间的问题。

另外，新技术与新文类的融合需要重新思考叙事空间的体验。如电脑艺术品可以利用全球定位系统等技术将多重感官模态融为一体，将景观从一幅"图片"转为一种多层次、多渠道的体验，将瞬间的体验延展为一种经久、立体的时空域。通过定位技术提供的良机，这一时空域将人对景观的体验与景观的艺术文化传统重新联系起来。通过计算机网络建立的、可用于多用户的空间操作环境的"赛博世界"可让玩家在彼此共享的已知环境中互动，并且成为自身故事的创造者，通过自建城市、实物等内容拓展跨媒介世界本身。这些跨媒介叙事形式代表了当今叙事理论最有活力和最有成效的发展方向之一。纽宁（2003：250）在追踪叙事学的近来发展状况时指出，叙事理论的这一活力可表现为对经典叙事学概念的跨媒介及跨文类应用和阐释方面①。

跨媒介叙事不断以新颖的空间表征模式对经典叙事学中的空间概念发起挑战，但我们首先需要挖掘跨媒介叙事空间的层次与内涵，有哪些表现形式，有何效果与作用，存在哪些问题，与经典叙事学和其他后经典叙事理论在空间表征层面有何关联？这一系列的问题将是本章将要探讨的内容。

第一节　跨媒介叙事空间的层次与内涵

要理解跨媒介叙事空间，我们要弄清叙事空间的层次问题。故事空间包含三个层次。一是本体独立，人物可以自由出入其中的连贯的次空间。沃夫（Wolf，2012：226）指出，这一次空间的建构离不开次创造，有些作品甚至将次创造作为想象世界内的主题。这些想象世界内的人物本身也成为次创造者，为作者提供机会，来评论次创造的本质以及世界建构的意义。二是本体有别，只允许人物在特殊情况下出入的非连贯的空间。三是本体有别，只有在叙事越界的情况下人物才可出入的空间。如果人物、叙述者或作者背离了故事世界的本体地位，以矛盾的形式穿越了区分故事世界内外的界限，就会出现"叙事越界"现象。依照这一界定，我们可区分故事世界与其他幻想世界、故事世界与现实世界、故事世界与表征故事世界的话语世界三种不同形式的越界。

但叙事空间概念还应该包括话语空间这一层面。纽宁和鲁普

---

① Nünning, Ansgar. Narratology or Narratologies? Taking Stock of Recent Developments, Critique and Modest Proposals for Future Usage of the Term [A]. Tom Kindt and Hans-Harald Müller. *What Is Narratology? Questions and Answers Regarding the Status of a Theory* [C]. Berlin: De Gruyter, 2003: 239-275.

（*Nünning & Rupp*，2013：13-14）指出①，故事空间与话语空间共同构成了媒介文本的叙事世界。更复杂的口头故事以及文学叙事还包含叙事空间的第三个层次，即故事世界与话语世界之间的关系集合以及从文本特征中抽象出来的价值观。文学叙事还包含叙事空间的第四个层次，即文本"信息发送者"，故事的作者或讲述者以及聆听或阅读故事的接受者之间的交流关系。不同的叙述层次及其相互之间的关系为叙事的自我反思提供了良机。这些不同的叙述层次彼此之间可以相互监督、相互肯定，相互对比、相互颠覆。叙述者可思考人物的态度、特征与价值观，反观自身的特点与看法，二者之间的互动关系为文本提供了丰富的语义内涵，也为一些叙事成分之间的讽刺性距离提供了土壤。跨媒介叙事空间研究有两个方面需要指出。第一个方面，叙事空间既可以指具体的场所，也可以是一种抽象的空间隐喻，并且对于理解叙事时间至关重要。弗莱德曼（1993；2005）的"空间化"与"空间诗学"便是将空间隐喻化的典例。关于空间和时间的不可分割性问题，巴赫金（1981）的"时空体"概念已经深入人心。肯普（Kemp，2012：395，402）在阐释斯特恩（Stern）的《项狄传》中的"枝蔓叙事"时进一步阐述了时空的不可分割性。该小说内的"枝蔓叙事"让读者偏离叙事主线，任意在未知的叙事空间内遨游。读者不能超越叙事空间，将叙事理解为纯粹的时间和意义的建构。换言之，当我们在讨论《项狄传》中的"枝蔓叙事"时，时间和意义成为空间的蔓延。第二个方面，多数跨媒介叙事空间主要侧重空间的故事层面，或故事世界层面，较少涉及空间的话语层面或话语世界。这与媒介本身的属性与优势不无关联。

---

① Nünning, Vera and Jan Rupp. Ritual and Narrative：An Introduction ［A］. Vera Nünning, Jan Rupp and Gregor Ahn. *Ritual and Narrative：Theoretical Explorations and Historical Case Studies* ［C］. Bielefeld：transcript Verlag, 2013：1-26.

在分析跨媒介叙事空间的本体内涵之前，我们还需要三点说明。第一点，媒介应理解为一个内涵多义的术语，媒介的意义包括技术、符号和文化三个维度。第二点，叙事媒介可从两个方面理解，一方面，叙事成为媒介融合的中心。这一中心包括一个具体的故事或故事世界。莱恩的"故事世界"概念有逻辑和想象两个层面之分，逻辑层面的故事世界追求故事的连贯性，不应出现前后矛盾。故事世界可通过不同的改写文本呈现，但这些改写文本必须与原文本的故事逻辑一致；想象的故事世界虽然由命好名的存在物和场景构成，但是这些存在物及其命运的属性因文本而异。电影、小说以及漫画属于叙事媒介，这些媒介可让接受者在符号表征的基础上建构故事世界。通过呈现这一故事世界的不同侧面，不同的媒介在这一世界交汇融合。另一方面，这一融合中心包括所有故事共享的"叙事性"这一抽象内容。第三点，跨媒介叙事理论由叙事转向故事世界。这一转向表明不仅出现了故事世界的多模态类型，如融合了多种符号类型的虚拟在线世界，连环序列故事世界以及跨媒介故事世界；还可将这一跨媒介故事世界拓展至多重媒介平台。对此，詹金斯（Jenkins，2006：95）指出，跨媒介叙事以"大叙事"的形式参与故事世界的建构，通过整合多重文本，生成一个无法包容于单一媒介内的"大叙事"。这一"大叙事"可以建构一个庞大细致的叙事空间，只有一小部分可在文本或屏幕内呈现。如莱恩与索恩（2014）对比了网络版的《迷失特辑：遗忘的碎片》与电视系列版《迷失特辑》中不同版本形式的故事世界后指出①，这两种不同的跨媒介故事世界可以互为补充，共同构成了詹金斯所称的"大叙事"。世界概念反映了叙事理论由结构形式向阐释过程的转移。叙事理论不再或不再主要关注确立一种

---

① Ryan, Marie-Laure & J. -N. Thon. Storyworlds across Media: Introduction [A]. Ryan, Marie-Laure & J. -N. Thon. *Storyworlds Across Media* [C]. Lincoln: U of Nebraska Press, 2014: 1-21.

叙事逻辑、叙事语法或叙事的形式修辞；叙事理论转向理解与文本以及符号产物相关的建构、解构甚至有破坏作用的过程。关注过程，而不仅仅是结果，实际上关注过程与结果的对话，成为近来叙事研究的修正主义方法的特征。布鲁克斯（1984：36）在其《阅读情节》一书中恰当地指出这一方法旨在脱离静态的结构模式，转向在阅读过程中实现的"文本动力"。

上述由不同模态与媒介共同参与建构的跨媒介故事世界也可被称为"跨媒介世界"。这一"跨媒介世界"具体指一种抽象的内容体系，世界创造者借此可在多样化的媒介形式中表现虚构故事与人物。这一跨媒介故事世界的特点是观众和设计者可以共享"世界性"的思维意象。为了充分理解"跨媒介世界"的内涵，读者不应将世界视为一个物质实体或可从中提取出一个真理意义的单一文本，而应将世界视为一种以实现故事世界的初始媒介为基础的抽象的世界观。这一媒介包含但并未限制"跨媒介世界"的核心成分。这些成分包括三种：一是主题成分，故事世界内确定的冲突与斗争，也包括人物的呈现，读者要想准确地阐释世界内的事件，并且与事件互动，需要了解这些成分；二是地形成分，故事世界发生的场景，即具体的历史时期和场所；三是伦理成分，即故事世界内的人物遵循的或隐或现的伦理法则和行为准则。跨媒介故事世界建构过程是"理解跨媒介"世界的一把钥匙，下文将主要围绕在莱恩和索恩共同编写的《跨媒介故事世界》一书的第一章展开讨论。

第二节　跨媒介故事世界的内容与属性

莱恩（2014b：32-34）指出，叙事理论中的"故事世界"概念与我们常说的某个作家的世界或者世界观至少有三个方面的区别①。一是故事世界由单个文本呈现，并非某个作家的所有作品，因此每个故事有其自身的故事世界（跨媒介故事例外，因为世界的表征分布于不同媒介的不同文本内）。二是故事世界需要叙事内容，因此这一概念在抒情诗中的应用性受到质疑。三是故事世界不能称为某个作家的世界。因为在小说中，作者处于真实世界，故事世界是虚构世界。如果故事世界应该是某人的世界的话，那也应该是人物的世界。为区分虚构小说和纪实文学中故事世界建构的差异，莱恩将符号分为物质实物（能指）、意义（所指）以及所指对象。故事文本为物质实物，故事世界就是意义，在纪实文学中，真实世界就是所指对象。由于许多故事将真实世界作为所指对象，因此会有各种不相兼容的现实版本，接受者需要自己决定故事是否真实。但在虚构作品中，故事创造自己的世界，正常情况下，构成进入故事世界的唯一模式，没有外部所指对象，叙事虚构小说的读者（观众、玩家等）则别无选择只能建构一个正确文本的世界图像。

莱恩（2014b：34-37）接下来阐述了"故事世界"的具体内容，包括以下六种成分。

第一，存在物，故事中的人物和实物对情节而言具有特殊的意义。在纪实文学中，存在物属于故事世界，但在虚构小说的故事世界中，问题则更为棘手，存在两种对立的立场。激进的"文本主义"立场主张能指的首要位置，认为一些媒介创造故事世界，只包含由表征媒介真实呈现或提到的实体与特征。由于媒介只能呈现某一世界被选中的层面，因此故事世界从根本上讲成为不完整的实体；而认知与现象学立场强调故事世界的想象体验性。在虚构小说中，这一体验融合了客观知识与虚

① Ryan, Marie-Laure. Story/Worlds/Media: Tuning the Instruments of a Media-Conscious Narratology [A]. Ryan, Marie-Laure & J. -N. Thon. *Storyworlds Across Media* [C]. Lincoln: U of Nebraska P, 2014b: 25-49.

构知识，浸入某一故事世界的用户清楚故事世界由媒介创造，但假装相信故事世界的真实性。用户需要依照现实世界的模式想象虚构故事世界，从真实世界引入知识来充实不完整的描述。

第二，场景表示存在物所处的空间。尽管绝大多数故事在特有的场所内发生，但在一些罕见的例子中，场景完全没有确定。如福斯特提出的最小故事"国王去世了，然后女王由于悲伤过度也去世了"中并没有让读者想象某个场景。但因为国王和女王有物理身体，我们会推想事件发生的世界有空间延伸。

第三，物理法则是指决定何种事件能否在给定故事中发生的原则。这些法则很大程度上依赖于文类。例如，动物在童话故事中会说话，人物在怪诞故事中会变成动物，科幻小说中有时间旅行。在现实主义叙事中，物理法则直接取自接受者的生活体验。

第四，社会规则与价值是指决定人物责任的原则。这一成分尽管有选择性，但由于社会规则可能会被僭越，这一成分成为冲突的来源，成为叙事性的重要来源。例如，个人愿望与自己归属的群体原则之间可能不兼容，或者人物属于有冲突价值的不同群体，因而被迫在不同的价值中间做出选择。如果我们将情节定义为打破界限的话，那么规定界限的法则使情节成为可能。

第五，事件构成了叙事时间框架内引起状态变化的原因。这一叙事架构的时间范畴有狭义和广义之分。

狭义的时间范畴包括构成故事核心的事件或由叙事媒介直接表现的事件。在电影、戏剧以及游戏中，这一成分由屏幕或舞台展现的行动构成，在纯文字叙事中，由于只有一种符号媒介，这两种时间框架更难区分。

广义的时间范畴是指构成事件的、先于故事开始时间的"背景故事"和在故事结尾之后的后续故事。如在伍尔夫的《达洛维夫人》中，小说在一天时间内发生，但提到了许多在这一天之前的事件。后续故事的使用更为罕见，当第一人称叙述者从现在的视角审视过去时会出现这一情况，强调过去的自我和现在的自我的区别：叙述者的过去属于狭义框架，叙述者现在的情景属于广义的框架。

第六，思维事件是指人物对感知的或真实事件状态的回应。物理事件如果不与思维事件联系在一起，就无法正确理解。在行动中，这些思维事件成为行为者的动机，在行动和偶发事件如地震中，思维事件成为受到影响的人物的情感反应。倘若思维事件与物理事件一样都成为故事的一部分，那么故事世界实际上变成了由"文本真实世界"构成的叙事宇宙，周边环绕着人物的无数私密世界：信仰世界、愿望世界、恐惧世界、目标世界、计划世界、责任世界等。

莱恩（2019：63）将上述六种成分融入故事世界概念，将"故事世界"定义为包含空间、时间和个体化的存在物①，上述内容由于事件的原因经历各种变化。莱恩指出思考世界的两种方式：作为实体的容器具有某种存在的物理模式，作为实体之间的关系网。故事世界观对存在物、事件和变化的坚持与叙事性的基本条件联系在一起。这与赫尔曼对"故事世界"的界定观点一致。后者认为故事世界就是整体思维呈现，能使阐释者对情景、人物、发生的事情的推测架构在一起。抽象的观点若想成为故事世界的构成成分，需要与思维事件的内容或故事世界内人物的交流内容一致。

莱恩（2019：64）的"故事世界"概念与文本和叙事有一种松散的联系，表现为三个方面：叙事文本可能呈现几个本体各异的世界，描

---

① Ryan, Marie-Laure. From Possible Worlds to Storyworlds: On the Worldness of Narrative Representation [A]. Bell, Alice and, Marie-Laure Ryan *Possible Worlds Theory and Contemporary Narratology* [C]. Lincoln: University of Nebraska Press, 2019: 62-87.

述同一情景的多重矛盾结局；文本可能呈现一个一体的世界，却包含不同的故事，如电影《通天塔》由几个发生在不同地方的故事构成，但由相同的物体联系在一起；好几个文本共同建构统一故事世界，这在跨虚构叙事作品中较为常见。

在对比可能世界与故事世界的关系基础上，莱恩指出了故事世界的三个属性：距离、大小和完整性（2019：65-74）。"距离"假设某个参照点。真实世界与故事世界之间的距离可以根据"本体原则"来衡量。这一原则具体明确故事世界内或某一种故事世界内能找到什么、不能找到什么。故事世界的"大小"表明给予描述的世界的信息量。例如，跨媒介系列小说一般有一个大的故事世界；一部三百页的独立小说有一个中型故事世界；短篇故事、笑话或微型小说文本则有一个小的故事世界。故事世界本体完整性问题一直是一个最有争议的问题。"完整性"是真实世界以及可能世界的一个特征。

莱恩的跨媒介故事世界建构的前提是将叙事视为世界建构的认知框架。这一故事世界具体包括空间、时间、逻辑思维以及形式、语用四个构成成分，并且以文学叙事作为原型。我们应该正确处理原型叙事的普适性与跨媒介叙事的多样性之间的关系。也就是说，叙事空间在不同媒介中应该有不同的表现形式。这些叙事媒介主要包括小说、电影、戏剧、电视、视频游戏、漫画等。

在专著《跨媒介叙事理论与当代媒介文化》一书中，尽管承认跨媒介故事世界不尽相同，索恩（2016：46）依旧将"故事世界"描述为一个跨媒介概念。在讨论这一概念时，索恩关注两个特性：故事世界的叙事表征以及故事世界本身不一定完整；但接受者可以利用自身的世界知识"弥合差距"，推测只是隐含呈现的故事世界层面。索恩据此提出故事世界不仅包含存在素、事件和人物，也包括上述诸成分之间的空间关系、时间关系以及因果关系，这对将各种由局部呈现的情形理解为某个更大的整体故事世界至关重要。

故事空间的建构在具体的叙事媒介中具有特殊性。例如，希斯（Heath）尝试为理解电影故事世界提供一种描述性的理论框架。希斯（1976：75，83）指出，叙事空间在电影中表现为框架空间。叙事意义决定了框架空间的进程与欣赏，决定了电影提示的积累，从而有助于界定框架内的空间。但叙事流动性会随着视角的不断更新使电影视域的清晰度变得模糊不清。剧院则通过戏剧性的叙事以及赋予演员和观众一种互动空间，创造了一种浸入式的故事世界。电视连续剧可以邀请观众参与一种特有形式的与虚构世界的互动。数字电视的故事世界将人们浸入故事流，创造出虚拟的群体，彼此之间以一种自然的、受述的方式相互交流，获取多媒介资源。数字电视的故事世界建构过程可以用如下公式表示：叙事=虚构空间+浸入+互动性+群体。按照上述公式内各成分的参与程度，鲁格马尔（Lugmayr，2004：162 ff）等学者认为，数字电视媒介的叙事发展可分为以下四种类型。

第一种类型为线性叙事。在这一类型内，观众或客户可以有较低程度的互动。也就是说，客户不能改变故事流，但可以换频道。

第二种类型为分叉叙事。在这一类型内，故事流上有不同的决策点，客户在这些多样的决策点上可进行直接或间接的选择，如在真人电视节目上可以选择为自己心仪的选手投票。

第三种类型为不确定叙事。在这一类型内，观众或客户可更直接地参与故事流，客户控制行动和故事展现的世界。也就是说，客户可以控制电脑游戏。电脑游戏与电视播放内容融合，客户被置于一种三维电脑环境的舞台之中。

第四种类型为进化叙事。这一种形式为交互叙事空间的最高级形式。这一类型包括一个可以创造自己的故事、决定叙事的进程和结局的群体。如由电脑调节的三维电视节目，客户可通过代表自己的虚拟演员参与并创建故事流，与舞台上的真实事件互动。

赫尔曼（2010：78-90）在一篇《文字—意象/话语—手势》的文章中探讨了多模态叙事①（漫画、绘图小说中文字与图像的结合以及面对面对话叙事中话语和手势的结合）故事世界的建构过程，区分了单模态和多模态两种叙事表征形式，进而区分了故事世界之间的两种关系：外照应与内照应。外照应关系是指故事讲述者利用文本指示词来暗示当下交流语境的特征；内照应关系是指故事讲述者提示其对话者从此时此地转移至叙事中早先讲述的情景和事件的时空坐标内。

单模态叙事包括两类。第一类是指由单一符号渠道（如纸质文本）组成的叙事表征的文本层面，该层面定位于构成故事世界的某一指涉世界内。例如，虚构叙事可以用书面语言引出一个非真实的指涉世界，也就是阐释者需要对此做出本体以及指示转移的故事世界。第二类单模态叙事是指利用单一符号渠道引出不止一个指涉世界。为此，建构故事世界的思维模式需要将这些不同的指涉世界投射至一个融合的观念空间中。第二类单模态叙事又可细分为两种情况：一种情况为语内单模态叙事，其中没有任何指涉世界与叙述本身产生的场景一致（如虚构文本引出的人物的私密思维世界）；另外一种情况为语外单模态叙事，其中一个引出的指涉世界与叙述过程的呈现场景重叠（如故事讲述者可当场指向某一景观特征来帮助在空间内定位自己回忆起的故事）。

多模态叙事也分为两类。第一类是指由多重符号渠道引出单一指涉世界。例如，漫画和绘图小说中利用文字和图像的交互作用来表达故事

---

① Herman, David. Word-Image/Utterance-Gesture Case Studies in Multimodal Storytelling [A]. Ruth Page. *New Perspectives on Narrative and Multimodality* [C]. New York/Abingdon: Routledge, 2010: 78-98.

世界的当下状态。第二类是指多重符号渠道引出不止一个指涉世界。同理，这一类又可细分为两类：一种情况为语内多重指涉世界的多模态表征。例如，电影可利用先前事件框架内的声音来表示某个人物的内在思维空间，这正好与人物的记忆相对应；与此同时，电影又可以利用图像来表示同一故事世界的当下状态。另外一种情况为语外多重世界的多模态表征。例如，故事讲述者在现场讲述时可将话语和手势两种符号渠道融合，引出不止一个指涉世界。其中。有一个指涉世界与当下正在进行的叙述过程的场景重叠。这样，故事讲述者可以利用指示手势来确定当下环境的基准，这又为建构故事世界的思维模式提供了暗示。同理，文本指示词可以确定此时此地的参照点，而叙事中包含的其他话语可提示对话者做出指示转移，转入非在场的故事世界内。换言之，受述的情景、实体以及事件可以理解为在时空坐标上与当前互动对话的此时此地不一致，故事讲述者可以利用语言和手势来实现不同坐标体系之间的换位与叠加。

赫尔曼具体研究故事讲述者如何使用手势指示或方位点以及其他手势将更抽象的、几何上可描述的空间勾勒为人类可以居住与体验的地方。在约翰·哈维兰（John Haviland）提出的"手势空间"概念的基础上，赫尔曼（2010：90）将手势指示或方位点拓展为四类。

第一，基点指示词是指当下互动的此时此地成分，也就是指向互动者此时此地能感知到的实体或场所。

第二，延展指示词是指互动者未能感知到的实体或场所，但通过探索，可在当下的环境氛围中发现。

第三，故事世界指示词是指故事世界或受述事件展现的时空成分，也就是指向受述世界中的实体或场所。

第四，元叙事指示词是指在叙述过程中用来表明或澄清受述物体、事件或参与者的身份与地位的指示点。

上述不同指示词之间的换位与叠加绘制了面对面对话叙事中故事世界建构的动态图景。其中，换位是指故事讲述过程中手势空间之间的转移；叠加则是指借用手势指示或方位点将一种手势空间投射至另外一种手势空间，形成了不同手势空间的叠加或融合。

通过上述分析，赫尔曼探讨了多重符号渠道建构多模态故事世界的叙事能动性与受限性，同时为阐明叙事、空间和地方的关系提供了认知规则。但赫尔曼对指示手势的分类只是用于非文本媒介的语境中。因此，未来研究还需进一步探究上述分类能否用到，或者说，在多大程度上可以用到文学叙事作品的分析之中去。

第三节　跨媒介叙事空间的作用与效果

跨媒介叙事空间主要关注空间的故事层面或故事世界层面。故事世界的跨媒介性已经得到学界的普遍认可。若想在跨媒介叙事理论中占有一席之地，故事世界还需要具有理论应用性，能够为叙事带来新视角或者更好地发现单个媒介中蕴含的叙事资源。莱恩提出"故事世界"应用的四个方面（2014b：37-43）。

一是"故事世界"是区分两种叙事成分的基础：故事内成分和故事外成分。前者存在于故事世界内，后者字面上不是故事世界的组成部分但在故事世界的呈现过程中起到关键作用。媒介之间的区分不仅能关注故事内成分的某些种类，而且可以关注故事外成分的类型。不同媒介具有不同的故事外叙事资源。例如，希腊戏剧为我们提供了很好的故事外成分。演员及其台词属于故事世界，当呈现某个理想化的观众时，合唱团可从一个完全的外部视角进行评论，当成为保持距离的观察者时，合唱团可从一个边缘视角进行评论。处于边缘视角的合唱团属于广义的故事世界框架，人物属于狭义的故事世界框架。电脑游戏需要玩家不断地在故事世界内外运动，而电脑游戏屏幕上为玩家提供选择的功能选项以及显示玩家过关级别的数据都属于故事外成分。

二是"故事世界"的内外区分也可用于多模态文本的各种符合渠道。如在有插图的文本中，故事内声音与故事外声音存在明显区别。我们还可以区分一些由多模态产生的叙事和由语言产生的叙事，前者将图像和文本用作不同但同等重要的进入故事世界的模式，后者将插画用作某种类文本/副文本。当然，多模态文本通过引入与文本内容关联不大的图片，或引入源自另外一个不同世界的图片，使读者迫切需要解决图像与文本的关系问题。

三是"故事世界"概念可用来区分单一故事世界文本和多重故事世界文本。经典叙事为单一故事世界，这主要围绕某一个特有的真实世界展开；多重世界文本会呈现某一基本情景的多重版本，在真实世界与反事实世界之间的多种版本内并没有对立。基于语言的媒介和视觉媒介的区分对于这一思维建构过程影响极大。

许多后现代主义文本都具有多维故事世界。同一故事世界可在不同的文本中展现，这在当今较为流行的媒介融合或跨媒介故事讲述现象中较为普遍。《哈利·波特》《指环王》以及《星球大战》系列的故事世界既可以在电影中展开，也可以在小说中展开。跨媒介体系中的诸多成分既可以通过在忠实于初始版本的基础上拓展其故事世界，也可以通过转移、修改来改编初始故事世界内容，创造出不同逻辑的、与想象相关的故事世界。莱恩的"跨虚构性"概念涵盖了上述三种关系。莱恩以德勒兹对"后现代主义重写"的区分为基础，提出三种类型的跨虚构关系："转移"保留了原型世界的主要故事和设计，但其时空场景发生了变化；"拓展"通过补充、建构前传或后传等形式延展了原型世界的范围；"修正"建构了完全不同于原型世界的版本，重新设计了故事结构与故事内容。莱恩将德勒兹的"取代"改为"修正"，因为"取代"表明将人物转入不同的环境，而这一行为已涵盖在"转移"概念内。跨媒介叙事理论的一个重要任务在于描述跨媒介体系中不同世界之间的关系，为判断跨媒介体系何时表征相同或相异世界提供标准。

四是"故事世界"的思维建构如何受某一媒介所用的符号类型的影响。由于语言吸引大脑，不直接作用于感官，基于语言的叙事需要大量的弥合任务。相反，视觉媒介渗透到各个感官器官，因此留给大脑想象的便少之又少。

"故事世界"概念还可以为浸入提供周围的环境。这一概念证实"跨虚构性"的合理性，也就是说，故事世界不仅独立于文本之外，而且具有拓展性。对文本主义流派而言，叙事理论中引入"故事世界"概念可视为一种范式转移。这一概念在同一核心故事的跨媒介改编中发挥至关重要的作用。叙事应具有可改编性特征，这样才能使跨媒介故事世界在不同媒介中的延展成为可能。特科特（Turcotte，2021：143）指出，这一特征界定了故事世界，成为故事世界的内在有机构成，这一特征成为决定某一文本能否成为经典的关键成分①。

故事世界概念表明叙事理论内部的一个转向：从经典叙事学最为严格的形式主义方法转向一种现象学方法，反映了叙事理论由结构形式向阐释过程的转移，关注对读者、观众或玩家要求的想象行为。故事世界概念表明文学体验，无论是不是叙事，从根本上讲都是一种身体体验。按照同样的

---

① Turcotte, Katie. Establishing Canon through Transmedial Narrative Strategies from Television to Comics [A]. Reginald Wiebe. *Polyptych：Adaptations，Television and Comics* [C]. Delaware：Vernon Press, 2021：135-152.

推理，电影体验就是流动图像的变化，漫画体验就是在一幅幅图像与语言融为一体的单页画面内的翻页体验。电脑游戏体验就是体验通过控制某些遥控来产生电脑屏上显示的信息的变化。詹姆斯（2015：xi）将叙事理解过程需要的故事世界建构视为一种环境体验，读者渐进体验不同于自身所在的时空意义。

读者用身体去体验故事世界的建构过程，这就是要浸入故事世界。我们建构叙事空间的认知模式就是要浸入世界。以赫尔曼为代表的认知叙事理论学家一直关注不同媒介的读者、参与者以及观众如何利用不同媒介文本的线索来建构由故事世界引出的多重世界的思维表征。马克尔·卡拉希罗（Marco Caracciolo）以叙事语境中的空间指涉可利用思维意象来产生一种叙事空间的模仿为前提，探讨了读者的虚拟身体可以想象地投入文本的虚构世界。由于虚拟进入真实世界与虚拟进入虚构世界的结构相似性，读者对叙事空间的重构可通过读者理解真实空间的认知策略来完成。借助日常生活的体验参数，读者可将故事自动定位于故事世界内。随着凝视、观察以及异地之间的运动等视觉化过程，读者不断地重新定位自我。读者通过对故事世界的认知绘图，不仅可以进入叙事具体的场景和方位，也可以进入更加抽象的心理动机和主题内容层面。

读者可以融入文本内的场景，与场景建立一种亲密关系，也会感觉到一种空间疏离感和迷失感，这一点在后现代主义作品中较为明显。凯瑟琳·艾莫特（Emmott，1997）指出，科幻小说、后现代主义叙事等文类对读者基于现实世界参数的叙事浸入提出了挑战，因为后现代主义空间与具体的场所没有亲密的联系，空间处于不断的运动之中。空间成为盲目的导航，镜像的画廊，自我变幻的迷宫，平行及镶嵌的宇宙，非连贯式的无限膨胀。

复杂的电视叙事利用各种媒介文本内外的技巧，也会产生一种潜在的让人方位全无的叙事。这些复杂的电视叙事看上去变为叙事谜团，旨在让人迷失，同时要求读者对与时间、地方和人物相关的文本内外线索不断地进行重新定位。

跨媒介故事世界还可以与非自然故事世界融合在一起。通过媒介与文类的杂糅，形成一些学者所称的怪诞的跨媒介故事世界。哈维（2015）在其著作《怪诞的跨媒介：跨越怪诞故事世界与科幻小说的叙事、游戏与记忆》一书就探讨了上述两种不同故事世界之间的杂糅。

第四节　跨媒介叙事空间研究的问题与不足

前文简要回顾了"跨媒介故事世界"的内容、表现形式与功能。但跨媒介叙事空间研究要想进一步深入，需要解决三个方面的问题与不足。

第一，跨媒介叙事空间研究需要廓清与叙事空间密切相关的两个核心术语"故事世界"与"叙事世界"之间的关系。

赫尔曼将"故事世界"的建构过程与叙事理解结合起来，认为"故事世界"是由叙事文本或者话语引出的世界，是对所述的事件以及情景的一种整体思维模式。这一"故事世界"具体指文本中人物对他人以及与他人一起在什么时间、什么地方，以什么原因以及什么方式做了什么，读者需要在文本世界里重新定位或者做出指示转移，才能理解叙事。"故事世界"就是为了丰满经典叙事学对故事的"扁平"阐释，为了更好地抓住了叙事阐释的系统演化过程。从这个意义上讲，"故事世界"就是对经典叙事学中故事概念的认知拓展。跨媒介叙事理论家索恩（2015）则赋予故事世界"主体间性"，将其理解为"不同主体之间交流的建构物"。每一个虚构世界都是一种交流符号产物，通过基于文本的"主体间性"思维表征的建构而形成。与莱恩对故事世界的阐释相似，索恩也认为这些世界不仅由存在物、事件以及人物构成，也包含这些成分之间的时间、空间以及因果关系。这对于将多种局部表征的情景理解为整体故事世界的一部分至关重要。整体故事世界有时还可能包含几个本体上没有关联的次世界。古美尔（2014）在认同故事世界本体性的基础上，指出最重要的是要区分故事世界以及获取故事世界相关信息的方式。这些方式包括赫尔曼所称的叙事世界建构的核心成分，如声音、情节、视角、描述以及比喻性的语言等。

"叙事世界"是一个多义概念。叙事学家倾向于将"叙事世界"与"故事世界"混淆。莱恩将叙事世界等同于故事世界，将其定义为"由读者根据自己的文化知识和真实世界体验而构想的完整的故事空间，而且具有连贯性、统一性和本体完整性特点"。阿伯特认为，无论是故事世界，还是叙事世界，二者都没有摒弃故事。尽管二者都重视读者在建构叙事空间过程中的积极、主动作用，我们在术语的选择上应该更加谨慎。"故事世界"侧重叙事媒介的故事层面，侧重故事空间的本体性，同时关注故事各个成分在文本层面的语言学表征；而"叙事世界"的内容范畴要大于"故事世界"，包括人称、视角、叙事技巧等话语空间的内容。

第二，跨媒介叙事空间研究对"故事世界"的本体理解存在误区。

索恩（2015）指出，叙事学界对"故事世界"本体地位的理解存在混淆。我们不能将"想象的场景"与"场景的想象"混淆，与场景的叙事表征混淆。正因为如此，我们有必要区分故事世界本身、故事世界的外在媒介表征以及故事世界内在思维表征。空间的表征与媒介物呈现地方的方式有关。以小说为例，戴维斯（Davis，2014）在《抵抗小说：意识形态与虚构》一书中指出，小说中的地方可虚、可实、可重新命名。如我们假定巴尔扎克（Balzac）小说中的"巴黎"就是指现实中的巴黎。乔治·艾略特（George Eliot）的"米德尔马奇"则为虚构地方，因为读者可以推测这是艾略特自创的地方，可能代表特有时代的地方类型。司各特·菲茨杰拉德（Scott Fitzgerald）小说中的"西蛋、东蛋"则为重新命名的地方。空间表征方式还与文类相关。伊恩·沃特（Ian Watt，1957）在《小说的兴起》一书中强调空间的细节化，认为小说的情节必须由特有场景中的特有人物来表现，这与现实主义空间表征的逼真性一致，表明在如何感知与描述空间方面达成的"文化共识"。在现代主义和后现代主义小说中，空间的表征模式包括同步、并置、全景、拼图以及时空的混淆等文学实验形式，同时，还在文本的物理空间表现方面大做文章。空间表征的相关研究表明思维地图如何形成主观曲解，描述的不是空间本身，而是空间内的物体或节点。索恩（2015）指出跨媒介空间表征主要有两种形式：主观表征和叙述表征。前者可直接进入人物的意识，后者属于某些叙述者。

第三，跨媒介叙事空间主要侧重叙事的故事层面，忽略了叙事的话语层面。

由于受媒介局限性的影响，跨媒介叙事空间较少论及叙事话语层面。但在文字叙事尤其是文学叙事中，已有学者专门论述空间与叙事技巧、叙事文体之间的关系。大卫·詹姆斯考察了当代英语小说空间表征的革新以及与英国历史传统的关系。詹姆斯强调地方在当代英国小说中的重要性，描述了空间与地方的不同感知方式，深入探究了当代小说中新出现的形式与主题，指出当代小说家的写作实践表明文学形式的空间化与这些小说家描述的物质世界融为一体。詹姆斯关注英国当代小说在描述物理空间、考察记忆、空间以及地形之间相互关联时采用的文体与形式的革新方法。通过讨论景观与叙事结构之间的关系，不仅分析了英国 20 世纪小说的空间诗学，还将这一空间诗学与空间政治学不可避免地联系起来（2008：165）。

古美尔（2014）在其著作《叙事空间和时间：表征文学中的不可能类型》中旨在研究不可能空间的叙事技巧以及文化诗学或者说提供一种不可能空间叙事表征的文化诗学，提出了建构故事世界的六种叙事策略：叠加、摇曳、内嵌、裂洞、塌陷以及在摇曳基础上拓展出来的侧移。上述分类以过程为基础，旨在说明在文本类型建构过程中时间与空间的融合。

我们可以借鉴虚构小说中话语空间建构的相关技巧与策略来丰富和拓展跨媒介叙事中的话语空间建构方式，前提是需要将虚构小说中的话语空间建构方式系统化、理论化。

第五节　跨媒介叙事空间研究的未来发展趋势

跨媒介叙事空间可视为对经典叙事空间的跨媒介、跨文类以及跨模态应用和阐释。因此，跨媒介叙事空间可用于电影、戏剧、电视、电脑游戏、漫画等多重媒介、超链接小说、电子邮件小说等多重文类以及文字、图画、图像、声音等多重模态。莱恩和索恩（2014：1）指出，当下的跨媒介叙事空间研究不仅出现了融合多重符号类型的多模态故事世界的呈现、虚拟在线故事世界，等待玩家用各自不同的故事去充实，还出现了贯穿多个部分的连续的故事世界，同时还有在多重媒介平台展开的跨媒介故事世界，这样就造成了一种创造者和粉丝可以不断拓展、修改甚至反讽的媒介景观。我们说到建构跨媒介故事世界的多平台性时，媒介融合确实离不开技术，这样媒介对文化的影响就进入一个新阶段。但需要看清楚的是，跨媒介融合始终围绕叙事与故事展开。跨媒介故事世界的创造者、观众、玩家都成为建构互动故事世界中的合作者。

从本体层面来看，跨媒介叙事空间为研究跨媒介性的文本层和媒介层提供基础。文本层的探讨离不开故事世界以及文本空间。这一概念包含"空间的文本化"和"文本的空间延展"两层含义。莱恩（2014c）指出叙事空间的五个层面：空间框架、场景、故事空间、叙事（故事）世界以及叙事宇宙①。这五个层面构成了读者阐释文本空间的静态视角，而且每个层面的内容会随着文本的时间推进而发生变化。莱恩将"空间信息的动态呈现"称为"空间的文本化"。为修正查特曼的话语空间，莱恩提出了文本的"空间延展"概念来表示作为物质实体的文本空间性以及与读者、观看者以及使用者互动的维度性。媒介空间隐含了文本及其在非文本媒介中的变化形式，主要包括媒介对不同媒介之间转化过程和意义生成的影响。这一转化表明存在某一文本的多个版本，这些版本在文化的历时变化中成为建构文本整体意义的路径。文本空间与媒介空间组成的交流时空构成文化空间。这一空间包含了不同符号体系（从文本到视频）、话语行为（如广告、评论、科学分析以及教学法评论等）以及媒介空间。

跨媒介叙事空间与认知叙事空间最容易出现交叉融合。一方面，因为赫尔曼提出的"故事世界"的空间化成为多数跨媒介故事讲述形式的特征。"故事世界"强调叙事媒介的世界建构能力，为叙事媒介的诸多潜文本提供一种连贯性，同时有利于识别部分与整体的关系。因此，"故事世界"成为跨媒介统一体内诸多潜文本的空间常量。另一方面，

---

① Ryan, Marie-Laure. Space [A]. Peter Hühn, Jan Christoph Meister, John Pier, Wolf Schmid. *Handbook of Narratology* (2nd edition) [C]. Berlin/Boston: Walter de Gruyter, 2014c: 796-811.

赫尔曼（2010：95）认为认知叙事分析从本质上讲也具有跨学科性与跨媒介性。故事世界的世界建构能力还可以让读者想象地重新定位于一种焕然一新、通常又很陌生的世界与体验中，成为一种有效的非自然叙事媒介的阐释策略。

后现代主义叙事学家则认为"故事世界"成为跨媒介叙事空间纯洁性、清晰性、一致性以及普遍性的标志，并对此提出挑战。因为多重视角和流动性成为后现代主义空间的两大主要特征。后现代叙事空间没有定点，长期处于运动状态。空间即运动。

跨媒介叙事空间研究在解决好上述三个方面的问题与不足的基础上，其未来发展方向主要体现在以下四个方面。

第一，跨媒介叙事空间研究可以继续扩宽跨媒介叙事空间的本体起源与重构。跨媒介叙事空间研究有助于产生新的分析类别，也可以提高故事讲述与互文本网络的学术理论水平。

第二，跨媒介叙事空间研究应该以文学叙事中叙事空间的话语表征为参照。同时，可以借鉴修辞叙事理论的视角，尝试将跨媒介叙事空间的故事层面与话语层面有机结合起来。

第三，跨媒介叙事空间研究应主要追求整体的大叙事世界的建构。未来还应该对隐含于大叙事中的诸多潜文本之间的世界建构方式进行比对分析。

第四，跨媒介叙事空间研究主要集中于"空间的文本化"过程，未来研究还可以深入研究不同媒介"文本空间化"的过程以及意义生成之间的关系。

当前，电子叙事空间研究已经开始进入学者的研究视野。由庞迪（2021）主编的《电子叙事空间》一书探讨了电子文学以及其他电子书写形式中故事与空间的关系问题。这为跨媒介叙事空间研究提供了一个新的发展方向。

　　既然我们承认叙事存在于各种类型的媒介形式与文类中，那么这些叙事形式与文类自然在当代媒介生态中也发挥着重要作用。由此我们可以判断叙事理论的跨学科研究也可以进一步深入探讨和拓展使媒介研究共同受益的潜在领域，为分析"媒介叙事性"和"叙事媒介性"提供理论模式。跨媒介叙事理论工程不能只关注单一具体叙事媒介的优劣，还应该关注叙事结构、叙事策略的跨媒介维度。在进行叙事理论的跨学科研究时，我们要清醒一点：不同的学科领域有其自身特有的观念传统。这是我们应该认真对待的一个重要问题，要将一个领域内的理论和方法论工具移植到另外一个领域，我们就需要关注这些不同领域内共有的核心概念，关注不同领域在核心概念理解上的异同。

第七章

后经典叙事空间研究的发展前沿

当下，后经典叙事理论视野中的叙事空间研究不应只局限于认知、女性、修辞、非自然以及跨媒介五个领域。第一个方面，后殖民叙事理论因为其特有的研究语料（后殖民叙事）和研究主题（如与后殖民研究相关的身份、他者性、族裔等）在后经典叙事理论中也应该占有一席之地。但笔者发现对后殖民叙事理论的论述还比较零散，对于这一理论还缺乏较为系统、全面的阐释，更不用说讨论后殖民叙事空间了。第二个方面，随着跨学科、跨领域研究方法的兴起，叙事空间研究应该与文学地理学研究领域展开深度对话，互相取长补短，共同促进。第三个方面，叙事理论与地理学交叉融合，出现了地理叙事理论的专题系列研究。第四个方面，当代西方叙事理论发展至今，已经开始出现了"生态叙事"转向和"非人类叙事"转向的新局面与新形势。上述四个方面成为本章将要探讨的内容。

第一节　后殖民叙事理论与后殖民空间

　　叙事理论家纽宁（2009）曾指出，后经典叙事理论的多元化发展①使叙事研究再次充满朝气与活力。从 20 世纪 60 年代以后，后结构主义、女性主义、新历史主义以及后殖民批评都将语境纳入其研究范围从而拓展了经典叙事学。后经典叙事理论的发展速度之快、产出之多简直让人"目不暇接"（2009：53）。其中一个重要的发展动力在于拓展考察叙事的范畴和特点，如将后殖民文学纳入叙事研究。与此同时，叙事理论也吸引了众多后殖民研究批评家的兴趣。实际上，叙事学家一致关注后殖民文本，少数族裔研究批评家和后殖民理论家有时会运用来自叙事学的理论工具。这就出现了文学批评中相对较新的一种方法：后殖民叙事理论。沃尔什（Walsh）、尼尔森等知名叙事学家在《叙事理论与意识形态：协商后殖民叙事中的语境、形式和理论》（2018）一书中组织业内学者集中探讨了后殖民叙事与叙事理论的互动关系。三位编者一致认为后殖民叙事需要分析其形式、文体、技巧、策略。没有这些分析，仅仅依照具体语境而展开的主题分析不够准确甚或说是错误的。该书包含一些有关叙事学概念的文章（如叙述者、作者、聚焦以及虚构性），能够为后殖民研究提供卓有成效的启发。从这个意义上说，后殖民叙事理论旨在为叙事提供一种技术性分析，这对于研究后殖民身份、种族、少数族裔、性别、民族等主题大有裨益。鉴于此，作为后经典叙

---

①　Nünning, Ansgar. Surveying Contextualist and Cultural Narratologies: Towards an Outline of Approaches, Concepts and Potentials [A]. Sandra Heinen & Roy Sommer. *Narratology in the Age of Cross-Disciplinary Narrative Research* [C]. Berlin & New York: Walter de Gruyter, 2009: 48-70.

事理论的一个分支，我们需要关注后殖民叙事理论发展的脉络。

　　与本书中讨论的后经典叙事理论的其他分支相比，后殖民叙事理论研究刚刚处于起步阶段。这一理论有两个更大且相互关联的目标：一是深入分析后殖民写作中运用的叙事技巧，二是改进叙事学分析工具。一方面有大量的研究（如上文提到的《叙事理论与意识形态》一书）对后殖民文学进行叙事学视角的解读，利用叙事学类别如聚焦、声音来考察叙事形式与诸如杂糅和权力关系这样的意识形态与政治问题二者之间的关系。另外，这些研究强调形式与功能之间没有一一对应的关系，叙事技巧和意识形态或政治批判二者之间具有动态多义关系。诚如弗鲁德尼克（2012：905）指出的那样，没有确定无疑的后殖民叙事技巧，也没有具体的叙事学特征引出后殖民阅读[①]。鉴于后殖民文化和文学的异质性以及语境、形式和内容之间的动态关系，追求一种统一的后殖民诗学显得徒劳而且自以为是。

　　从研究内容和研究对象层面看，弗鲁德尼克（2000：87）将后殖民叙事理论称为"主题叙事学"。佐默（2012：152-153）将后殖民叙事理论置于"基于语料的方法"中，这就与诸如女性主义叙事理论、修辞性叙事理论这些"以过程为旨向的方法"区分开来。批评家鲍尔（Ball，2003：2）认为，后殖民研究的一个重要对象就是后殖民叙事。因为这些叙事旨在挑战殖民帝国的等级对立，确立新的话语中心、新的主体地位、新的自由和权力的中心。这也是后殖民叙事理论关注的主要对象，但应该注意后殖民叙事理论研究对象不完全只限于后殖民叙事文本。

　　为提出一种特有的政治叙事形式，后殖民叙事理论绝大多数情况下

---

① Fludernik, Monika. The Narrative Forms ofPostcolonial Fiction ［A］. Ato Quayson. *The Cambridge History of Postcolonial Literature* ［C］, Cambridge：Cambridge University Press，2012：903-937.

探究叙事文本中由后殖民理论推向文学和文化批评中心的问题，如身份建构、他者性和杂糅。普林斯（2005）在其倡导的后殖民叙事理论建构过程中，提出后殖民叙事研究类别主要包括迁移、碎片化、多元化和权力关系。后殖民叙事理论将这些主题与叙事学和后经典叙事理论中的形式结合在一起，成为"意识形态批评"的有力佐证。根据伊莱亚斯（Elias，2010：281）的理解，"意识形态批评"考察主体既接受又抵制由霸权社会权力建构的生活世界和自我的界定①，尤为关注叙事的力量。作为一种"批判"叙事学，后殖民叙事理论主要是一种叙事学批评形式，"揭示文本以及生产文本的社会条件背后所隐藏的政治沉默"。

弗鲁德尼克（1999：72）指出，叙事学分析工具可以为后殖民写作中的身份和他异性提供更加完善的阐释。我们在努力承担社会责任时，不断讲述各种故事来定义自我，在这一过程中，我们也界定他人。身份与他者性，不仅由个人建构，而且由群体和文化建构，这是两个看似不同实则相关的概念。更重要的是，身份和他者性总是临时产物，处于不断变化的建构过程之中，这不仅会导致自我的分裂，还会带来各种各样的叙事资源来完成（自我）叙述这一持久任务。依照（后）殖民情景中的权力斗争语境，这些看法显然更有分量，因此在试图将身份和他异性概念融入叙事理论时值得考虑。

弗鲁德尼克进一步提出身份和他异性在形式上可以通过下列方式呈现：叙述者的描述性评论和评价性评论，叙述者所处的社会、历史、文化场所，场景的选择与组合，人物群之间的关系，话语呈现模式以及聚焦模式。同时，弗鲁德尼克清醒地认识到经典叙事学分类的局限性无法抓住后殖民文本中出现的含混的生存形式。这一矛盾正好是后殖民叙事

---

① Elias, Amy. Ideology and Critique [A]. David Herman, Brian McHale, and James Phelan. *Teaching Narrative Theory* [C]. New York: Modern Language Association, 2010: 281-294

理论的优势所在。采用叙事学框架的后殖民解读对上述叙事策略并不感兴趣，而是对这些策略的功能感兴趣，旨在描述选择具体的叙事技巧如何帮助传递潜在的东方主义或父权结构，描述叙事如何通过选择视角、情节结构或使用自由间接话语有时会抵制、破坏或解构上述结构。

后殖民理论突出叙事"他者化"，用这一概念来反映帝国权力和知识如何影响本土居民的殖民情景。吉姆尼西（Gymnith，2002：62）认为，后殖民叙事理论的核心目标是探究叙事结构与后殖民研究核心概念之间的关系①，展示身份和他异性概念或者诸如族裔、种族、阶级和性别等类别如何在叙事文本中建构、保留或颠覆。比尔克和诺伊曼（Birk & Neumann，2002：123-124）也持有相似看法②，认为后殖民叙事理论的任务就是要描述能帮助建构他者的原型表征的叙事策略，并且分析这些表征的作用。除个体身份之外，后殖民叙事理论从一开始还侧重"民族身份"这一后殖民主义核心思想。

既然后殖民杂糅性可以很好地替代西方身份建构的二元对立，找出哪些叙事类别更能有效地考察这一颠覆性糅合的叙事再现成为当务之急。吉姆尼西（2002：68）在这一方面做出了不少贡献。吉姆尼西关注语言学和叙事学的关系，发现后殖民小说和流散小说中的一些现象适合运用叙事学分析。吉姆尼西侧重分析叙述者和人物的语言关系，分析将（未翻译的）外语素材融入文学文本的策略，分析赋予不同类型语言的相对地位，分析分别作为译者或文化中介人以及作为语言和文化信息的接受者的作用。

---

① Gymnich, Marion. Linguistics and Narratology: The Relevance of Linguistic Criteria to Post-colonial Narratology [A]. M. Gymnich et al. *Literature and Linguistics: Approaches, Models, and Applications* [C]. Trier: WVT, 2002: 61-76.

② Birk, Hanne & Birgit Neumann. Go–between: Postkoloniale Erzähltheorie [A]. A. Nünning & V. Nünning. *Neue Ansätze in der Erzähltheorie* [C]. Trier: WVT, 2002: 115-152.

　　吉姆尼西（2002：69）接着区分了六种原型情景：一是异故事叙述者使用标准英语，一个或多个人物使用其他语言；二是异故事叙述者使用标准英语，一个或多个人物使用非标准英语；三是异故事叙述者以及一个或多个人物使用非标准语言；四是同故事叙述者使用标准语言，一个或多个人物使用其他语言；五是同故事叙述者使用标准英语，一个或多个人物使用非标准英语；六是同故事叙述者和一个或多个人物使用非标准英语。

　　以弗鲁德尼克和吉姆尼西为代表的叙事学家努力建构的后殖民叙事理论属于后经典学派或语境为旨趣的学派的构成部分，两位学者更关心的是架起叙事理论和后殖民文学研究之间的桥梁，而非从后殖民视角重新审视叙事学，更关心如何利用叙事学的阐释潜能来更好地理解族裔性或后殖民性如何在虚构叙事中再现。通过检测理论，未来后殖民叙事理论需要发现一些盲区，区分不够精细，在一些叙事学分类方面不够精确。读者建构、受述者的族裔性以及预期读者概念都是完善后殖民叙事理论的努力目标。理论创新这一层面是经典叙事学家的兴趣所在。这样普林斯对后殖民叙事理论的贡献明显不同于语境叙事理论的提法也就不足为奇。

　　普林斯（2005：372-379）认为，后殖民叙事理论就是要使用叙事学分类对后殖民叙事进行文本分析①，旨在阐明后殖民叙事呈现和建构出来的意识形态的特征与作用方式。因此，后殖民叙事理论对与后殖民相关的问题感兴趣，这些问题包括杂糅、迁移、他者性、碎片化、多元化以及权力关系。叙事学类别包括视角、倒叙、氛围、叙述者的殖民身份等。我们需要进一步探究上述叙事学类别如何影响并渗透后殖民叙事

---

① Prince, Gerald. On a Postcolonial Narratology [A]. James Phelan and Peter J. Rabinowitz. *A Companion to Narrative Theory* [C]. Oxford：Blackwell，2005：371-382.

的"杂糅"和"迁移"概念。这些后殖民叙事可以检测叙事学类别及其区分的效度与力度。普林斯的结论是,作为一种叙事理论,后殖民叙事理论不同于后殖民叙事批评。前者描述和表达的是与叙事相关的类别和特征,旨在阐释叙事结构和生成意义的方式;后者则运用这些类别和特征来具体描述某些特有叙事的结构与意义。后殖民叙事理论不仅可以用来评价(重新评价)诸多文本,还可以用作某种修辞,暗示迄今为止从未探究的叙事形式。

考虑到视角在后殖民语境中的重要意义,研究同一文本中不同视角之间的互动关系同样可能会让我们更详细地描述视角中的(不)稳定性。这也是普林斯提出的一种可能性。普林斯(2005:373)倡议如果"戴上一套后殖民眼镜来看叙事的话,会影响还可能完善经典叙事学和后经典叙事理论"。

普林斯(2005:374)的后殖民叙事理论并非离不开后殖民文本语料,而是旨在融合并强化后殖民问题对叙事形式的潜在影响。叙事学不仅关注所有叙事的共性,而且关注使叙事作为叙事彼此之间的区别,提出后殖民问题无疑能拓展叙事理论。

普林斯(2005:378)提出后殖民叙事理论在叙述层面一个更大的目标可能是叙述者的整体叙事情景,这在该理论中尤其值得格外关注。因为后殖民实体及其语境的状况、表达和性质具有杂糅、矛盾、张力、裂隙和变化诸多特征,在受述层面则可以寻找带有后殖民标记的主题和主要关注对象,如新事物、旧事物、怀旧和希望、亦真亦假的开端和结尾或记忆、失忆和回忆等。

佐默(2007:69)在评价后殖民叙事理论研究时认为,从方法论上讲,该研究不是一种"自下而上"的分析后殖民叙事语料库内的文本作品,旨在对最根本的叙事研究做出系统的贡献,而是更好地理解后殖民小说中重复出现的特征。叙事理论学家强调后殖民叙事理论的双重目标：为分析后殖民小说的形式结构提供新见解并检验抑或完善这些叙事类别。普林斯（2005：379）明确指出，后殖民叙事理论应依照后殖民相近性重新审视叙述层面的每一个类别，如果需要，还要加以修改以适应这些相近性要求或暗示的叙述结构和布局。遗憾的是，这一建议迄今为止尚未实现。尽管普林斯呼吁审视叙事学的伪普世性，其方法也存在问题，忽略了文学作品的具体文化语境。我们需要将叙事理论和语境更好地结合起来，关注具体作品的文化特性，这样既能在理论层面完善叙事理论概念，还能关注我们对作品的理解。

后殖民叙事理论因其主题和语料在后经典叙事理论中占有一席之地，这也暗示了该理论的一个核心问题：缺乏特有的方法、概念和理论。究其原因，基姆（2012：237）指出两个主要原因①。第一个原因是"西方白人理论家讲的是通用的、分析性声音，而少数族裔文本只是单个实例；叙事理论是语言，而少数族裔文本只是言语。后殖民和族裔研究的多学科的、意识形态和历史解读变成文本外的、具体的解读，而叙事理论具有超验性、普适性和非历史性"。如果理论一直被视为霸权符号，那么后殖民叙事理论至少在术语准确性和模式精准性层面将会永远处于展望期。如果能克服对理论的抵制，后殖民理论的关注点会对叙事理论有较大的影响，甚至达到将其"去殖民化"的效果。第二个原因在于后殖民研究依赖的语境范畴太过多样化而无法提出一种核心的方法。

值得一提的是，在国内，也有学者开始关注后殖民叙事理论的建构。如王丽亚（2014：96）认为"后殖民叙事学"目前尚未形成具有

---

① Kim, Sue J. Introduction: Decolonizing Narrative Theory [J]. *Journal of Narrative Theory*, 2012, 42 (3): 233-247.

体系的"学派"。但是，这种将形式研究与文化政治批评相结合的路径对于后殖民文学研究具有启发意义。一方面，它注重后殖民文学作品与传统经典及其叙事成规之间的差异性，使关于后殖民文学的研究立足于文学范畴的"文学性"（叙事性）及其历史变化，避免后殖民批评理论对文学文本研究的抑制作用；另一方面，借用后殖民批评理论对"语言"及其"差异"的理论认识，后殖民叙事理论能够深入探究叙事形式差异与文化历史之间的互文关系。王传顺（2015：115）指出，在多元文化语境下，后殖民叙事巧妙地把后殖民理论融入进来，把多元文化与后殖民文本结合起来，运用其独特的叙事策略，对文本以及其他媒介中存在的殖民、移民、帝国与殖民残留意识等现象进行了阐释性思考，为文本的文化研究提供一条了可行性途径。

在了解后殖民叙事理论的基本情况之后，我们需要简单勾勒后殖民叙事理论视野下的叙事空间研究现状。普林斯（2005：375）指出，从后殖民视角来（重新）考虑叙事特征或类别能对叙事进行句法、语义和语用三个不同层面的叙事学阐释。

在受述对象层面，例如，叙事学家应考虑空间是否清楚地提及和描述，空间是否凸显，空间是固定不变还是不断变化，空间是依赖感知者的角度，还是不依赖感知者的角度，空间是根据其位置描述还是根据其构成成分描述。叙事学家进一步思考穿越这一空间的路径及其指向，空间分裂成碎片的方式，不同的裂片与其指示中心的邻近性或距离及其重要性，占据这些裂片的实体以及赋予这些裂片生机的事件。仅就由殖民主义产生或者与殖民主义相关的边界、交叉点、中转、离散、边缘化、甲板和货舱、田野和丛林而言，叙事学家可能尤其关注这些空间场所的多元主题，偏爱各种混合与矛盾，侧重各种空间内部或之间的各种缝隙、裂痕和裂口，关注框架或界限的性质，聚焦围绕这些语义轴的空间排列究竟是自然的还是人工的，熟悉的还是陌生的，独立的还是非独立的，有秩序的还是无秩序的，等等。

关于普林斯对后殖民空间的可能性描述，我们需要提醒两点。一是无论从经典叙事学视角还是从后经典叙事理论视角来看，对任何叙事类别的讨论，都离不开叙事的本质。如普林斯假设某个实体要构成叙事，可理解为呈现某种（或多种并非随意关联和并非矛盾的）事物状态的变化，呈现一种（或多种）事件，这一事件从逻辑上讲不以事物状态的变化为前提，或者从逻辑上讲不会引起事物状态的变化。二是从受述层面来看，尽管有时间、人物、事件等重要的叙事类别可以用后殖民透镜审视，但空间显然摆在了最为突出的位置。

"空间隐喻"几乎贯穿于对上述叙事类别的描述中。例如，在总结后殖民叙事理论视角下的事件时，普林斯指出为了与后殖民旨向保持一致，后殖民叙事理论可能会特别考虑一个序列内部出现的断裂、不确定性和矛盾性，关注两个序列之间的矛盾，关注不同序列之间对传统常规的破坏、混杂和迁移。比如，打破框架，本体界限的侵入，不同领域之间的交汇与转移，或者"怪圈"（strange loops），特定序列借此可以嵌入它本身被嵌入的序列。后殖民叙事理论还有助于聚焦呈现的会面、交往和互动，聚焦描述的各种冲突和对峙，涉及的对手，部署的军力以及各种联盟与协议，聚焦描述的交流、谈判、对话和交换。这为我们探究后殖民叙事中的描述策略也会有一定的启发意义。鉴于空间在话语层面的忽略和研究不足，我们不妨仔细研读普林斯如何用后殖民视角来描述在叙述层面的种种可能性，以便为拓展后殖民叙事理论视角下的话语空间建构提供借鉴。

在叙述层面，普林斯（2005：377-378）认为后殖民叙事理论需要重新建构叙述手段和叙述路径，提供用来关照这些路径的不同视角。因此，遵循女性主义叙事理论在性、性别和性取向等类别的研究范式，后殖民叙事理论视角可以把叙述者的后殖民身份作为一个变量，与侵入、自我意识或知识置于同等重要的位置，这一视角可以根据上述身份在文本内的具体呈现以及与其他变量之间的联系为叙事文本分类。这一视角还应注意叙述者语言的特点，这样就可以指明文本内哪些表述是言表的，哪些表述是没有言表的；哪些表述与受述者和人物的表述方式相同，哪些表述与受述者和人物的表述方式不同；哪些语言是殖民表述，哪些语言是被殖民表述，哪些语言是殖民表述与被殖民表述的融合；等等。此外，我们还可以集中探讨这一语言是否叙述者的本土语言，这一语言是否包含地方主义、方言、新词、不标准的或错误的表达方式；在何种程度上、在哪种情况下涉及语码转换，从不同的语言编码使用新词或新短语；这些词语是否被（间接地）翻译过来还是没有翻译。尽管这一部分是用后殖民视角审视经典叙事学中的叙述者概念，但隐藏于其后的一个重要空间线索应该是关注叙述者语言的各种呈现方式及其功能。

叙述语言问题以及叙述语言确立和表达的中介类型（压制的、道歉的、犹豫的）问题与表达的话语类型问题相关，与话语类型如何强化或弱化哪种中介的方式相关。后殖民叙事理论可以集中探讨直接话语。人物的言语和思维借此可以摆脱任何叙述者的介绍、中介或高人一等态势。这一直接话语出自群体或集体而非单个个体，出自某个"我们"而非某个"我"。显然，在其他话语类型中也可以获取相似类型的多元性。例如，在电影中很容易把画外音的讲话与同时说话的不同人物的讲话融合起来。

除了奇怪地打破框架的叙述者，转述性地僭越叙事界限和稳定性，或使用奇怪的代词和人称叙述之外，可能会有"反人称的"叙述。这种叙述背离模仿论，利用不稳定的、矛盾的或异质的叙述声音使人难以辨识用了哪种叙述人称。此外，还可能有"无人称"叙述，其中的主角"人"是缺场的，而非不确定或不明确。例如，用现在分词写成的叙述（或完全脱离动词形式的叙述），没有任何人称标识。

我们接下来探讨后殖民理论中的"后殖民空间"概念，进而理解后殖民叙事空间的内涵。

在希亚特（Hiatt, 2005: 48）看来，殖民地的确立需要殖民者和被殖民者思维超出家庭空间，需要思考空间表征行为①。"殖民地"这一概念由距离建构：与帝国中心或起点的空间距离，与前殖民过去的时间距离。"去殖民化"需要在空间建构和意义层面理解与重写历史。因此，"后殖民空间"这一观点包含若干矛盾的冲动念头。一方面，表达改变——收回并重新构想殖民空间，通过修订希望记住殖民之前的空间。与此同时，需要正视继承的专横，不可能否认殖民空间的遗产、边界、建筑以及空间架构模式会一直延续下去。

厄普斯通（Upstone, 2009）在其著作《后殖民小说中的空间政治》一书中探究了后殖民叙事中的空间表征时提出了"后空间"概念。这一概念体现了后殖民叙事及其空间想象的特征，这些后殖民小说的空间政治旨在抵制殖民秩序试图创建"已画好的、界定好的场所与'自然'属地"的企图。后殖民文学明显揭示殖民空间的内在混乱和无序，应该将其看成能动的破坏稳定性行为，这就是后殖民文学的"后空间"。厄普斯通（2009: 24）为我们描述了一系列更为动态的、政治化的场所，一场政治和文学风暴，破坏帝国结构的中心及其后殖民遗产。后殖民作家的使命不是接受绝对空间成为事实，而是揭示某种过度书写的混

---

① Hiatt, Alfred. Mapping the Ends of Empire [A]. Alfred. Ananya Jahanara Kabir; Deanne Williams *Postcolonial Approaches to the European Middle Ages: Translating Cultures* [C]. Cambridge: Cambridge UP, 2005: 48-76.

乱，包括三个过程：承认殖民空间，拒绝殖民空间，重现建构殖民空间（2009：146）。厄普斯通的"后殖民空间观"特有之处在于这一概念并不是后现代主义的庆祝，而是明显具有政治性。例如，在描述后殖民空间内的旅行效果时，厄普斯通指出这一后殖民空间提供了另外一种旅行可能性：不是后现代自由游戏或殖民重复，而是对这些极端形式的质询。

第二节　文学地理学与叙事理论的跨学科交叉

麦克米伦出版社推出的由美国学者塔利主编的"地理批评和空间文学研究"系列丛书总主编在为丛书写的前言中认为这一新的系列丛书聚焦空间、地方和文学之间的动态关系。人文和社会科学领域内的"空间转向"近年来引起了创新、多学科学术研究的爆炸。一般看来，地理批评在空间导向的文学研究中成为最有前景的发展方向。无论聚焦文学地理学、绘图学、地理诗学或者是更宽泛的空间人文学科，地理批评方法使读者能够在想象的宇宙中以及小说和现实融合的地带反思空间与地方的表征。利用多元化的批评和理论传统，这一系列丛书揭示、分析并且探究文学中以及世界中空间、地方和绘图的重要性。"文学地理学"如何与叙事学相互交叉影响将成为本节拟将讨论的话题。

莫莱蒂（1998：3）指出，文学地理学可以指明文学中的空间研究，或者空间中的文学研究。对莫莱蒂而言，"文学地理学"研究方法就是要发现文本中合适的文本特征，如场景，首先收集数据，其次对数据进行绘图成形，最后使用绘制的地图来形成对文学史的新看法。"文学地理学"可能或同时给我们讲述两件事情：什么可能出现在小说中以及什么真正出现在小说中。前者是可能性，后者是事实。换句话说，"文学地理学"就是要研究文本与文本所处的和书写的物理空间与文化空间之间的相互关系，强调被排除在外的内容。

文学地理学，为空间对于文本的重要性提供了丰富而且令人信服的阐释。如塔利（2013：42）抓住了文学文本在空间建构过程中的反复作用。塔利认为"呈现某个世界"这一短语完全适合描述文学的作用。作为一种理解世界的方式，文学选好生活数据，并将其按照这样或那样的计划组织起来，这样就能帮助读者理解并且为自己的一部分世界指引方向。塔利的"文学地理学"观点认为读者与文本世界建构之间存在一种双向动态关系。这也是塔利在其专著《空间性》的第三章中阐释的一个重要概念。塔利将作者比喻为地图绘制者，尤其从读者和批评家的视角泛泛讨论了空间与文学关系问题。塔利（2013：80）具体考察了文学批评和文学史如何具有并转变为文学地理学的方式。诚然，"文学地理学"暗含了一种阅读形式，将注意力转向考虑文本的空间与空间性，同时意味着关注不断变化的空间或地理形成过程，这些过程影响文学和文化的生产。这就需要审视文学如何表达社会空间在不同时间内不断变化的结构，同时审视文本用何种方式呈现或绘制空间与地方。

当然，我们还应注意与文学地理学密切相关的另外一个术语——"文学绘图学"。就二者之间的内在联系，皮亚蒂（Piatti，2016：88-89）给我们了很好的说明①：文学地理学关注文学作品的地理学分析。作为 19 世纪末 20 世纪初的产物，文学地理学的具体做法源于鉴赏虚构作品如何与可知地方确立密切关系。这一关系的效果取决于作品在协商其所处的物质世界与其创造的虚构世界之间的关系过程中采用的参照框

---

① Piatti, Barbara. Mapping Fiction: The Theories, Tools and Potentials of Literary Cartography [A]. David Cooper, Christopher Donaldson and Patricia Murrieta-Flores. *Literary Mapping in the Digital Age* [C]. London & New York: Routledge, 2016: 88-101.

架。有些作品与真实场所关系密不可分，另外一些作品在真实与虚构场所之间自由漂流。不管是哪种情况，文学地理学的目标都要探究文学作品如何协商与外部世界空间的关系，考虑这一协商过程如何影响那些作品的阅读和接受方式。另一方面，文学绘图学，具体绘制文学作品，最好可以理解为文学地理学的一个子领域。无论是在绘制单部作品及其空间成分，还是在绘制数部作品及其属性，文学绘图学一般依赖抽象的符号和量化方法将包含在文学作品中的空间信息呈一幅地理空间透明图。文学地理学与文学绘图学因此可以按照一种分层的方式联系在一起，前者是一个研究领域，后者则为该领域一种重要的阐释实践。

撒克（Thacker，2005：60）认为，从地理学角度思考文学和文化文本需要在物质场所中理解文本，这些场所能够而且应该从历史的角度审视，还应知道多样化空间如何能够反映、产生并且抵制权力形式。这就解释了撒克提出的"批判文学地理学"：强调与轻松绘制文学文本中呈现的景观的距离，就空间与权力的关系提出更复杂的问题，以及空间与地理如何影响形式与文体。撒克提议文学研究者应该避开绘图隐喻，转而支持一种对真实地图的批判性关系以此强调对文本空间性具有一种更具唯物主义的理解方式。

霍内斯（2017：4065-4070）在为15卷本的《地理国际百科全书》写的词条《文学地理学》一文中对文学地理学的历时发展、主要内容与发展方向等给予了清晰明了的介绍①。霍内斯指出，因为紧跟人文地理学领域内研究趋势的变化，直到近来才可能以某种直接的方式讲述作为人文地理学的一个子领域文学地理学的历史。例如，随着人文地理学越发强调地方的主观体验，早期使用描述性的文学篇章作为区域地理的

---

① Hones, Sheila. Literary Geography [A]. Noel Castree, Michael F. Goodchild, Audrey Kobayashi. *International Encyclopedia of Geography* [C]. Chichester：Wiley‐Blackwell，2017：4065-4071.

数据，这一做法现已改变并且变得更加复杂。这一转变反过来又面临更为激进和批判的方法的挑战；然后在文化转向的影响下，文学地理学越发受到文学和文化史的明显影响。

在 1994 年之前，文学地理学主要关注描述和表征问题；接下来的十年又开始关注叙事及其叙事在地方和空间的文学生产中的作用。空间不再是一套外部坐标，而是更加具有不稳定性，这一思维转换不仅拉大了文学地理学与叙事学在文学空间层面的距离，而且拉近了文学地理学与讨论互文概念的文本主义理论家的关系。二者的融合为文学地理学领域引入文学空间成为互文关系网络的观点。文学地理学研究呈现出三个聚焦方向：一是继续研究描述、表征与叙事，二是文学绘图学领域内出现一些强劲做法，三是关注写作和阅读实践的不同形式。第三个侧重引出对灵感、创造性和社会地理的研究兴趣，对作者—文本—读者相互关系以及读者接受的历史地理的研究兴趣。文学文本本身可理解为某种空间或地理事件，出现于不同行为者（包括作者、编辑、出版商以及读者）之间的互动之中，这也成为一个新出现的研究脉络。我们接下来讨论文学地理学和叙事理论在叙事空间层面的交叉可能性。

霍内斯在其论文《文学地理学：场景与叙事空间》以及专著《文学地理学：〈转吧，这伟大的世界〉中的叙事空间》一书中（2011：685–686；2014：71ff）指出，直到最近，文学地理学和叙事理论都能从容器框架和对真实场所的虚构化的空间表征层面理解空间，都能将空间理解为容器，把场景看成情节发展的背景。空间即场景，场景即作者展现情节的虚构化的环境，主人公在这一环境的衬托下得以描述。文学地理学的意义在于考察虚构场景中表达出来的作者的地方感。因此，借用莫莱蒂（1998：3）的话说，"文学中的空间"常常意指巴尔扎克版的巴黎，非洲的殖民浪漫史，奥斯丁对英国的重新描绘。

霍内斯指出，近来叙事理论和文学地理学正在拓展兴趣侧重点，不再把空间看成只是简单的框架场景，而是包含更广范畴的叙事空间，这一拓展至少部分原因是受空间的容器观定义的局限性启发。由于很难将描述与正发生的事情以及谁在做区分开来，叙事理论学家开始更多关注叙事中的空间，承认传统的"静态描述"与"动态事件"的对立看法确实存在问题，开始恢复巴赫金的"时空体"概念的活力。考虑到可能世界理论以及空间体验对我们理解的重要性，叙事理论逐渐开始更多关注叙事的空间维度。霍内斯（2011：686）指出，文学地理学领域也看到了空间容器观的局限性，转向更复杂的鉴赏文本与空间、小说与场所密不可分、共同受益的不同方式。但霍内斯注意到叙事理论和文学地理学两个领域之间在技术词汇和概念层面的跨学科合作或者分享相对缺乏。也许叙事理论学家一直没有注意到在地理学和空间理论内正在出现的对空间和地方的重新定义。相反，文学地理学家相对容易使用叙事理论提出的分析工具、术语和策略。霍恩斯通过综述叙事理论在哪些领域可以为小说的地理学分析增强力度，进而巩固和强化跨学科文学地理学研究。

霍内斯（2008，2010）指出，在融合叙事理论与文学地理学时一个学科差异在于空间理论努力将空间表述为过程，具有流动性和不稳定性，而多数叙事理论持续提出更为精细的类型、层次分类和界定。尽管空间的叙事学阐释能够为文学地理学家提供分析机会，但叙事学界倾向于认为空间具有稳定性和固定性。因此，文学地理学家可能会认为叙事空间具有不确定维度，由虚构行为和互动产生，源自故事内部事件、叙事技巧和文本—读者动力。但多数叙事理论坚持认为叙事空间就是故事内部人物活动或居住的虚构环境（Buchholz and Jahn 2005：554）。这里霍内斯说的主要是经典叙事学及其认知叙事理论对叙事空间的看法，后现代叙事理论对空间的理解与霍内斯的叙事空间观具有一定的相似性。通过描述莱恩对叙事空间的五层划分，霍内斯（2011：687）指出这种层次等级的划分对一些地理学家而言存在问题，然而这种对技术细节的关注会对叙事如何产生空间提供具体有用的表述。如可以支持分析不同类型叙述者如何生产并操控空间层面，分析历史作者及其相关的作者人物之间的距离，分析不同的想象和预期读者的互动。熟悉一些专业的叙事策略如"故事内叙述者""分层转述"将会更为精确地讨论叙事效果，这当然是形成小说地理过程中的与空间相关的成分。这里的隐含意义是文学地理学如果能够掌握叙事理论的术语将会收益颇丰。矛盾的是，与叙事空间分类相关的讨论对于跨学科文学地理学影响不大。

　　同样地，叙事理论如果接触更多的扎根于地理理论的空间研究也会受益匪浅。这一范畴的拓展需要从根本上重新再思考对空间和地方的基本理解。例如，梅赛（2005）将空间定义为"共存的同步性维度"；哈维（2006）将绝对距离、相对距离以及关系距离加以区分；思里夫特（Thrift，2006）认为空间具有流动性，空间界限具有不可避免的可渗透性，不同空间维度分散共存。如果能在叙事空间理论与上述地理空间理论之间架起沟通的桥梁，将会大大拓展叙事空间研究的视野。

　　在文学地理学的跨学科语境下，将叙事理论的精确与空间研究的理论延展想象地融合有明显的可能性，不仅能更加详细地分析故事内虚构空间如何以具体的叙事技巧为基础，还可以考虑将叙事文本理解为出现的空间事件，考虑更为详细的阐释这些事件如何在作者—读者的互动过程中反复发生。这种类型的叙事地理学暗含于叙事理论学家弗莱德曼的"空间化"阅读策略中，旨在将"文本与语境、作者与读者"以一种流动的、相关联的方式联系起来。作为一门独立的领域，叙事理论的特点就是对分类感兴趣，仔细关注技术细节和技术词汇的精确流畅。空间理论特点则是努力思考超出不以为然的类别、层次和术语。这两个领域看似不兼容，但冲突点也正好就是真正跨学科合作的潜在点。

通过三部小说的跨学科文学地理学分析，霍内斯（2011：697）得出结论，叙事空间包含的内容远不止描述性篇章以及场景。思考空间、地方以及文本意义的生产的新方法需要改变传统的场景观，需要更多关注在文本表达叙事地理过程中呈的不确定性和多样性，更多关注虚构场景在作者、叙述声音和读者相互作用时出现的过程。只有将场景和叙事空间理解为文本—读者互相作用的可变结果，包括多重叙述声音和读者，文学地理学的实践才会更加具有跨学科性，才能考虑并且与空间理论和叙事文学研究的理论发展合作共事。

第三节　叙事理论和地理学的跨学科融合

在后经典叙事理论迅猛发展的语境下，叙事空间研究需要借鉴跨学科视角才能更好地拓展其研究视野。其中一个重要的方式就是近来叙事理论中出现的"地理学转向"。这在某种意义上也论及叙事形式的"不可能性"问题：我们如何解决文本空间与世界空间之间的明显越界行为？叙事学界已经出现至少"双重轨道"来探讨这一问题。叙事学家莱恩（2016）在与另外两位地理学家联合出版的专著《叙述空间，空间化叙事：叙事理论与地理学的融合》中提出一个理解在空间内延展的故事的框架。另外，普林斯（2016：1494；2018a；2018b）认为开发"地理叙事学"的潜能需要一种范式转移：将研究从"叙事中的空间"转向《空间内的叙事》。普林斯在为《布鲁姆斯伯里文学和文化理论手册》所写的题为《叙事与叙事学》的一章里也曾提到一些应该得到发展的叙事学形式。例如，"地理叙事学"应专门探究地理与叙事形式或叙事特征的关系问题，这是普林斯指出未来应该得到发展的第一个叙事理论，但普林斯只是一笔带过，并没有展开对"地理叙事学"的展望，这将是本节主要讨论的问题。其实，"地理叙事学"在莱恩等学者的著作中已经提到，并且成为该书中最核心的两大任务之一。鉴于此，我们有必要梳理《叙述空间，空间化叙事：叙事理论与地理学的融合》一书的主要观点。

在该书的开篇介绍部分，以莱恩为首的三位作者以经典叙事学的空间观即空间传统上充当情节的背景为出发点，提出空间的其他六个作用：作为关注点、承载象征意义、情感投入的对象、策略计划手段、组织原则甚至成为支撑媒介。同时，区分了空间与叙事互相作用的两种方式：一方面，空间叙述做法将地理空间作为呈现对象；另一方面，将叙事空间化的做法用空间来讲述故事。叙事学家最能胜任应对第一个问题，地理学家通过关注第二个问题为叙事学做出重要的贡献。通过提出上述两个问题，在叙事学和地理学之间架起了一座桥梁。这本书的意义在于既能深化人类空间体验的理解，又能对叙事理论和形式有更深的见解。这种互动联系具有双向性：从地理学转向叙事学沿袭了 20 世纪晚期西方文化中的"空间转向"思想。这一转向认可社会与文化的物质维度，尤其认可空间与地方在理论和方法中的重要性。从叙事学转向地理学是因为 20 世纪 80 年代伊始的"叙事转向"拓展研究范畴的结果。

在上述两种做法中，空间承担了叙事的作用，也就是说，空间不仅是某个空间或者说某个地方，而是一个观察者能够浸入的完整世界。这种浸入的方式需要两种认知框架，当然也是组织空间体验的两个空间隐喻：容器与网状结构。前者描述了叙事中不同空间层之间的等级关系：从微观的空间框架和场景到宏观的故事世界和叙事宇宙。网状结构隐喻则存在于概念层面，反映了人物真实或想象的运动。将叙事网络点联系起来的运动不仅有物理运动，也包括思维运动；人物对某个地方的"思考"可使这个地方成为故事的重要组成部分，哪怕人物身体上无法到达这个地方。因此，即使没有真实的运动也可能会有情节。

第二章至第五章讨论书中"叙述空间"这一主题，关注对于拓展叙事理论中的"空间转向"至关重要的话题，即更为全面的分析叙事内空间的作用。第六章至第八章讨论书中"空间化叙事"部分，关注一些叙事如何通过布局在实物以及场所的铭文将空间用作媒介。尽管叙事学和地理学可以相得益彰，但也要注意三个方面：一是并非所有讨论某一叙事文本中的空间层面的成果都能看作叙事学成果；二是并非所有的文本都是叙事，也不是说叙事与话语同义；三是并非所有的关于叙事中空间的作用或主题的话语就代表地理学与叙事学的融合。承认叙事学和地理学不同的视角和兴趣，三位作者旨在展示彼此关注点的互补性，互相学习。

通过追溯从叙事学到地理学再回到叙事学的轨迹，三位作者旨在建构一种更全面的空间、地方、地理和叙事的理论。在这一理论中，空间和叙事不是在某个单一点上交叉，而是围绕四个多少有些互相关联的问题融合：一是叙事空间，也就是人物居住和移动的物理环境，这一环境可想象为某个故事世界，分别从文本视角和象征/功能视角来讨论；二是空间作为语境，偶尔作为文本的所指对象；三是文本自身占的空间；四是文本的空间形式。这里的空间形式不具有隐喻意义，多数情况下是指叙事在物理空间内不可移动的物质支撑的特有布局。三位作者在经典叙事空间概念的基础上拓展了空间的属性特征，认为空间意指"人物居住和行动的环境或场景的某些关键特征：场所、位置安排、距离、方向、定位以及运动"（2016：7）。空间与空间内的实物是叙事中相对容易忽视的内容。其中一个原因是可作为空间现象的范围太广，既可以包括叙事中描述的单一实物，也可以指故事发生的宇宙秩序。尽管对这一空间概念的讨论对读者的理解很有帮助，但要注意这一空间只与人物和情节相关，也就是说这里的叙事空间观是以人为宇宙中心的，其实还应该考虑不以人为中心的物空间，这将是我们下一节要讨论的话题。空间的重要性有两个层面的意义：一是相对意义，人物彼此之间在特有场景中的位置；二是绝对意义，真实世界内或故事世界内真实的位置、距离和方向。任何既定叙事内，空间还可能有暗指、比喻和内涵意义。

莱恩等指出地方是指环境和场景受人类行为与居住影响的成形方式，也就是使空间特别的性质。地方和地方性（sense of place）概念之间关系密切，后者是指人们在特有场所和环境内形成或体验的情感联系与依附，有不同等级之分，从微观层的家到街坊、城市、国家或民族。写作与叙事通常对人们的地方性有重要的影响，地方性也是作家借以表达自己或作家的人物对地方的依恋。还有一些情况，地方性用来描述特有地区身份的特性。从这个角度来看，地方性与"地方精神"或风气（genius loci）相关。

空间、地方和地方性在地理学家的著作中占据核心地位，但与叙事理论的联系并非地理学研究的一个侧重点。如前所述，学界对文学地理学的兴趣一直都有，同样对电影地理和媒介地理也一直兴趣盎然。但关注的问题与该书讨论的问题不同。因为该书讨论的是"叙事地理学"（narrative geography），其目的在于强调之前没有全面研究的叙事理论和地理学的重叠区域。这也是该书第二部分第六章至第八章的重要内容。"叙事地理学"就是要走出纸质页面、视频屏幕以及电子媒介世界转而聚焦在城市、历史遗址以及日常环境包括博物馆空间之间，故事如何用路标指示以及装饰。

上述方法也是该书的一大关键创新。这一方法表明叙事理论可以为如何利用不同技巧讲述空间和地方内的故事提供见解。这些空间和地方并非叙事学研究的传统聚焦点。因此，该书既关注叙事学如何对地理学的理论建构（叙事地理学）做出贡献，也关注新颖的故事讲述场所可以拓宽叙事理论的范畴。建构"叙事地理学"也是本书第九章一个重要的组成部分。

另外一个核心工程是建构"地理叙事学"。三位作者区分了三种值得进一步关注的研究空间、地方和叙事的方法。第一种是与地理没有依赖关系的地理诗学方法，关注叙事学与地理学交叉融合的四个层面的任何问题，故事世界或叙事空间、语境和指示空间、文本所占的空间以及空间形式。如故事世界很多领域还没有探究或探究不够。其中一个相对忽略的领域就是与情节功能相关的方法，叙事内空间的设计策略。另外，认知绘图的研究处于早期发展阶段。第二种是地理批评，研究虚构世界如何与人文地理世界交叉，因为后者关注地球如何滋养人类文化，行为如何受环境物理属性的影响，人类行为如何影响环境以及人们如何体验和架构空间与地方。地理批评的一个典例就是研究故事或故事语料如何赋予物理空间象征意义。第三种是文学绘图学（叙事绘图学）。地理学不仅用其有关地图的批判话语启发了文学理论，而且为绘制故事世界提供了具体的工具。

总体而言，该书将空间提升为叙事理论的关键词，将叙事提升为地理学的关键词。这一双向任务通过两种不同的方式完成。第一，空间与叙事的交叉点不止一个，而是有多重视角的；第二，叙事是一种超越学科和媒介的意义类型。在每种方式中，三位作者旨在表明叙事理论的一般概念如何帮助架构和阐明研究的现象，表明叙事学和地理学可从更根本的层面上彼此受益。叙事学可以从地理学中受益因为叙事性的本质可以描述为给想象力带来一个具体的世界，一个由活跃其中的人物栖息的、不断演化的世界，人物彼此之间以及这一世界均有感情联系。地理学不仅为叙事学提供了空间和地方概念，而且提供了描述故事世界的工具（地图以及数据的其他视觉呈现方式），并对这些工具进行了批判性考察（批判绘图学），提供了在真实世界内定位故事的系统（GPS），提供了大量有关人们如何体验空间和地方的成果。地理学需要叙事和叙事学，因为地理学如果想在情感维度、存在维度和现象学维度抓住空间，最丰富的数据来源就是人们创造的与空间和地方有关的故事。

前文提到开发"地理叙事学"的潜能需要一种范式转移：将研究从"叙事中的空间"（space in narrative）转向"空间内的叙事"（narrative in space）。莱恩与另外两位地理学家的合著中确实体现了这一范式的转移。但建构"地理叙事学"的目标只是处于起步阶段，依然需要学界的共同推动和努力。为此，普林斯为《叙事研究前言》第四卷第二期专门组织了一个"地理叙事学"的专题，对"地理叙事学"进行了多样化的阐释，普林斯为该期写了前言，另外有 13 篇论文从不同视角想象、阐释和提出"地理叙事学"的种种可能性。普利斯展望"地理叙事学"的未来发展时，还提到其他可能性，如包括研究地理区域或成分与特有的叙事类别或特征之间的关系（可变的或多重内聚焦、第一人称复数或第二人称单数叙述、浸入式叙述者或非浸入式叙述者、故事外受述者或故事内受述者）。总之，"地理叙事学"对未来进一步探究持开放态度。

第四节　非人类空间：生态叙事和非人类叙事视角

空间一直以来在叙事理论研究中都是一个备受冷落的区域，当下对空间的研究兴趣与日俱增，例如讨论叙事与非人类关系的生态叙事学延续了对叙事空间兴趣的热度。詹姆斯（2015）在其专著《故事世界协议：生态叙事学与后殖民叙事》一书中提出"生态叙事学"概念。"生态叙事学"离不开其研究对象"生态叙事"，在海斯（Heise，2005：130）看来，这一"生态叙事"主要包括与环境叙事相关的文类如"自然写作"，还有一些叙事"实验"，旨在通过动物叙述者的视角弱化以人为中心的叙述①。

　　詹姆斯在该书"前言"中明确指出其核心前提取自认知叙事理论，将阅读看作浸入或迁移，将"故事世界"定义为一种人物建构叙事内的语境和环境的思维模式。生态批评对文学和物理环境之间的关系感兴趣，而叙事理论聚焦文学结构和作者创作叙事的手法。把生态批评与叙事理论结合起来就形成了"生态叙事学"。作为一种阅读模式的"生态叙事学"研究读者在阅读叙事时模仿并将他们转移至读者所处的"故事世界"，研究这些文本层想象的世界与物理层文本外世界的交互作用，研究阅读过程可能提升对不同环境想象和体验的意识与理解。该书主要关注叙事理解需要的故事世界的建构和栖息方式，这一建构和栖息过程本身是一种环境体验过程，读者可以慢慢体验一个不同于自己即刻的阅读环境的感受。詹姆斯通过生态和叙事学阅读策略来分析后殖民叙事，旨在强调文本不和谐的时刻，讨论叙事及其世界建构能力的潜能，增强读者对不同环境想象的理解。

　　通过引用认知科学的相关研究，詹姆斯进一步指出阅读有关叙事中的某一活动，从神经叙事学的角度来看，最终与在真实生活中做这项活动相连。实际上，理解读者在叙事中读到的某种活动需要对该活动及其

---

① Heise, K. Ursula. Eco-Narratives [A]. David Herman, Manfred Jahn and Marie-Laure Ryan. *Routledge Encyclopedia of Narrative Theory*. New York: Routledge, 2005: 129-130.

语境进行思维模仿。通过融合注意力、意象和情感，读者将自身从当下
世界的体验意识转移至叙事世界，这一关键原因阐明为什么叙事交流模
式比非叙事交流模式会产生更多的影响。鉴于叙事的认知和情感诱导作
用，詹姆斯建议生态批评家应该考虑如何将读者浸入叙事的过程与生态
环保主义的目标结合起来。这就出现隐藏于该书分析背后的一系列相关
研究问题，包括与阐明环境主观感知的叙事结构确立密切关系如何有助
于将读者转移至另外一种环境及其环境体验；所有的叙事文本，包括那
些本身以及出于本意似乎对环境不感兴趣的文本，如何为读者提供虚拟
环境以便能让读者在思维中建构有感情的栖息之所；思维与情感转移至
虚拟环境的过程如何能根本改变读者对真实世界感受的理解；这一转移
过程如何可能会有益于现代环境保护。

"生态叙事学"对叙事理论的创新在于将故事如何影响读者的认知
过程与生态批评的兴趣融合起来，而生态批评强调文本在激发关于人类
与非人类环境关系的新思考过程中的作用。"生态叙事学"还从非人类
视角查考了后殖民叙事文本。这一"生态叙事学"解读方法会丰富叙
事学研究的政治和环保维度，丰富在后殖民话语内的环保讨论，丰富对
文学形式的认识，丰富对生态批评话语内跨文化对话的细腻、挑战和必
要性的认识。"生态叙事学"对故事世界的解读，即通过分析文本提
示，帮助读者浸入主观空间、时间和体验，帮助我们欣赏本真美学的转
变可能会改变个人和集体的环境想象，这一改变正是文学在保护地球方
面能起到的根本作用。

布拉克（Bracke，2021：91，93-95）在为《剑桥文学与人类世指
南》① 所写的《小说》一章中，将自己的研究重心气候危机洪水小说与

---

① Bracke, Astrid. The Novel [A]. John Parham. *The Cambridge Companion to Literature and the Anthropocene* [C]. Cambridge：Cambridge UP, 2021：88-101.

叙事学中的时间、空间和人物关联起来，拓展了"生态叙事学"。"生态叙事学"方法强调叙事的选择对环境危机描述的影响，强调在何种程度上读者得以接近它并且能将叙事世界与自己的现实联系起来。在分析莫罗尔（Morrall）的《当洪水来临时》、霍尼韦尔（Honeywell）的《船》以及卡休（Carthew）的《所有的河奔流不息》三部当代洪水小说时，布拉克指出想象气候危机洪水小说不仅需要接受想象时间规模的挑战，也需要接受想象空间规模的挑战。其中，解决这一空间规模挑战的一个出路就是描述"受限空间"。洪水小说中的"受限空间"功能就是为了阐明和实验，大规模的气候变化问题逐渐在这些受限空间内展现出来。布拉克沿袭了认知叙事理论中有关空间对读者思维建构故事世界重要性的观点，认为文本外世界与文本内世界的联系也可反方向作用，将文本世界的体验转移至真实世界。诚如詹姆斯（2015：22）指出的那样，故事世界的建构是一种"内在的对比过程"，读者在这一过程中认识到他们居住的世界与他们阅读的世界之间的差异。这种对比或协商不仅可以让读者进入文本世界，而且解释了小说这一试验场的强大功能，测验对环境危机的体验与回应。

然而，这些"受限空间"不仅仅是洪水小说中的一种叙事手法，还是一种"缓慢的暴力"。这种暴力看不见、发生缓慢，其破坏力有滞后性，但破坏遍布时空，这是一种慢耗的暴力，一般根本不会当作暴力看待。通过具体分析，布拉克（2021：95）指出这些"受限制空间"对于不同的人物承载不同的意义。对于少数幸运的人物而言，这些空间尽管无聊，可作为安全空间。但对于穷人来说，这些空间成为穷人无法逃脱的墓园，成为暴力的象征。

如前所述，詹姆斯（2015：87）主要关注叙事尤其是在后殖民语境中如何促进关于环境的跨文化对话，赫尔曼（2018）则优先考虑关于人与动物复杂关系的叙事。在其近作《超越人类的叙事学》一书中，赫尔曼系统讨论了非人类叙事理论，考察了叙事理论在与自然以及人与动物的关系层面如何相互影响。赫尔曼的研究还考察了不同叙事媒介的能动效果和限制效果，关注后达尔文时代媒介中使用的技巧，包括使用动物叙述者、人类视角和非人类视角在事件层面的交替、叙事时间的倒流和快进、故事内嵌入故事等。赫尔曼探究这些描述非人类代理的具体策略如何产生于对待动物生活的态度，并且促成上述态度。反过来，强调故事如何与文化本体及其假设交织会改变现有的叙事研究框架。这些假设主要包括何种生物栖息于我们的世界，这些生物的特征和能力与人类具有的特征和能力如何关联。受超越人类叙事学支持的研究可以历时发展，跨越不同的时代，也可以共时发展，跨越任何给定时代内不同的文化、文类和媒介。理论上可包含植物生活、地球物理结构与演化过程以及动物生活。实际上赫尔曼集中探讨动物世界和人与动物的关系。"超越人类的叙事学"其中一个暂定的假设是达尔文对人类和非人类形式生活等级对立的解构，其目标应该呈现以人为中心的故事讲述传统与以生物为中心的故事讲述传统之间的辩证互动关系。

赫尔曼（2018）的研究旨在概括一种叙事研究方法，充分考虑人与动物互动影响的复杂性，并将这一复杂性包括在具体故事的分析中，还重新考虑叙事的本质本身。赫尔曼假设研究动物和人类与动物的关系可能会影响叙事理论的基础，为此，考察跨物种界限故事提出的问题需要重新思考叙事理论的一些根本概念，包括叙事性、人物和人物刻画、思维呈现以及故事世界。赫尔曼指出，如果讨论的故事世界呈现多物种环境，那么由思维呈现的故事世界为叙事体验提供依据或以叙事体验为基础这一观点需要进一步拓展。在这些环境中，与智能生物相关的属性，包括能够就事件拥有某个视角、意向性和行动等，能够拓展超出人类的领域。在这样的语境中，尽管初衷是为了克服结构主义未能研究叙事所指性和世界建构的问题，有关故事世界的后经典研究本身也需要革新和变化。因此，通过拓宽故事世界的范围，与聚焦人类和更大的生物群体互动关系的研究传统建立密切关系，叙事世界建构方法可以接纳多物种故事世界的特点、范畴和文化功能成为新的关注焦点。

赫尔曼认为，上述变化对于人类和其他动物具有不均衡的意义，这一理解也体现在下面的问题中：在何种程度、以何种方式出现于某个既定文化（亚文化）同时又帮助界定这一文化的故事讲述方式考虑体验的多种视角和模态，考虑这些为动物打磨的基本需求以便能够与人类一道茁壮成长还是只是作为人类的参照，因此只为了人类的繁衍（2018：22）。

实际上，故事分析家还未能与物种身份以及物种间关系问题建立密切关系。相关的问题包括故事世界内栖息的动物在事件展示过程中占据中心位置还是边缘位置，这些栖息的动物具有体验、行为者主体的身份还是被体验、被施为客体的身份；同时，栖息动物出现是通过行动语域（the register of action）而不仅仅是通过事件语域（the register of events），前者包括交流意图、动机和其他行动的原因，后者仅限于在时空内有时长、有方向的人为造成的运动（2018：9）。

赫尔曼在该书第四章讨论了漫画叙事中的多物种故事世界。在这一章里，赫尔曼通过引入跨越物种界限的动物叙事体验，从而拓展了施坦策尔（Stanzel）关于"作者的叙事情景"和"人物的叙事情景"的区分，为我们提供了呈现非动物体验的叙事策略。在层级的一端，我们可以找到作者叙述情景下的动物体验表征，因为这些体验具有概括性、全球性特点，并且通过以人为中心的体验来折射。在另外一端，叙事方法将阐释者更坚实地固定于作为反射者的动物身上，这些模式可能更像是让动物施为者去主动体验事物（2018：138-139）。换言之，随着我们从粗略呈现动物体验（如在动物寓言以及以人为消息来源、以动物为目标的呈现中）逐步转移至更为精细的呈现动物体验，"动物性"程度也在不断提高。

值得一提的是，詹姆斯和赫尔曼均强调心理和思维表征。但也有学者对此提出疑问，认为并非心理视角是讨论小说中动物生活的唯一最佳方式，因此转而关注动物生活的另一个不同的外部视角。如果说赫尔曼凸显具体不同媒介中多物种故事的"思维景观"（mindscape），德布鲁因（De Bruyn，2020：30）则优先考虑多模态小说中的音景（sounds-cape）。

卡拉乔洛（Caracciolo，2022：9-12）等学者在讨论人类世文学中人类与动物之间的关系时指出，他们的研究方法一个重要层面就是通过前置叙事文本中的空间与描述从而重新定位读者对待非人类的态度。以"建构描述理论"一文为灵感来源，通过介绍佐兰、卢农、赫尔曼、艾贝尔、瑞安（Ryan）以及普林斯等叙事理论学家的叙事空间观后，卡拉乔洛等学者指出，强调非人类并非叙事理论一直遵循的轨道。借用新形式主义理论学家莱文的"可持续模式"概念，卡拉乔洛等学者指出描述为想象环境提供了可持续模式。诚然，叙事在交流人类现实的语境下具有可持续性，但思考叙事受阻的方式需要我们考虑其他打开非人类现实大门的形式。这些可持续形式究竟是什么样子？以人类为中心的叙事理论的主要类型可能不会为发现人类世小说中的可持续模式提供恰当的工具，这也是卡拉乔洛等学者主编的论文集《叙述非人类空间》背后的理论假设。该论文集由三部分组成：第一部分"描述客体与资源"首先提出客体甚至是熟悉的人造物如何在故事中呈现一种准自主施为性，其次如何影响以人类为中心的假设；第二部分"灾难性的叙事环境"讨论了灾难小说中的物理空间和观念空间，并指出这些空间如何动摇人类的主宰和以人类为中心的知识活动的潜能；第三部分"叙事的层级与限制"讨论了叙事中层级表征的认识维度。

从后殖民空间到文学地理学或文学绘图学，到生态叙事理论中对空间和环境的重视，到非人类叙事理论中对动植物生活空间的关注，我们一路走来，感觉空间无处不在，已经成为我们生活的一部分。这无疑也是叙事空间研究的一个主要目标：唤起我们对空间本体的认知意识和关注意识。

结　语

　　普林斯于2008年在《先驱思想》期刊上撰写的文章中指出20世纪60、70年代随语言转向而来的"叙事转向"具有"悖论性"。普林斯说的悖论的一个内容便是"叙事转向"会让叙事理论这门学科走向衰落。而事实证明普林斯的这一担忧是没有必要的。历经半个多世纪的发展，叙事理论的发展非但没有走向没落，反而愈加充满活力。这不得不归功于当代欧美后经典叙事理论迅猛的发展势头。在此语境下，叙事空间的发展自然而然也会得到长足的发展。第一个原因是人文和社会科学领域中的"空间转向"客观上更加推动了叙事空间研究的广度和深度。从"空间转向"的理论层面而言，沃夫与阿瑞艾斯（Warf & Arias, 2009）为人文社会学科出现的"空间转向"提供了一种跨学科视角。文学中的"空间转向"的一个具体体现就是弗兰克（2005）提出现代文学中具有的"空间形式"。由于"空间形式"概念割裂了时间与空间之间的联系，巴赫金（1981）提出"时空体"概念，对弗兰克的"空间形式"进行了另类视角的解读。凯斯特纳（1978）在其著作《小说的空间性》一书中探讨了小说这一叙事艺术与其他空间艺术如建筑、绘画和音乐之间的联系。"空间转向"也开始影响到文学理论与批评实践。例如，韦格纳（Wegner, 2002）在为《二十一世纪批评简介》写的文章中提出了"空间批评"的概念与方法。莱恩的"可能世界"理论为建构后现代主义作品中的"不可能空间"提供了哲学基础。塔利（2013）在其论述中描绘了当今文学与文化理论中的"空间转向"的认知绘图。

"空间转向"的第二个原因就是空间隐喻的问题。尚兹（Shands，1999）在其著作《拥抱空间》一书中论及了女性话语中的空间隐喻现象。就空间隐喻的具体应用而言，弗莱德曼（1993）将空间化这一隐喻概念作为一种具体的阅读与阐释策略。赫尔曼（2002，2009）的"空间化"隐喻概念旨在描述故事世界的动态思维建构过程，这一空间化理论还可以用来分析新媒介形式如文本信息中的动态思维建构过程。

本书以经典叙事空间研究中存在的缺陷与不足为起点，指出三个方面的不足。

第一，叙事空间的本体界定问题。首先，将"叙事空间"定义为"故事内人物移动和居住的环境"。这只涉及了"故事空间"层面，而没有体现"话语空间"层面。叙事空间依照不同的分类标准，可分为不同的层次。例如，依照故事空间内场所的可进入性程度分为可进入空间、不可进入空间、介入可进入和不可进入之间的模糊空间等，依照空间感知的主体不同，可以分为人物空间、叙述者空间、作者空间、受述者空间等；同样地，依照不同的感官感受，空间还可以分为听觉空间、视觉空间、触觉空间、味觉空间等。这些在分析具体作品或媒介物时都会起到不同程度的作用和效果。

其次，这一本体界定视空间为"场景"，成为衬托情节发展的静态背景，从而使空间类别从属于人物和情节类别，因此，空间没有机会成为"叙事中的人物"。这一静态的空间容器观也成为后现代主义叙事理论和文学地理学经常批判的对象。

　　最后，借用巴尔（2017）的表述来说，经典叙事理论中的空间概念夹在"聚焦"和"场所"之间，存在一种本体上"既清晰又模糊"的悖论。这一观点一针见血地指出叙事理论界对于空间的本体关注程度远远不够，经常躲避直接界定空间的问题，转而谈论空间对于聚焦和场所的重要性。

　　第二，叙事空间的呈现方法问题。首先，经典叙事学（叙事诗学）中的空间大多呈现为"描述"，用来打断时间的流动，造成一种时间凝滞的"空间形式"，从而割裂叙事空间和时间的联系；其次，尽管叙述离不开描述，但叙述还是起主导作用，描述不得不从属于叙述。这种对待描述的态度对于建构描述修辞诗学尤其不利。实际上，注重作品中的有关空间、地方、场所、景观、动植物生存状况等层面的描述有时会给文本阐释带来意想不到的结果，例如，国内知名学者申丹就是在细读看似与主题情节不相干的场景描述等细节信息中发现一些短篇小说中的"隐性进程"和"双重叙事动力"现象，为国内外叙事理论的研究注入创新动力，在费伦"叙事进程"的基础之上进一步推进修辞性叙事理论的发展，得到了国内外叙事学界的普遍认可和高度赞扬，被费伦（2015：149）赞誉为修辞性叙事理论第四代代表人物[①]。这里确实存在一种认知矛盾，我们阅读文学作品时离不开传统思想的桎梏，依然是为了阅读情节或故事情节的发展，往往对于描述性篇章视而不见或直接跳过而不去阅读，尽管对于理解情节无关紧要，但这些细节描述确实是一个客观存在，无论说描述是作者采用的一种修辞策略，还是说只是为了达到所谓的"现实性效果"或者说"怪诞性效果"。当前学界对于描述在理论层面和实践层面的系统探讨还不够充分，这也是未来我们研究叙

---

① Phelan, James. The Chicago School [A]. Marina Grishakova, Silvi Salupere. *Theoretical Schools and Circles in the Twentieth-Century Humanities*: *Literary Theory*, *History*, *Philosophy* [C]. New York and London: Routledge, 2015: 133-151.

事空间的一个重要方向。

第三，对叙事空间的僵化思维模式问题。首先，叙事文本过度"几何图式化"；其次，倾向于将叙事文本内隐藏的结构"普世化"以及"本元化"；最后，倾向于用几何术语来思考"普世"和"本元"形式。这实际上是吉布森在其著作《建构后现代主义叙事理论》中对经典叙事学的典型批判。尽管在批判中用了很多空间隐喻，但从某种意义上反映了经典叙事学研究中文本语料的受限性，因而没有将后现代主义叙事作品中空间表征的复杂性考虑在内。

在通过对后经典叙事理论各个分支在横纵坐标轴上对叙事空间的重新考虑与反思后，笔者认为"后经典叙事空间"对"经典叙事空间"本体域的超越与拓展主要表现在以下七个层面。

第一，从"故事"转向"世界"，从以人类为中心的世界转向以非人类为中心的世界。首先，叙事学以世界为中心的方法将焦点从模仿转向诗学，创造了可能与文化现实一致或不一致的独立的本体域，从而使叙事研究发生了革命性的变化；其次，"叙事的世界建构"观点更好地体现了叙事阐释的立体化动态过程，将作者编码层面的建构与读者解码层面的世界建构以及文本中的空间提示很好地结合起来；再次，由"故事"转向"世界"反映了叙事理论过去十年的变化，因为"世界"一词强调叙事的建构和想象层面，强调建构主义和以人为中心的重要性，毕竟叙事是由人建构的世界；最后，随着近来叙事理论的新近发展，出现了对非人类叙事的关注，这就需要进一步探究以人为中心的世界建构方式与以生物为中心的世界建构方式之间的异同，无疑是未来叙事空间研究的另外一个重要方向。

第二，从"可能世界"转向"不可能世界"。"可能世界"包含三个层次：第一层处于中心位置的是真实世界，第二层可能世界作为卫星环绕着这一中心,第三层不可能世界处于最外层。第二、第三层的区别在于跟中心是否具有可进入关系。"不可能世界"主要由悖论(逻辑不可能性)、本体不可能性以及不可能空间构成。"不可能世界"通常出现在后现代主义实验文学文本之中。其中,我们需要对于非自然叙事的本质进行思考,对叙事空间的自然化解读策略进行反思,究竟在何种程度上我们可以将非自然空间或不可能世界自然化,还是进一步拓展非自然化解读策略,将其"非自然性"视为一种本体存在而加以关注?

第三,从"男性世界"转向"跨性别世界",从文本中心论转向文本与语境并重。叙事的"世界建构"不仅包括男性世界,还应该包括女性世界以及跨性别世界。因此,关注文本叙事与空间的相关问题的同时,还应该注意叙事与空间如何建构文本中的性别概念,进一步说,应该重视叙事与空间如何建构文本的性别、性以及性取向等女性主义概念,将叙事形式和技巧与性别、民族、种族、他者性、身份等意识形态问题有机结合在一起。从对意识形态的批判这一角度来看,女性主义叙事理论与后殖民叙事理论确实存在共同点。

第四,从单一的背景功能转向修辞功能。空间与人物一样,具有修辞叙事学家提出的三个成分,合成成分、模仿成分以及主题成分,任何一种或全部成分在某个给定叙事中都可以起重要的作用,这取决于叙事进程以及叙事目标的特点。场景的这三种成分具体体现为合成功能、模仿功能和主题功能。这部分内容还要关注各种"后经典叙事空间"的话语表征形式,即空间在文本内的叙述方式。

第五,从单一介质文本转向跨媒介文本或媒介物、从单模态文本转向多模态文本或介质。在跨媒介叙事理论语境下,叙事空间研究已经不再仅限于传统的纸质叙事文本,尤其是小说文本,而转向各种非纸质文本或媒介。因此,跨媒介叙事空间研究需要考虑各种媒介的叙事潜能的同时，还应该挖掘各种跨媒介空间的不同表征形式，跨媒介叙事空间与其他后经典叙事理论分支之间的交叉融合。如由庞迪（2021）主编的《电子叙事空间》一书开始探讨电子文学以及其他电子书写形式中故事与空间之间的关系问题。跨媒介叙事理论与非自然叙事理论的融合近来也开始受到学界重视，如恩斯林和贝尔（Ensslin & Bell, 2021）主编的《电子小说与非自然跨媒介叙事理论》。这些都是跨媒介叙事空间研究未来的发展趋势。同时要清醒地认识到跨媒介叙事理论工程不能只关注单一具体叙事媒介的优劣，还应该关注叙事结构、叙事策略的跨媒介维度。也就是说，跨媒介研究与叙事研究之间应该具有双向互动的动态辩证关系。但在进行叙事理论的跨学科研究时，我们要清醒一点：不同的学科领域有其自身特有的观念传统。这是应该认真对待的一个重要问题。要将一个领域内的理论和方法论工具移植到另外一个领域，我们就需要关注这些不同领域内共有的核心概念，关注不同领域在核心概念理解上的异同。

第六，研究方法从单一的"自上而下"转向"自上而下"与"自下而上"相结合，出现了空间研究的语料库研究方法以及实证研究读者的空间阅读体验。例如，认知叙事理论中的故事世界建构过程就涉及上述两种方法。但是叙事空间的语料库研究方法就研究现状来看并没有得到充分发展，远非叙事空间研究的主流发展趋势。实际上，尽管叙事学界已经开始语料库叙事学的尝试，但到目前为止，还没有出现用这一方法来系统研究叙事空间的著作。其中一个原因是需要将语料库语言学（语料库文体学）、语料库检索工具的使用、语料库本身的标注与文本中的主题信息关键词充分结合，从文本中提取出研究者需要的空间信息进而展开论述。因此，叙事空间研究的语料库方法无疑是未来发展的一个重要方向。同样地，实证研究读者的空间阅读体验需要将叙事研究与认知科学、神经科学等相关学科联系起来，也将成为叙事空间研究的一个潜在区域。

第七，叙事空间研究呈现叙事的"空间转向"和地理学的"叙事转向"相结合的趋势，出现从只研究叙事理论领域内的空间问题转向叙事理论和地理学科（人文地理学）双重领域互相借鉴、互相影响的趋势。在这一语境下，莱恩、富特和扎里亚胡（Ryan & Foote & Azaryahu，2016）以及普林斯（Prince，2018a，2018b，2019）提出的"地理叙事学"①表明叙事空间研究范式从"叙事中的空间"转向"空间内的叙事"。以霍内斯（2011，2014）为代表的西方学者开始将叙事空间研究与文学地理学的研究方法结合起来，打破叙事空间静态容器观，使叙事空间在叙事交流中的动态互动作用发挥出来。

在梳理后经典叙事理论各个分支的解读策略时，我们需要进一步结合文本的具体性考察"空间提示"对读者建构故事世界思维模式及其浸入效果的影响，考察弗莱德曼的"空间化"解读策略，是否可以用于现代主义和后殖民叙事之外的其他文本范畴，考察艾贝尔的自然化策略在何种程度上具有较强的阐释效果，在何种情况下又可能会失去其阐释效力，考察修辞性阅读策略在面对非自然叙事文本、跨媒介叙事时可能会遇到的挑战。

笔者认为，当代西方后经典叙事空间研究始终离不开叙事的本质问题，因此，隐藏于空间研究背后的一条线索无论是后经典叙事理论的哪一个分支，都需要有自己版本的叙事定义。这是叙事理论研究的本质所在。在此基础上，当代西方后经典叙事空间研究呈现"百花齐放、百家争鸣、你中有我、我中有你、交叉融合"的动态特征，主要表现为

---

① Prince, Gerald. Narrative and Narratology [A]. Jeffrey R. Di Leo *The Bloomsbury Handbook of Literary and Cultural Theory* [C]. London & New York：Bloomsbury Academic，2019：43–58.

以下六个方面。

第一，强调叙事的"世界建构方式"，把叙事看作一门"建构和理解空间的艺术"，"故事世界"概念已经深入后经典叙事研究的各个分支。"叙事世界"也同样受到重视。例如，阿伯特（2008，2021）在其《剑桥叙事简介》一书的第二、第三版中均增加了"叙事世界"一章内容。又如，詹姆斯（2015）直接将"故事世界"用到自己的著作中，探讨了生态叙事理论与后殖民叙事文本的结合，强调读者对叙事的认知思维建构过程，将叙事"空间化"，旨在建构叙事的"认知地图"，侧重读者的"浸入"体验或"叙事体验"。

第二，强调虚构叙事呈现出来的至少双重修辞叙事交流轨道，如作者与读者之间的交流轨道，叙述者与受述者之间的交流轨道。作者与读者的交流轨道可能不止一种，包含多重可能性。我们需要思考作者如何通过场景描述这一修辞策略传递给读者双重或多重轨道信息，从而实现文本的美学修辞效果，同时让读者做出自己的伦理判断、价值判断和美学判断。

第三，关注作品中"不可能世界"以及"非自然空间"在"故事"和"话语"层面的建构模式，关注非人类空间的表征方式，并提出相应的"自然化"与"非自然化"阐释策略。

第四，将空间、地方和性别密切关联，把空间表征为一种"性别化的现象"，同时将空间与性别、种族、民族、身份、他异性等社会历史成分联系起来，把空间"语境化"，追求"空间化"的隐喻解读，追求"意识形态批判"力度，在此基础上建构全面的"空间诗学"。

第五，将叙事空间与媒介、模态与文类结合起来，叙事空间呈现为多重形式的"跨媒介故事世界"或"跨媒介空间"。研究各种媒介形式跨媒介故事世界建构方式的异同，同时还要关注叙事维度的跨媒介性。

　　第六，将空间与"地方精神""意义建构"等人文地理学等概念联系起来，将"空间叙事化"与"叙事空间化"有机结合起来，赋予空间一种跨学科阐释。

　　普林斯在为《布鲁姆斯伯里文学和文化理论手册》所写的题为《叙事与叙事学》的一章里提到了一些应该得到发展的叙事学形式。例如，"地理叙事学"应专门探究地理与叙事形式或叙事特征的关系问题。除了研究情感的生物关联、情感的激活、情感的波动、情感的效价之外，神经叙事理论或生命叙事理论应描绘出对应于具体叙事特征（特征集）或相互之间的作用的大脑区域，分析叙事紊乱如不能组织故事形式内的体验或不会考虑在事件序列渐进展示过程中的虚拟现实性。进化叙事理论应探究叙事及其多元化在进化论领域内的契合方式，探究它们提供的生存优势类型，探究它们呈现的进化适应性，探究它们构成的适应性特征类型，探究与它们具有的进化特征、机制以及过程。这些新的叙事理论形式的出现无疑会带动叙事空间研究的纵深发展。

　　无论涉及何种特有类型的叙事学或叙事学分支，不管是带着经典眼镜还是后经典眼镜，不管是历时还是共时，不管是形式主义还是认知、自然或非自然方法与兴趣在运作，这一学科的一些未来任务都清晰可见。普林斯（2019：49）始终坚持叙事理论的普适性，认为叙事学家应该坚持完善叙事学知识，并使叙事学知识体系化；应进一步详细说明叙事理解的构成要素；应进一步探究叙事的功能以及叙事的深层原则；应提出清晰完整的叙事或叙事集合模式，并以实证或实验研究为基础。毕竟，理论应该与现实一致，绘图应该与版图一致，描述应该与现象一致，只有这样的模式才能帮助叙事学系统考察唯一的人类目标。

　　笔者想象的后经典叙事空间研究地图应该以经典叙事空间为核心，各种后经典叙事空间形态围绕上述核心向不同的方向扩散。在此过程中，各种后经典叙事空间形态逐渐形成自己的内核与外核，并且在某些节点上与其他分支之间相互交叉与重叠，构成了一幅西方后经典叙事空间研究的动态"认知地图"，但愿这幅绘图能够接近叙事空间理论发展的现状。

参考文献

一、中文文献

[1] 布莱恩·理查德森. 超越情节诗学: 叙事进展的其他形式及《尤利西斯》中的多轨迹进展探索 [J]. 宁一中, 译. 译林, 2007 (1).

[2] 陈德志. 隐喻与悖论: 空间、空间形式与空间叙事学 [J]. 江西社会科学, 2009 (9).

[3] 程锡麟. 论《了不起的盖茨比》的空间叙事 [J]. 江西社会科学, 2009 (11).

[4] 程锡麟. 叙事理论的空间转向: 叙事空间理论概述 [J]. 江西社会科学, 2007 (11).

[5] 方英. 绘制空间性: 空间叙事与空间批评 [J]. 外国文学研究, 2018 (5).

[6] 方英. 文学绘图: 文学空间研究与叙事学的重叠地带 [J]. 外国文学研究, 2020 (2).

[7] 方英. 文学空间: 关系的建构 [J]. 湘潭大学学报 (哲学社会科学版), 2016, 40 (3).

[8] 方英. 文学叙事中的空间 [J]. 宁波大学学报 (人文社会版),

2016, 29 (4).

[9] 方英. 小说空间叙事论 [M]. 上海: 上海交通大学出版社, 2017.

[10] 孔海龙, 杨丽. 当代西方叙事理论新进展 [M]. 北京: 经济科学出版社, 2016.

[11] 龙迪勇. 空间问题的凸显与空间叙事学的兴起 [J]. 上海师范大学学报 (哲学社会科学版), 2008, 37 (6).

[12] 龙迪勇. 空间叙事学: 叙事学研究的新领域 (续) [J]. 天津师范大学学报 (社会科学版), 2009 (1).

[13] 龙迪勇. 空间叙事学: 叙事学研究的新领域 [J]. 天津师范大学学报 (社会科学版), 2008 (6).

[14] 龙迪勇. 空间叙事研究 [M]. 北京: 生活·读书·新知三联书店, 2014.

[15] 龙迪勇. 空间在叙事学研究中的重要性 [J]. 江西社会科学, 2011 (8).

[16] 龙迪勇. 叙事学研究的空间转向 [J]. 江西社会科学, 2006, (10).

[17] 尚必武. 当代西方后经典叙事学研究 [M]. 北京: 人民文学出版社, 2013.

[18] 尚必武. 叙事学研究的新发展: 戴维·赫尔曼访谈录 [J]. 外国文学, 2009 (5).

[19] 申丹, 韩加明, 王丽亚. 英美小说叙事理论研究 [M]. 北京: 北京大学出版社, 2005.

[20] 申丹, 王丽亚. 西方叙事学: 经典与后经典 [M]. 北京: 北京大学出版社, 2010.

[21] 申丹. "整体细读" 与深层意义 [J]. 外国文学研究, 2007 (2).

[22] 申丹. 何为叙事的 "隐性进程"? 如何发现这股叙事暗流? [J].

外国文学研究，2013 (5) .

[23] 申丹. 叙事、文体与潜文本：重读英美经典短篇小说 [M]. 北京：北京大学出版社，2009.

[24] 申丹. 叙事动力被忽略的另一面：以《苍蝇》中的 "隐性进程" 为例 [J]. 外国文学评论，2012 (2) .

[25] 王传顺. 多元文化语境下的后殖民叙事策略 [J]. 井冈山大学学报 (社会科学版)，2015，36 (2) .

[26] 王丽亚. 后殖民叙事学：从叙事学角度观察后殖民小说研究 [J]. 外国文学，2014 (4) .

二、英文文献

[1] ABBOTT, PORTER H. The Cambridge Introduction to Narrative [M]. 2nd ed. Cambridge：Cambridge UP, 2008.

[2] ABBOTT, PORTER H. Style and Rhetoric of Short Narrative Fiction：Covert Progressions behind Overt Plots：Review [J]. Style, 2013, 47 (4) .

[3] ABBOTT, PORTER H. The Cambridge Introduction to Narrative (3rd edition) [M]. Cambridge：Cambridge UP, 2021.

[4] ALBER, JAN. Impossible Storyworlds-and What to Do with Them [J]. Storyworlds, 2009 (1) .

[5] ALBER, JAN. Unnatural Narratology：The Systematic Study of Anti-Mimeticism [J]. Literature Compass, 2013, 10 (5) .

[6] ALBER, JAN. Unnatural Narrative：Impossible Worlds in Fiction and Drama [M]. Lincoln and London：University of Nebraska Press, 2016.

[7] ALBER, JAN. Narratology beyond the Human: Storytelling and Animal Life by David Herman (review) [J]. Style, 2019, 53 (2) .

[8] ALBER, JAN, STEFAN IVERSEN, HENRIK SKOV NIELSEN, BRIAN RICHARDSON. Unnatural Narratives, Unnatural Narratology: Beyond Mimetic Models [J]. Narrative, 2010, 18 (2) .

[9] ALBER, JAN, RÜDIGER HEINZE. Unnatural Narratives-Unnatural Narratology [C]. Berlin: De Gruyter, 2011.

[10] AMEEL, LIEVEN. Helsinki in Early Twentieth–Century Literature: Urban Experiences in Finnish Prose Fiction 1890—1940 [M]. Helsinki: SKS, 2016.

[11] BAAK, J J. The Place of Space in Narration [M]. Amsterdam: Rodopi, 1983.

[12] BACHELARD, GASTON. The Poetics of Space: The Classic Look at How We Experience Intimate Places [M]. Boston: Beacon P, 1994.

[13] BAL, MIEKE. Narratology: Introduction to the Theory of Narrative (3rd edition) [M]. Toronto: U of Toronto Press, 2009.

[14] BAL, MIEKE. Narratology: Introduction to the Theory of Narrative (4th edition) [M]. Toronto: University of Toronto Press, 2017.

[15] BALL, JOHN CLEMENT. Satire and the Postcolonial Novel [M]. New York: Routledge, 2003.

[16] BARR, MARLEEN S. Feminist Fabulation: Space/Postmodern Fiction [M]. Iowa City: University of Iowa Press, 1992.

[17] BELL, ALICE. Interactional Metalepsis and Unnatural Narratology [J]. Narrative, 2016, 24 (3).

[18] BELL, ALICE, MARIE–LAURE RYAN. Possible Worlds Theory and Contemporary Narratology [C]. Lincoln: University of Nebraska Press, 2019.

[19] BELL, MADISON SMARTT. Narrative Design: Working with Imagination, Craft, and Form [M]. New York/London: Norton, 2000.

[20] BERNAERTS, LARS, MARCO CARACCIOLO, LUC HERMAN, BART VERVAECK. The Storied Lives of Non- human Narrators [J]. Narrative, 2014, 22 (1).

[21] BLANCHOT M. The Space of Literature [M]. Lincoln & London: University of Nebraska Press, 1982.

[22] BOOTH, WAYNE C. The Rhetoric of Fiction [M]. Chicago: Chicago UP, 1983.

[23] BROOKS, CLEANTH, ROBERT PENN WARREN. Understanding Fiction (3rd edition) [M]. Englewood Cliffs: Prentice Hall, 1979.

[24] BROOKS, PETER. Reading for the Plot: Design and Intention in Narrative [M]. Cambridge: Harvard UP, 1984.

[25] BUSHELL, SALLY. Reading and Mapping Fiction: Spatialising the Literary Text [M]. Cambridge: Cambridge University Press, 2020.

[26] CARACCIOLO, MARCO. The Reader's Virtual Body: Narrative Space and Its Reconstruction [J]. Storyworlds , 2011 (3).

[27] CARACCIOLO, MARCO. Narrative Space and Readers' Responses to Stories: A Phenomenological Account [J]. Style, 2013, 47 (4) .

[28] CARACCIOLO, MARCO. The Experientiality of Narrative: An Enactivist Approach [M]. Berlin: De Gruyter, 2014.

[29] CARACCIOLO, MARCO. Embodiment and the Cosmic Perspective in

Twentieth-Century Fiction [M]. New York & Abington: Routledge, 2020.

[30] CASE, ALISON A. Plotting Women: Gender and Narration in the Eighteenth-and Nineteenth-Century British Novel [M]. Virginia: U of Virginia P, 1999.

[32] CHATMAN, SEYMOUR. Story and Discourse. Narrative Structure in Fiction and Film [M]. Ithaca: Cornell UP, 1978.

[33] CHATMAN, SEYMOUR. Coming to Terms: The Rhetoric of Narrative in Fiction and Film [M]. Ithaca: Cornell UP, 1990.

[34] CLARK, MATTHEW, JAMES PHELAN. Debating Rhetorical Narratology: on the Synthetic, Mimetic, and Thematic Aspects of Narrative [M]. Columbus : The Ohio State University Press, 2020.

[35] COBLEY, EVELYN. Description in Realist Discourse: The War Novel [J]. Style, 1986, 20 (3).

[36] COBLEY, PAUL. Narrative (2nd edition) [M]. London & New York: Routledge, 2014.

[37] CODE, LORRAINE. Rhetorical Spaces: Essays on Gendered Locations [M]. New York & Abingdon: Routledge, 1995.

[38] COHN, DORRIT. The Distinction of Fiction [M]. Baltimore: Johns Hopkins UP, 1999.

[39] COSTE, DIDIER. Narrative as Communication [M]. Minneapolis: U of Minnesota P, 1989.

[40] CUDDON, J A. A Dictionary of Literary Terms and Literary Theory (5th ed) [M]. Chichester: Wiley-Blackwell, 2013.

[41] CURRIE, MARK. Postmodern Narrative Theory [M]. Basingstoke

and London: Macmillan Press Ltd, 1998.

[42] CURRIE, MARK. About Time: Narrative, Fiction and the Philosophy of Time [M]. Edinburgh: Edinburgh UP, 2007.

[43] CURRIE, MARK. The Expansion of Tense [J]. Narrative, 2009, 17 (3).

[44] CURRIE, MARK. The Unexpected: Narrative Temporality and the Philosophy of Surprise [M]. Edinburgh: Edinburgh UP, 2013.

[45] DAFFNER, CAROLA, BETH A MUELLNER. German Women Writers and the Spatial Turn: New Perspectives [C]. Berlin: de Gruyter, 2015.

[46] DANCYGIER, BARBARA. The Language of Stories: A Cognitive Approach [M]. Cambridge: Cambridge University Press, 2012.

[47] DANNENBERG, HILARY P. Coincidence and Counterfactuality: Plotting Time and Space in Narrative Fiction [M]. Lincoln: U of Nebraska P, 2008.

[48] DAVIS, LENNARD J. Resisting Novels: Ideology and Fiction [M]. Abingdon/ New York: Routledge, 2014.

[49] DENNERLEIN, KATRIN. Narratologie des Raumes [M]. Berlin: Walter de Gruyter, 2009.

[50] DE BRUYN BEN. The Novel and the Multispecies Soundscape [M]. Gewerbestrasse: Palgrave Macmillan, 2020.

[51] DE JONG, IRENE J F. Narratology and Classics: A Practical Guide [M]. Oxford: Oxford University Press, 2014. [52] DIENGOTT, NILLI. Narratology and Feminism [J]. Style, 1988 (22).

[53] DOLEŽEL, LUBOMÍR. Extensional and Intensional Narrative Worlds

[J]. Poetics, 1979 (8).

[54] DOLEžEL, LUBOMíR. Heterocosmica: Fiction and Possible Worlds [M]. Baltimore: The Johns Hopkins UP, 1998.

[55] DWIVEDI, DIVYA HENRIK, SKOV NIELSEN, RICHARD WALSH. Narratology and Ideology: Negotiating Context, Form, and Theory in Postcolonial Narratives [C]. Columbus: Ohio State UP, 2018.

[56] EMMOTT, CATHERINE. Narrative Comprehension: A Discourse Perspective [M]. Oxford: Oxford University Press, 1997.

[57] ENSSLIN, ASTRID, ALICE BELL. Digital Fiction and the Unnatural Transmedial Narrative Theory, Method, and Analysis [M]. Columbus: Ohio State UP, 2021.

[58] FISHER, JAIMEY, BARBARA CAROLINE MENNEL. Space, Place, and Mobility in German Literary and Visual Culture [C]. Amsterdam/New York: Rodopi, 2010.

[59] FLUDERNIK, MONIKA. The Genderization of Narrative [J]. GRAAT, 1999, 21.

[60] FLUDERNIK, MONIKA. When the Self is an Other: Vergleichende erzähltheo-retische und postkoloniale Überlegungen zur Identitätskonstruktion in der (exil) indischen Gegenwartsliteratur [J]. Anglia, 1999 (117).

[61] FLUDERNIK, MONIKA. Beyond Structuralism in Narratology: Recent Developments and New Horizons in Narrative Theory [J]. Anglistik, 2000, 11 (1).

[62] FORSTER, E M. Aspects of the Novel [M]. London: E. Arnold, 1953.

[63] FOUCAULT, MICHAEL. Of Other Spaces [J]. Diacritics, 1986, 16 (1).

[64] FRANCESE, JOSEPH. Narrating Postmodern Time and Space [M]. Albany: State University of New York Press, 1997.

[65] FRANK, JOSEPH. The Idea of Spatial Form [M]. New Brunswick: Rutgers University Press, 1991.

[66] FRIEDMAN, SUSAN STANFORD. Spatialization: A Strategy for Reading Narrative [J]. Narrative, 1993, 1 (1).

[67] FRIEDMAN, SUSAN STANFORD. Mappings: Feminism and the Cultural Geographies of Encounter [M]. Princeton: Princeton UP, 1998.

[68] FRIEDMAN, SUSAN STANFORD. Periodizing Modernism: Postcolonial Modernities and the Space/Time Borders of Modernist Studies [J]. Modernism/modernity, 2006, 13 (3).

[69] GANSER, ALEXANDRA. Roads of Her Own: Gendered Space and Mobility in American Women's Road Narratives, 1970 – 2000 [M]. Amsterdam & New York: Rodophi, 2009.

[70] GARCíA, PATRICIA. Space and the Postmodern Fantastic in Contemporary Literature: The Architectural Void [M]. New York & London: Routledge, 2015.

[71] GEIR, FARNER. Literary Fiction: The Ways We Read Narrative Literature [M]. New York: Bloomsbury Academic, 2014.

[72] GENETTE, GéRARD. Narrative Discourse: An Essay in Method [M]. Ithaca: Cornell UP, 1980.

[73] GERRIG, RICHARD J. Experiencing Narrative Worlds [M]. New Haven, CT: Yale University Press, 1993.

[74] GIBSON, ANDREW. Towards a Postmodern Theory of Narrative [M]. Edinburgh: Edinburgh University Press, 1996.

[75] GOMEL, ELANA. Narrative Space and Time: Representing Impossible Topologies in Literature [M]. New York & Abingdon: Routledge, 2014.

[76] GOODMAN, NELSON. Ways of Worldmaking [M]. Bloomington: Indiana UP, 1978.

[77] GRUSIN, RICHARD. The Nonhuman Turn [C]. Minneapolis: Minnesota University Press, 2015.

[78] HANSON, CLARE. Short Stories and Short Fictions, 1880 – 1980 [M]. London: Macmillan, 1985.

[79] HARVEY, COLLIN. Fantastic Transmedia: Narrative, Play and Memory across Science Fiction and Fantasy Storyworlds [M]. Basingstoke & New York: Palgrave Macmillan, 2015.

[80] HEATH, STEPHEN. Narrative Space [J]. Screen, 1976, 17 (3).

[81] HEINO, BRETT. Space, Place and Capitalism: The Literary Geographies of The Unknown Industrial Prisoner [M]. Singapore: Palgrave Macmillan, 2021.

[82] HENIGHAN, TOM. Natural Space in Literature: Imagination and Environment in Nineteenth and Twentieth Century Fiction and Poetry [M]. Ottawa: Golden Dog Press, 1982.

[83] HERMAN, DAVID. Scripts, Sequences, and Stories: Elements of a Postclassical Narratology [J]. PMLA, 1997, 112 (5).

[84] HERMAN, DAVID. Limits of Order, Toward a Theory of Polychronic Narration [J]. Narrative, 1998, 6 (1).

[85] HERMAN, DAVID. Spatial Reference in Narrative Domains [J]. Text, 2001, 21 (4).

[86] HERMAN, DAVID. Story Logic: Problems and Possibilities of Narrative [M]. Lincoln: University of Nebraska Press, 2002.

[87] HERMAN, DAVID. Basic Elements of Narrative [M]. Chichester: Wiley-Blackwell, 2009b.

[88] HERMAN, DAVID. Narratology Beyond the Human: Storytelling and Animal Life [M]. New York: Oxford University Press, 2018.

[89] HERMAN, D JAMES PHELAN, PETER J RABINOWITZ, BRIAN RICHARDSON, ROBYN WARHOL. Narrative Theory: Core Concepts and Critical Debates [M]. Columbus: Ohio State UP, 2012.

[90] HERMAN, LUC, BART VERVAECK. Handbook of Narrative Analysis (2nd edition) [M]. Lincoln & London: University of Nebraska Press, 2019.

[91] HONES, SHEILA. Text as It Happens: Literary Geography [J]. Geography Compass, 2008 (3).

[92] HONES, SHEILA. Literary Geography and the Short Story: Setting and Narrative Style [J]. Cultural Geographies, 2010 (17).

[93] HONES, SHEILA. Literary Geography: Setting and Narrative Space [J]. Social & Cultural Geography, 2011, 12 (7).

[94] HONES, SHEILA. Literary Geographies: Narrative Space in Let the Great World Spin [M]. New York: Palgrave Macmillan, 2014.

[95] IVERSEN, STEFAN. Permanent Defamiliarization as Rhetorical Device; or, How to Let Puppymonkeybaby into Unnatural Narratology [J].

Style, 2016, 50 (4).

[96] JACOBS, JOELA. Animal Narratology [C]. Basel: MDPI, 2020.

[97] JAHN, MANFRED. Frames, Preferences, and the Reading of Third-Person Narratives: Toward a Cognitive Narratology [J]. Poetics Today, 1997, 18 (4).

[98] JAMES, DAVID. Contemporary British Fiction and the Artistry of Space: Style, Landscape, Perception [M]. London and New York: Continuum, 2008.

[99] JAMES, ERIN. The Storyworld Accord: Econarratology and Postcolonial Narratives [M]. Lincoln & London: University of Nebraska Press, 2015.

[100] JAMES, ERIN, ERIC MOREL. Ecocriticism and Narrative Theory: An Introduction [J]. English Studies, 2018, 99 (4).

[101] JAMES, ERIN, ERIC MOREL. Environment and Narrative: New Directions in Econarratology [C]. Columbus : The Ohio State University Press, 2020.

[102] JENKINS, HENRY. Convergence Culture: Where Old and New Media Collide [M]. New York: New York UP, 2006.

[103] KAFALENOS EMMA. Narrative Causalities [M]. Columbus: Ohio State UP, 2006.

[104] KEARNS, MICHAEL. Rhetorical Narratology [M]. Lincoln: U of Nebraska P, 1999.

[105] KEMP, SIMON. The Inescapable Metaphor: How Time and Meaning Become Space When We Think about Narrative [J]. Philosophy and Literature, 2012, 36 (2).

[106] KESTNER, JOSEPH A. The Spatiality of the Novel [M]. Detroit: Wayne State University Press, 1978.

[107] KITTAY, JEFFREY. Descriptive Limits [J]. Yale French Studies, 1981 (61).

[108] KLAUK, TOBIAS, TILMANN KöPPE. Reassessing Unnatural Narratology: Problems and Prospects [J]. Storyworlds, 2013 (5).

[109] KORT, WESLEY A. Place and Space in Modern Fiction [M]. Gainesville: University Press of Florida, 2004.

[110] KRISTEVA, JULIA. Women's Time [J]. Signs, 1981, 7 (1).

[111] KUHN, MARKUS, THON J N. Transmedial Narratology: Current Approaches [J]. Narrative, 2017, 25 (3).

[112] LANDAU, BARBABA, RAY JACKENDOFF. "What" and "Where" in Spatial Language and Cognition [J]. Behavioral and Brain Sciences, 1993, 16 (2).

[113] LANSER, SUSAN. Toward a Feminist Narratology [J]. Style, 1986 (2).

[114] LANSER, SUSAN SNAIDER. Are We There Yet: The Intersectional Future of Feminist Narratology [J]. Foreign Literature Studies (2010).

[115] LOPES, JOSé MANUEL. Foregrounded Description in Prose Fiction: Five Cross-Literary Studies [M]. Toronto: University of TorontoPress, 1995.

[116] LOTMAN, JURIJ. The Structure of the Artistic Text [M]. Ann Arbor: University of Michagan Press, 1977.

[117] LUGMAYR, ARTUR, SAMULI NIIRANEN, SEPPO KALLI. Digital Interactive TV and Metadata: Future Broadcast Multimedia [M].

Tampere：Springer-Verlag，2004.

[118] LUTWACK，LEONARD. The Role of Place in Literature [M]. Syracuse：Syracuse University Press，1984.

[119] MALMGREN，CARL DARRYL. Fictional Space in the Modernist and Postmodernist American Novel [M]. Lewisburg：Bucknell UP，1985.

[120] MANI，INDERJEET. The Imagined Moment：Time，Narrative and Computation [M]. Lincoln and London：University of Nebraska Press，2010.

[121] MARGOLIN，URI. Shifted (Displaced) Temporal Perspective in Narrative [J]. Narrative，2001，9 (2).

[122] MARSH，KELLY A. The Submerged Plot and the Mother's Pleasure from Jane Austen to Arundhati Roy [M]. Columbus：Ohio State UP，2016.

[123] MASSEY，DOREEN. Space，Place and Gender [M]. Cambridge：Polity，1994.

[124] MASSEY，DOREEN. For space [M]. Los Angeles，London，New Delhi，Singapore & Washington：Sage，2005.

[125] MARTIN，WALLACE. Recent Theories of Narrative [M]. Ithaca：Cornell University Press，1986.

[126] MCHALE，BRIAN. Weak Narrativity：The Case of Avant-Garde Narrative Poetry [J]. Narrative，2001，9 (2).

[127] MEISTER，JAN CHRISTOPH. Tagging Time in Prolog：The Temporality Effect Project [J]. Literary and Linguistic Computing，2005，20 (S1).

[128] MERETOJA, HANNA. The Narrative Turn in Fiction and Theory: The Crisis and Return of Storytelling from Robbe-Grillet to Tournier [M]. Basingstoke: Palgrave Macmillan, 2014.

[129] MILLER, JOSEPH HILLES. Topographies [M]. Stanford: Stanford University Press, 1995.

[130] MILLS, SARA. Gender and Colonial Space [M]. Manchester: Manchester University Press, 2005.

[131] MORETTI, FRANCO. Atlas of the European Novel, 1800 - 1900 [M]. London: Verso, 1998.

[132] MORETTI, FRANCO. Graphs, Maps, Trees: Abstract Models for a Literary History [M]. London: Verso, 2005.

[133] MORETTI, FRANCO. Distant Reading [M]. London: Verso, 2013.

[134] MOSHER, HAROLD F JR. Towards a Poetics of Descriptized Narration [J] Poetics Today, 1991 (3).

[135] NASH, KATHERINE SANNDERS. Feminist Narrative Ethics: Tacit Persuasion in Modernist Form [M]. Columbus: Ohio State UP, 2014.

[136] NEUMANN, BIRGIT, ANSGAR NüNNING. An Introduction to the Study of Narrative Fiction [M]. Stuttgart: Klett, 2008.

[137] NIXON, ROB. Slow Violence and the Environmentalism of the Poor [M]. Cambridge: Harvard University Press, 2011.

[138] OLSON, GRETA, SARAH COPLAND. Towards a Politics of Form [J]. European Journal of English Studies, 2016, 20 (3).

[139] PAGE, RUTH. Literary and Linguistic Approaches to Feminist

Narratology [M]. Basingstoke: Palgrave Macmillan, 2006.

[140] PARKER, JOSHUA. What We Talk about When We Talk about Space and Narrative (and Why We're Not Done Talking About It) [J]. Frontiers of Narrative Studies, 2018, 4 (2).

[141] PEEL, ELLEN. Unnatural Feminist Narratology [J]. Storyworlds: A Journal of Narrative Studies, 2016, 8 (2).

[142] PEEL, ELLEN. Unnatural Narratology and the Return of the Repressed Reader [J]. Narrative, 2021, 29 (1).

[143] PETERS, JOHN DOUGLAS. Feminist Metafiction and the Evolution of the British Novel [M]. Gainesville: University Press of Florida, 2002.

[144] PETERS, JOHN DOUGLAS. Feminist Narratology Revisited Dialogizing Gendered Rhetorics in Alias Grace [A]. Style, 2015, 49 (3).

[145] PHELAN, JAMES. Reading People, Reading Plots: Character, Progression, and the Interpretation of Narrative [M]. Chicago: U of Chicago P, 1989.

[146] PHELAN, JAMES. Narrative as Rhetoric: Technique, Audiences, Ethics, Ideology [M]. Columbus: Ohio State University Press, 1996.

[147] PHELAN, JAMES. Living to Tell about It: A Rhetoric and Ethics of Character Narration [M]. Ithaca: Cornell University Press, 2005.

[148] PHELAN, JAMES. Rhetorical Aesthetics and Other Issues in the Study of Literary Narrative [J]. Narrative Inquiry, 2006, (16).

[149] PHELAN, JAMES. Experiencing Fiction: Judgments, Progressions, and the Rhetorical Theory of Narrative [M]. Columbus: Ohio State UP, 2007.

[150] PHELAN, JAMES. Reading the American Novel 1920–2010 [M]. Chichester: Wiley-Blackwell, 2013.

[151] PHELAN, JAMES. Somebody Telling Somebody Else : A Rhetorical Poetics of Narrative [M]. Columbus : The Ohio State University Press, 2017.

[152] PIATTI, BARBARA, LORENZ HURNI. Cartographies of Fictional Worlds [J]. The Cartographic Journal, 2011, 48 (4).

[153] PIER, JOHN. At the Crossroads of Narratology and Stylistics: A Contribution to the Study of Fictional Narrative [J]. Poetics Today, 2015, 36 (1-2).

[154] POPOVA, YANNA. Stories, Meaning, and Experience: Narrativity and Enaction [M]. London and New York: Routledge, 2015.

[155] PRINCE, GERALD. Narratology: The Form and Functioning of Narrative [M]. Berlin: Walter de Gruyter, 1982.

[156] PRINCE, GERALD. A Dictionary of Narratology [M]. Lincoln & London: University of Nebraska Press, 1987.

[157] PRINCE, GERALD. Classical and/or Postclassical Narratology [J]. L'Esprit Créateur, 2008, 48 (2).

[158] PRINCE, GERALD. Talking French [J]. PMLA, 2016, 131 (5).

[159] PRINCE, GERALD. Remarks on Narrative Space [J]. Interdisciplinary Studies of Literature, 2018, 2 (1).

[160] PRINCE, GERALD. Introduction [J]. Frontiers of Narrative Studies, 2018, 4 (2).

[161] PUNDAY, DANIEL. Narrative after Deconstruction [M]. Albany: State University of New York Press, 2003a.

［162］ PUNDAY, DANIEL. Narrative Bodies: Toward a Corporeal Narratology ［M］. Basingstoke: Palgrave Macmillan, 2003b.

［163］ PUNDAY, DANIEL. Digital Narrative Spaces: An Interdisciplinary Approach ［M］. New York : Routledge, 2021.

［164］ RAO, ELEANORA. Mapping the Imagination: Literary Geography ［J］. Literary Geographies, 2017, 3 (2).

［165］ RICHARDSON, BRIAN. Unnatural Voices: Extreme Narration in Modern and Contemporary Fiction ［M］. Columbus: Ohio State UP, 2006.

［166］ RICHARDSON, BRIAN. Unnatural Narrative: Theory, History and Practice ［M］. Columbus: Ohio State UP, 2015.

［167］ RICHARDSON, BRIAN. Rejoinders to the Respondents ［J］. Style, 2016, 50 (4).

［168］ RICHARDSON, BRIAN. Unnatural Narrative Theory ［J］. Style, 2016, 50 (4).

［169］ RICHARDSON, BRIAN. A Poetics of Plot for the Twenty-First Century: Theorizing Unruly Narratives ［M］. Columbus: Ohio State UP, 2019.

［170］ RICHARDSON, BRIAN. Recent Work in Unnatural Narrative Studies ［J］. Word and Text, A Journal of Literary Studies and Linguistics, 2019 (1).

［171］ RICHARDSON, BRIAN. Essays in Narrative and Fictionality: Reassessing Nine Central Concepts ［M］. Newcastle upon Tyne: Cambridge Scholar Publishing, 2021.

［172］ RICOEUR, PAUL. Time and Narrative (vol. 1) ［M］. Chicago: University of Chicago Press, 1984.

[173] RIMMON-KENAN, SHLOMITH. Narrative Fiction: Contemporary Poetics. London: Routledge, 2002.

[174] ROHRBERGER, MARY. Hawthorne and the Modern Short Story: A Study in Genre [M]. The Hague: Mouton, 1966.

[175] RONEN, RUTH. Space in Fiction [J]. Poetics Today, 1986, 7 (3).

[176] RONEN, RUTH. Description, Narrative, and Representation [J]. Narrative, 1997 (3).

[177] ROSE, GILLIAN. Feminism and Geography: The Limits of Geo- graphical Knowledge [M]. Minneapolis: University of Minnesota Press, 1993.

[178] ROY, ARUNDHATI. The God of Small Things [M]. New York: Random House, 1997.

[179] ROZELLE, RON. Description & Setting: Techniques and Exercises for Crafing a Believable World of People, Places and Events [M]. Cincinnati: Writer's Digest Books, 2005.

[180] RUDRUM, DAVID. From Narrative Representation to Narrative Use: Towards the Limits of Definition [J]. Narrative, 2005, 13 (2).

[181] RYAN, MARIE-LAURE. The Modes of Narrativity and Their Visual Metaphors [J] . Style, 1992, 26 (3).

[182] RYAN, MARIE - LAURE. The Text as World versus the Text as Game: Possible Worlds Semantics and Postmodern Theory [J]. Journal of Literary Semantics, 1998, 27 (3).

[183] RYAN, MARIE-LAURE INTRODUCTION. Narrative across Media:

The Languages of Story - telling ［C］. Lincoln: University of Nebraska Press, 2004.

［184］ RYAN, MARIE-LAURE. Semantics, Pragmatics, and Narrativity: A Response to David Rudrum ［J］. Narrative, 2006, 14 (2).

［185］ RYAN, MARIE-LAURE. Temporal Paradoxes in Narrative ［J］. Style, 2009, 43 (2).

［186］ RYAN, MARIE-LAURE. Narrativity and Its Modes as Culture transcending Analytical Categories ［J］. Japan Forum, 2010, 21 (3).

［187］ RYAN, MARIE-LAURE. Narrative Mapping as Cognitive Activity and as Active Participation in Storyworlds ［J］. Frontiers of Narrative Studies, 2018, 4 (2).

［188］ RYAN, MARIE-LAURE, KENNETH FOOTE, MAOZ AZARYAHU. Narrating Space, Spatializing Narrative: When Narrative Theory and Geography Meet ［M］. Columbus: The Ohio State University Press, 2016.

［189］ SCHOLES, ROBERT, ROBERT KELLOGG, JAMES PHELAN. The Nature of Narrative (2nd edition) ［M］. Oxford: Oxford University Press.

［190］ SHANDS, KERSTIN W. Embracing Space: Spatial Metaphors in Feminist Discourse ［M］. Westport: Greenwood Press, 1999.

［191］ SHANG, BIWU. In Pursuit of Narrative Dynamics: A Study of James Phelan's Rhetorical Theory of Narrative ［M］. Berlin: Peter Lang, 2011.

［192］ SHANG, BIWU. Unnatural Narrative Across Borders: Transnational and Comparative Perspectives ［M］. Abingdon: Routledge, 2019.

［193］ SHEN, DAN. Covert Progression behind Plot Development: Katherine

Mansfield's The Fly [J]. Poetics Today, 2013, 34 (1-2).

[194] SHEN, DAN. Style and Rhetoric of Short Narrative Fiction: Covert Progressions behind Overt Plots [M]. London and New York: Routledge, 2014.

[195] SHEN, DAN. Dual Textual Dynamics and Dual Readerly Dynamics: Double Narrative Movements in Mansfield's "Psychology" [J]. Style, 2015, 49 (4).

[196] STERNBERG, MEIR. Ordering the Unorderd: Time, Space, and Descriptive Coherence [J]. Yale French Studies, 1981 (61).

[197] SOJA, EDWARD W. Postmodern Geographies. The Reassertion of Space in Critical Theory (3rd Edition) [M]. London: Verso, 1989.

[198] SOMMER, ROY. "Contextualism" Revisited: A Survey (and Defence) of Postcolonial and InterculturalNarratologies [J]. Journal of Literary Theory, 2007 (1).

[199] SOMMER, ROY. The Merger of Classical and Postclassical Narratologies and the Consolidated Future of Narrative Theory [J] Diegesis, 2012, 1 (1).

[200] STERNBERG, MEIR. Narrativity: From Objectivist to Functional Paradigm [J]. Poetics Today, 2010, 31 (3).

[201] TALLY JR, ROBERT T. Spatiality [M]. London & New York: Routledge, 2013.

[202] TALLY JR, ROBERT T. Topophrenia: Place, Narrative and the Spatial Imagination [M]. Bloomington: Indiana University Press, 2019.

[203] TAYLOR, HOLLY A, BARBARA TVERSKY. Spatial Mental Models Derived from Survey and Route Descriptions [J]. Journal of Memory and Language, 1992 (31).

[204] THACKER, ANDREW. The Idea of a Critical Literary Geography [J]. New Formations, 2005, 57 (6).

[205] THACKER, ANDREW. Moving through Modernity: Space and Geography in Modernism [M]. Manchester: Manchester University Press, 2003.

[206] THOENE, MARCEL. Toward Diversity and Emancipation: (Re-) Narrating Space in the Contemporary American Novel [M]. Bielefeld: transcript Verlag, 2016.

[207] THON J N. Transmedial Narratology and Contemporary Media Culture [M]. Lincoln and London: University of Nebraska Press, 2016.

[208] THRIFT N. Space [J]. Theory Culture and Society, 2006, 23 (2-3).

[209] TOOLAN, MICHAEL. Narrative Progression in the Short Story: a Corpus Stylistic Approach [M]. Amsterdam: John Benjamins, 2009.

[210] TOOLAN, MICHAEL. Making Sense of Narrative Text: Situation, Repetition, and Picturing in the Reading of Short Stories [M]. London and New York: Routledge, 2016.

[211] TUAN YI – FU. Space and Place: The Perspective of Experience [M]. Minneapolis: University of Minnesota Press, 1977.

[212] TUCAN GABRIELA. A Cognitive Approach to Ernest Hemingway's Short Fiction [M]. Newcastle upon Tyne: Cambridge Scholar Publishing, 2021.

[213] TURNER MARK. The Literary Mind [M]. Oxford: Oxford UP, 1996.

[214] UPSTONE SARA. Spatial Politics in the Postcolonial Novel [M]. Surrey: Ashgate, 2009.

[215] VAN BAAK, JOOST. The Place of Space in Narration [M]. Amsterdam: Rodopi, 1983.

[216] VAN BAAK, JOOST. The House in Russian Literature: A Mythopoetic Exploration [M]. Amsterdam & New York: Rodopi, 2009.

[217] WARF, BARNEY, SANTA ARIAS. The spatial turn: interdisciplinary perspectives [C]. London & New York: Routledge: 2009.

[218] WATT, IAN. The Rise of the Novel: Studies in Defoe, Richardson and Fielding [M]. Berkeley and Los Angeles: University of California Press, 1957.

[219] WESTPHAL, BERTRAND. Geocriticism: Real and Fictional Spaces [M]. New York: Palgrave Macmillan, 2011.

[220] WOLF, MARK J P. Building Imaginary Worlds: The Theory and History of Subcreation [M]. New York and London: Routledge, 2012.

[221] WOLF WERNER. Narrative and Narrativity: A Narratological Reconceptualization and Its Applicability to the Visual Arts [J]. Word & Image, 2003 (19).

[222] WOLF WERNER. Transmedial Narratology: Theoretical Foundations and Some Applications (Fiction, Single Pictures, Instrumental Music) [J]. Narrative, 2017, 25 (3).

[223] WOLOCH, ALEX. The One vs. the Many: Minor Characters and the

Space of the Protagonist in the Novel [M]. Princeton: Princeton U-
niversity Press, 2003.

[224] WYATT, JOHN. The Use of Imaginary: Historical and Actual Maps
in Literature [M]. Lampeter: Edwin Mellen Press, 2013.

[225] ZORAN, GABRIEL. Towards a Theory of Space in Fiction [J]. Po-
etics Today, 1984, 5 (2) .

后　记

　　《当代西方后经典叙事空间研究》书稿完成之际，我的心情久久不能平静下来，回想在书稿写作过程中经历的种种困难与挫折，回首在建构这一后经典叙事空间"文本世界"过程中的艰辛和不易，心中除了涌现的兴奋和喜悦之外，更多的还是充满感恩和感谢。

　　首先要特别感谢北京语言大学的宁一中教授。正是我的硕士研究生导师宁一中教授将我引入叙事理论研究的宏伟殿堂，领略了叙事理论研究的博大精深。宁一中教授渊博的学识与高尚的人格魅力深深地影响着我的未来职业规划和学术发展。其次要特别感谢北京大学的申丹教授。申丹教授作为国内外知名的叙事学家，对我的书稿进展给予了细致入微的关怀和指导，尤其让我感动和泪目的是，在我生病康复期间，产生过一段时间的迷茫和不知所措，感觉眼前的这幅空间地图一片空白，感觉突然失去了生活的意义。正是申丹教授及时的安慰和鼓励，给予我重新开启新人生的动力，催我奋进，让我整装出发，再次前行。申丹教授的高尚人格深深地感染了我，申丹教授在学术界的造诣和创新给予我莫大的鼓励和鞭策，让我始终保持警醒，研究需要渐进积累和坚持不懈的关注学界动态，不断地思考与凝练。诚然，我深知自身学术底蕴不厚，在学术道路上的历程会比较艰难，但申丹教授总是在适当的时候给予我关

244

怀与鼓励、支持与帮助，这也进一步让我坚定了学术前行的决心与毅力，动力和方向。我想这种潜移默化的感染力是这一生中遇到的最宝贵的财富。感谢我的同门师兄社科院外文研究所的乔修峰研究员、湖南大学岳麓书院的李伟荣教授对本书的修改提出的中肯的意见。

感谢北京工商大学外国语学院的各位领导和同事。党总支书记刘影、副院长关涛、副院长史岩林、副院长苗天顺都给予本书出版莫大的关怀和鼓励、帮助与支持；感谢北京工商大学科学研究院对本书出版的关心与支持；感谢教育部人文社会科学青年基金对本书出版的资助；感谢北京工商大学"北京国际消费中心城市建设高精尖中心培育项目"对本书出版的资助；感谢光明日报出版社将本书遴选入"光明社科文库"予以出版。本书部分内容已在《当代西方叙事理论新进展》中出版，在此感谢经济科学出版社的许可同意。

最后，感谢我的父母和家人。父母的叮咛与嘱托，告诫与期望成为推动我前进的动力；感谢我的妻子杨丽女士给予我的鼓励与帮助、关心与理解、支持与宽容；感谢我的儿子孔维源，儿子的聪明机智和淘气可爱总能让我从案牍的劳累中解脱出来，感受到生活的美好与快乐。

孔海龙
2022 年冬于北京工商大学电子楼